리키스이

그림 루나리아

초난관 던전에서
10만년 수행한 결과,
세계최강
~최약 무능의 하극상~

1

로제마리
로토 아멜리아

카이 하이네만 씨군요.
왕도로 가는 여행에 동행하게 된 로제마리입니다.
로제라고 불러주세요.

안나
그라츠

파프닐

흰색과 검은색을 기조로 한 여성의 의복을 입은
작은 체구, 앳띤 얼굴.
황금색으로 빛나는 머리가 귀를 가릴 정도로
길게 자란 어린 소녀가 눈앞에 나타났다.

카이 하이네만

애쉬번 가스트레아가 왜 검제의 이름을 너에게 맡겼는지, 다시 한번 차분히 생각해 봐.

이제 이런 쓸데없는 짓을 돕는 건 그만둬.

너에게는 그럴 시간이 없어.

지그닐
가스트레아

CONTENTS

리키스이
루나리아

초난관 던전에서
10만년 수행한 결과,
세계 최강

~최약 무능의 하극상~

1

커버 그림, 본문 일러스트 | **루나 리아**

프롤로그

──성채 도시 라무르의 신전.

오늘은 아멜리아 왕국의 열세 살 난 아이들에게 인생을 결정할 정도로 중대한 이벤트가 열린다. 즉, 기프트 발표의 날이다.

"카 군, 긴장되네."

검은색에 빨간색이 살짝 섞인 머리를 허리까지 기른 귀여운 소녀가 평소처럼 차분한 눈으로 나를 올려다보며 동의를 구했다. 말과는 달리 긴장감이라고는 전혀 느껴지지 않는 이 소녀는 레나 그로트. 내 소꿉친구 중 한 명이다.

"으, 응, 맞아."

오늘은 신의 축복인 기프트가 발표된다. 어젯밤엔 그것 때문에 신경 쓰여서 잠들지 못했다.

"뭘까, 뭐가 나올까나. 레나, 공주님이 좋은데. 아, 하지만 토끼도 포기하기 힘든데에?"

주위를 빙글빙글 돌며 나에게 묻는다. 레나의 이 말은 농담이 아니라 진담이다. 그냥 귀여운 것이 되고 싶다는 발상이겠지. 지금 입은 토끼 모양 후드가 달린 망토는 레나가 아주 좋아하는 옷이다. 이 천진난만한 성격은, 우리 엄마와 똑같다.

"아니, 공주님은 불가능해. 애초에 토끼는 기프트가 아니고."

공주님을 원한다는 건 왕족이 되고 싶다는 말이다. 어떤 의미로는 불경하다고도 할 수 있는 발언이지만, 그녀가 말하니 동화

속 공주님이 연상되어 전혀 이상하게 느껴지지 않는다. 실제로 뒤에 줄을 선 소녀는 레나의 말에 피식 웃기만 했을 뿐이다.

"그래? 아쉽네……."

어깨를 축 늘어뜨린 레나의 머리를 평소처럼 쓰다듬자, 고양이처럼 눈을 가늘게 뜬다.

"카 군은 뭐가 좋아?"

"으음, 나는…… 역시 검술계 기프트가 좋으려나."

거짓말이다. 나는 검술계 기프트 따위는 바라지 않는다. 물론 할아버지를 비롯한 다른 사람들은 하이네만 가문 도장의 후계자로서 검술계 기프트를 바라고 있지만, 나의 진짜 희망은 다르다. 나는 어머니처럼 멋진 헌터가 되는 데 도움이 되는 기프트를 원한다.

헌터── 세상의 비경과 마경을 탐색하고, 흉악한 마물을 쓰러뜨리며 목숨을 건 모험을 하는 직업. 헌터로서 잘해나가기 위해서는 쓸 만한 기프트를 받아야 한다.

솔직히 나는 빈말로라도 검술에 재능이 없다. 남보다 배우는 속도가 압도적으로 느리고, 실력은 또래 동문 중에서도 가장 뒤떨어진다. 친척 중에는 재능을 타고난 로만이 있으니 그가 후계자가 되면 된다.

신전 안에서 떠들썩한 소리와 축복의 환호성이 들렸다. 아무래도 상당히 희귀한 기프트가 발현된 모양이다.

"무슨 일일까? 궁금하네."

"응, 나도."

레나의 말에 대답하며, 지금도 소란의 중심인 신전을 멍하니
바라보았다.

잠시 뒤——.

"카이! 레나!"

곱슬거리는 긴 윌로우그린색 머리의 아름다운 소녀가 종종걸
음으로 우리를 향해 다가온다.

"아, 라일라구나!"

옆에 있는 레나도 활짝 웃으며 양손을 크게 흔들었다.

그녀는 나의 소꿉친구 중 한 사람, 라일라 헤르너다. 라무르
에서 하이네만류 검술에 비견된다고 여겨지는 대검술 도장의
외동딸이자 나의 약혼자이기도 하다.

"어땠어?"

"예상대로. 너무 의외성이 없더군요."

라일라는 조금 아쉬운 듯 어깨를 으쓱했다. 라일라도 나와 마
찬가지로 장래에 걸어야 할 길이 결정되어 있다. 이번 기프트로
그것이 확실시되고 말았으니 씁쓸할지도 모른다.

라일라에게 해줄 말을 고민하는데, 신전에서 남자 두 명이 이
쪽으로 다가왔다.

한 사람은 잘생긴 갈색 머리 소년. 다른 한 사람은 푸른색의
긴 머리를 뒤로 묶은 장신의 소년이다.

두 사람의 뒤로 새하얀 갑옷을 입은 어른들이 보여 고개를 갸
웃거렸다.

"로만, 키스, 너희도——."

"라일라 씨, 이번에 저는 '창왕'의 기프트를 얻었습니다."

질문하는 나를 무시하고 로만이 라일라의 앞으로 가더니 그렇게 말했다.

"알아. 봤으니까."

"그, 그렇습니까!"

로만이 의기양양한 표정으로 나를 힐끗 보더니, 뒤에 있는 새하얀 갑옷을 입은 어른들에게 눈짓했다.

갑옷을 입은 기사풍 남성이 한 걸음 앞으로 나와 요청했다.

"네가 라일라 헤르너구나. 나는 성왕마도기사단 사람이다. 네가 얻은 기프트에 대해 할 이야기가 있어. 미안하지만, 잠시 시간을 내줄 수 있겠나?"

"하지만 제 기프트는 두 사람과 다르게 그리 희귀한 것이 아닐 텐데요."

"그래, 네가 헤르너 가문의 자녀가 아니라면 말이지. 무술만은 하루아침에 완성되지 않는 법이야. 매일 연마하는 너 같은 사람이 얻은 '상급검사' 기프트야말로 그 의의가 크다고 할 수 있지. 물론 강제는 아니지만, 이야기만이라도 들어주었으면 한다."

중년 기사가 라일라에게 깊숙이 머리를 숙였다.

성왕마도기사단이라고 하면 아멜리아 왕국의 최정예 기사단이다. 따라서 권위도 상당하기에, 강제가 아니라 해도 그 기사가 머리까지 숙였으니 거절할 수 있을 리가 없다.

"알겠습니다."

나와 레나를 힐끗 본 라일라는 아랫입술을 살짝 깨물었지만, 곧 당당한 표정을 지었다.

 "이런 장소에서 할 이야기는 아니야. 이곳 라무르에는 우리 기사단의 주재소가 있거든. 거기서 다 같이 편안하게 이야기하자!"

 새하얀 갑옷을 입은 중년 남성이 라일라, 로만, 키스 순서로 시선을 옮기더니 빠르게 제안하고는 먼저 걸어가기 시작했다.

 "라일라 씨, 가도록 하죠."

 "으……응."

 라일라는 로만의 재촉에 걸음을 옮겼지만, 아쉬운 듯 몇 번이나 우리를 돌아보았다.

 '미안해, 카이. 로만 녀석이 너무 들떠서 말이야.'

 양손을 마주치고 작은 목소리로 사과하는 키스.

 '괜찮아. 키스도 늦지 말고 가.'

 오른손을 흔들며 대답했다. 키스 스타인버그도 살짝 고개를 끄덕이더니 종종걸음으로 떠났다.

 "카 군, 가자!"

 잠시 라일라가 떠난 방향을 바라보던 나는, 레나의 손에 이끌려 줄을 서기 위해 돌아갔다.

 우리 순서가 되어 신의 축복을 받은 다음, 레나가 제단에 놓인 수정을 건드리자 눈 부신 빛이 뿜어져 나왔다. 그리고──.

 "거, 검성……."

 신관 중 한 사람의 중얼거림에 신전 내부에 엄청난 소란이 일었다.

"말도 안 돼…… 창왕에 대마도사. 거기에 검성 기프트라니! 올해는 정말 어떻게 된 거야!"

옆에 있던 성왕마도기사단의 단원이 상기된 목소리로 외쳤다.

당연하다. 검성은 검술계의 최고위 기프트이며, 용사나 현자와 마찬가지로 마족의 힘이 증가했을 때 그 균형을 맞추기 위해 하늘에서 보낸 신의 대행자라고도 일컬어진다. 즉, 그것은──.

"마족의 공격이 가까워졌다는 뜻인가……."

짙어진 불안을 얼굴에 드리우며 혼잣말을 하는 성왕기사단의 단원에게 신관이 질타하였다.

"이곳은 신전입니다. 불필요한 불안을 조성하는 행위는 삼가십시오!"

"미, 미안하군."

기사는 사과하고 입을 꾹 다물었다.

"그럼, 다음 사람 오시죠."

심장이 크게 뛰는 것을 간신히 참으며, 신관의 앞으로 걸음을 옮겼다. 그가 나의 이마에 오른손 손바닥을 대고 주문을 외우자 나의 몸이 빛을 발했다. 갑자기 마치 풀 플레이트 메일이라도 입은 것처럼 엄청난 중압감이 나의 온몸을 짓눌렀다.

이건 하늘의 계시를 얻을 때의 제한인 걸까? 하지만 이상하다. 그런 제한, 들은 적도 없는데…….

살짝 의아함을 느끼며, 제단을 올라가 그 위에 설치된 수정으로 손을 뻗었다.

"어라?"

지금까지는 수정을 건드리면 빛이 나왔으나 이번에는 아무런 반응을 보이지 않았다.

인상을 찡그리자, 수정을 들여다본 신관이 마치 오물이라도 보는 듯한 눈으로 나를 보며.

"이 세상 제일의 무능."

그렇게 쏘아붙였다.

제1장 여행길

——신전에서 계시를 받은 지 2년이 지난 라무르.

성채 도시 라무르—— 인구 약 5만 명으로, 신성 아멜리아 왕국에서는 흔한 중간 규모의 도시에 불과하다.

그러나 이곳 라무르에는 한 가지, 이 넓은 세상에서도 드문 특징이 있다. 시대의 전환기가 되면 반드시 특별한 기프트를 받는 아이들이 여럿 태어난다는 것이다.

그리고 최근 4대 마왕 중 하나—— 애쉬메디아의 공격으로 아멜리아 왕국은 미증유의 위기를 맞이했다. 이 움직임에 성녀이자 아멜리아 왕국의 제1왕녀 로제마리 로트 아멜리아가 용사님, 현자님, 성기사님을 연달아 소환해냈다. 그에 호응하듯이 검성, 창왕, 대마도사 기프트를 받은 아이들도 이곳 라무르에 등장했고, 그 창왕의 기프트를 지닌 소년이 오늘 나의 모의전 상대다.

"자, 자, 어떻게 된 거야?! 세계 제일 무능한 녀석아!!"

갈색 머리 미소년이 나무 막대로 미간, 흉부, 명치 순으로 가하는 찌르기를 간신히 막는다. 사실 막는다고 해도 갈색 머리 소년은 한 손으로, 심지어 반쯤 노는 기분으로 막대기를 다루고 있을 뿐이다. 그래도 나에게는 고작 피하는 게 최선이다.

"아니야, 로만, '세계 제일 무능한 녀석'이 아니라, '이 세상 제일의 무능'이야!!"

갈색 머리 소년, 로만의 동료인 금발의 잘생긴 소년이 외치자,

훈련을 받던 같은 도장의 남자들이 일제히 비웃음을 터뜨렸다.

"자, 내가 이겼다!"

로만이 신나게 외친 직후, 이마에 봉이 꽂히며 나의 의식은 바로 흐려지고 말았다.

볼에 닿는 기분 좋은 바람과 이마에서 느껴지는 통증에 눈을 떴다. 걱정을 참지 못하는 얼굴로 나의 얼굴을 들여다보는 옅고 부드러운 월로우그린색 머리의 소녀가 시야에 들어왔다.

"라일라?"

목을 움직여 확인하자, 나는 모의전 결전장 구석의 나무 그늘에 누워 있었다. 옆 도장에서는 여전히 검술 모의전이 펼쳐지느라 기합 소리가 들려왔다.

"카이, 괜찮아요? 얼굴을 제법 정통으로 맞은 것 같던데요?"

바람에 흔들리는 긴 곱슬머리를 붙잡으며 그녀가 물었다.

그녀, 라일라 헤르너는 나, 카이 하이네만의 약혼자였으나, 열세 살 때 그 신전의 계시에 의해 나의 기프트가 '이 세상 제일의 무능'임이 알려지며 바로 취소되고 말았다.

"응, 혹이 생겼을 정도니까."

더욱 자세히 나의 이마를 살펴보는 소꿉친구. 점점 다가오는 새하얀 줄무늬 상의를 밀어 올리는 두 개의 커다란 가슴 볼륨에 볼이 뜨거워지는 것을 느꼈다. 그것을 들키지 않도록 일어나 오른손을 이마에 대자 조금 부어 있었다.

'이 세상 제일의 무능' 기프트가 발현되고 나의 신체 능력은 눈에 띄게 저하되어, 아무리 훈련해도 육체의 강도는 향상되지 않게 되었다. 지금은 훈련을 받지 않은 여자들보다 허약하다. 그것이 나다. 오히려 혹 하나로 끝난 것이 다행이다.

라일라는 니의 이마를 살며시 어루만지며 깊은 한숨을 내쉬었다. 크게 걱정시키고 만 모양이다.

"카이는 이제 곧 왕도로 떠나나요?"

"응, 이 땅은 내가 있기 조금 불편하니까."

이곳 라무르는 지금까지 세계에 유익한 기프트 홀더를 방출했다는 자부심 때문인가, 기프트 지상주의의 아멜리아 왕국에서도 특히 기프트를 중시하며 나처럼 쓸모없는 기프트를 지닌 자를 냉대한다. 아까 로만이 했던 취급 같은 건 일상다반사다. 알지도 못하는 사람에게 욕을 먹기도 하고, 돌까지 맞은 적도 있다. 어머니가 왕도로 오도록 엄명을 내린 것도 분명 그것을 보기 힘들었기 때문일 것이다.

"그럼 왕도에서 취직할 거예요?"

"어머니는 그것을 바라는 것 같지만, 나는 옆의 '바벨(세계마도원)'을 찾을 생각이야. 알지? 거긴 중립 도시고, 나처럼 쓸모없는 기프트를 지닌 사람이라도 취직할 수 있을 것 같으니까."

중립 학원도시── '바벨(세계마도원)'. 세계 각국의 요인의 아이들이 다니는 여러 학교가 존재하는 거대한 학술 도시. 본래 기프트를 지니지 않은 종족도 배우러 오기 때문인가, 나처럼 쓸모없는 기프트 홀더에 대한 차별은 심하지 않다. 취직자리도 의외로 쉽게 찾을 수 있을 것 같다.

"그런가요, 바벨에……."

라일라는 의외로 순순히 받아들였다. 그녀는 당초 소꿉친구인 나나 레나와 떨어지는 것에 크게 거부 반응을 보였으나, 이 모습을 보니 그녀도 마음의 정리가 된 것 같다.

"편지 쓸게."

"필요 없어요. 그야──."

그녀는 부드러운 미소를 지으며 무언가를 말하려다 입을 다물고 일어선다.

"방의 짐 정리를 해야 해서 이만 실례할게요. 그럼, 카이, 다음에 또 만나요."

"으, 응. 또 만나."

묘한 뉘앙스의 인사에 고개를 갸웃하면서도, 오른손을 들며 나도 일어섰다.

그럼 할아버지에게 마지막 인사를 하고 오자. 그렇게 생각하고 움직이려는 순간.

"이봐!"

라일라와 교대하듯이 로만이 나에게 다가와 위협적인 목소리로 말했다.

"응? 왜?"

"나는 창왕의 기프트 홀더야!"

꽤나 갑작스럽네. 뭐, 늘 있는 일인가.

"그런 것 같더라."

"이제 너와 라일라 씨는 약혼 관계가 아니야! 분가지만 나도 하이네만 가문의 일원. 그녀와 결혼할 권리가 있어. 아니, 나에게밖에 없어!"

나와 로만은 사촌이다. 로만은 옛날부터 라일라를 좋아했는지, 이렇게 대놓고 대항의식을 불태우곤 한다. 로만의 기프트는 '창왕'. 말하자면 미래의 국가를 위한 최고 전력이라고 해도 손색이 없다. 당연히 아멜리아 왕국 정부는 레나나 키스와 마찬가지로 로만도 왕도에서 수행할 것을 강하게 주장했다. 그러나 로만은 그것을 거절하고, 여기 라무르에서 수행하기를 희망했다. 물론 아멜리아 정부는 그 반응에 처음에는 난색을 표했으나, 로만이 전혀 타협하지 않을 것을 알고 하이네만 가문에서 수행을 빠뜨리지 않을 것을 조건으로 결국 허가를 내렸다. 아마 로만이 이렇게 완고하게 이곳 라무르에서의 수행을 주장한 까닭은 라일라가 정부의 스카우트를 거절하고, 라무르에서 생활하기를 바랐기 때문이라고 생각한다.

"그건 라일라가 정할 일이야."

라일라는 나와의 약혼 관계가 파기되고 얼마 지나지 않아 자신의 상대는 직접 고르겠다고 헤르너 가문에 선언했다. 본래 집안의 고리타분한 규율에 반대하는 입장이었으니, 그것도 그녀답다고 하면 그녀다운 선택이다. 나와의 약혼 파기는 집과 거리를 두기 위한 좋은 계기가 되었다고 생각한다.

"아주 자신만만하네? 라일라 씨가 너처럼 무능한 녀석을 고를 것 같아?"

"아니, 너와 나는 라일라에 대한 마음의 질이 달라. 그건 불필요한 걱정이야."

나와 라일라는 남매처럼 자랐다. 이제 와서 결혼하라고 해도 서로 당황스러울 뿐이다.

"그게 무슨——."

"로만, 그런 열등생과 떠들지 말고 얼른 돌아가! 모의전을 계속해!"

턱이 갈라진 민머리에 거구인 사범대 남자—— 시가가 나에게 모멸하는 시선을 보내면서도 로만을 큰소리로 질타했다. 저래 보여도 내가 그 칭호를 얻기 전까지는 호의적이었으니, 인간이 란 이리도 쉽게 달라지는 법이다.

"시가 사범의 말이 맞아. 그런 능력 없는 인생의 낙오자에게 우리의 귀중한 시간을 할애하는 짓은 바보나 할 짓이잖아?"

시가 사범의 옆에서 금발의 잘생긴 소년 릭이 비웃음을 지으 며 로만에게 말했다.

"젠장! 나도 알아! 라일라 씨에게 이 이상 접근하지 마!"

한 번 혀를 차더니, 로만은 그런 말을 내뱉고 종종걸음으로 달 려갔다.

나도 짧은 한숨을 내쉬고 할아버지가 있는 안방으로 향했다.

"지금까지 감사했습니다."

자세를 바르게 하고 인사하자, 할아버지는 나에게 사과했다.

"너무 마음대로 해서 미안하구나."

"뭐가요?"

"라일라와의 약혼 파기도 그렇고, 사실상 여기서 쫓아내게 되고 만 것도 말이다."

"라일라와는 남매 같은 관계였고, 왕도나 바벨에 가는 것도 꿈이기는 했어요. 그러니 저는 전혀 비관적이지 않다고요."

이것은 본심이다. 헌터를 위한 땅인 바벨에 가서 헌터 자격을 따는 것이 나의 꿈이었다. 그러니 조금이라도 그 기회가 돌아온 것은 솔직히 기쁘다. 라일라에게도 스스로를 바꾸는 계기가 된 것 같고.

"언제든지 돌아와도 된단다."

"아니요, 여기에는 제가 있을 곳이 없습니다. 이제 두 번 다시——."

"됐으니까, 가끔은 얼굴 보여주러 와!"

나의 대답이 끝나기도 전에 할아버지가 화를 내듯이 외치더니, 일어나서 방을 나가버렸다. 그것도 그런가. 할아버지는 어린 시절부터 나를 차기 당주로 쭉 키워주었다. 아무리 내가 모자라고 덜떨어진 아이라도 가족의 정이 없어질 리가 없다. 나는 감사를 담아 다시 한번 머리를 깊숙이 숙였다.

***

이른 아침, 짐을 꾸려 집을 나와 마차가 세워져 있는 성채 도시 라무르 남문 앞으로 향했다.

몇 대의 호화로운 마차 앞에는 20~30명의 남녀가 있었다. 그

중에 새하얀 드레스를 입은 여신처럼 아름다운 분홍색 머리의 여성이 미소를 지으며 치맛자락을 잡고 말을 걸어왔다.

"카이 하이네만 씨로군요. 이번에 왕도로 가는 여행에 동행하게 된 로제마리입니다. 로제라고 불러주세요."

로제마리라니. 성녀님과 같은 이름이다. 뭐, 왕국에서는 흔한 이름이기도 하니 단순히 동명이인일 것이다.

"그래, 잘 부탁해."

나도 가볍게 인사했으나.

"무례한 자로구나, 그 건방진 태도는 뭐냐!"

뒤에 짧은 흰색 원피스를 입고 빨간 머리를 비대칭으로 자른 여성이 성난 얼굴로 나의 멱살을 잡았다.

"안나! 그만두세요! 그와 동행하는 것은 내가 먼저 희망했습니다. 당신의 행위는 검성님과 저 모두를 창피하게 만드는 짓이에요!"

"죄, 죄송합니다!!"

그녀는 로제의 가련한 몸에서는 상상할 수 없을 만큼 엄한 말을 듣고, 서둘러 나에게서 손을 떼고 뒤로 물러나 자세를 바로잡는다. 검성이란 할아버지를 가리킨다. 오늘 내가 왕도로 갈 마차를 준비한 것도 할아버지다. 할아버지의 의도는 모르겠지만, 할아버지는 나에게 불이익이 될 일은 절대 하지 않는다. 동행해도 문제는 없을…… 것이다.

"로제 님, 안나도 로제 님께 충성하기에 한 행위입니다. 용서하십시오."

로제의 옆에서 컬이 들어간 콧수염을 기르고, 검은 상하의에 새하얀 장식을 가슴에 단 바가지 머리 어른이 앞으로 나와 가슴에 손을 대고 진언했다.

"알고 있어요!"

로제는 그렇게 외치고 양손으로 볼을 때리더니 다시 처음처럼 미소를 지었다. 왠지 이 사람의 감성은 서민에 가까운 것 같다. 고위 귀족이라는 틀에 갇혀, 주위와의 차이에 상당히 스트레스가 쌓인 것 아닐까. 뭐, 이런 상황에 그런 당돌한 말은 절대 할 수 없겠지만.

"그럼 바로 출발하죠."

로제가 나의 오른손을 잡고 마차 안으로 강하게 잡아끌었다. 당연히 주위에서 부모의 원수라도 되는 듯한 시선을 보내어, 나는 체념한 기분으로 깊은 한숨을 쉬었다.

***

일주일이 경과했다. 라무르에서 왕도까지 3주일이 걸린다. 오늘 밤도 길가에서 휴식을 취할 예정이고, 현재는 줄을 서서 저녁 배급을 기다리는 중이다.

"이것…… 뿐입니까?"

요리사풍 중년 남성이 건넨 딱딱한 검은 빵 하나로 시선을 보내며, 나도 모르게 물어보았다. 처음에는 다른 사람들과 같은 요리가 나왔다. 그런데 최근 들어 왠지 줄어드는 것 같더니, 처음으로 이렇게 검은 빵 하나만 나오게 되었다. 나의 여행 경비는 업자에게 사전에 지불하였다고 할아버지에게 들었다. 따라서 애초에 이런 취급을 받을 이유가 없다.

"이건 프랭크턴 경의 지시다. 자, 뒤에서 기다리잖아. 얼른 저리 가, 어서!"

요리사풍 중년 남성이 마치 파리라도 쫓는 것처럼 오른손을 휘저었다. 프랭크턴이란 저 콧수염을 기른 거만한 귀족을 말한다. 그는 나를 상당히 싫어하여 얼굴을 마주칠 때마다 무능하다고 욕하고, 이런 유치한 방식으로 괴롭히고 있다. 본래 이곳에 있는 로제의 종자들이 나를 대하는 태도는 극히 일부를 제외하고 프랭크턴과 다를 바 없다. 항의해도 무의미할 것이다. 텐트로 돌아가려고 했을 때, 뒤에서 밀치는 바람에 바닥에 얼굴부터 넘어지고 말았다.

"야, 무능! 어딜 나에게 부딪히는 거야!"

턱수염을 기른 통통하고 나이 든 검사가 이마에 굵은 핏대를 세우며 나의 배를 걷어찼다.

"큭!"

순간 숨이 막히더니, 곧 둔탁한 통증이 밀려들었다.

"나까지 더러워지면 어떡할 건데! 아앙?!"

다시 날아든 녀석의 발차기를 거북이처럼 웅크리고 버텼다.

더러워진다면 건드리지 않으면 된다. 그런 어린아이도 할 수 있는 당연한 생각조차 이 자들은 하지 못하는 모양이다. 그리고 주위의 종자들은 이런 불합리하기 짝이 없는 사태에도 방관하고 있을 뿐, 말리려고 하지 않았다. 이들은 모두 썩었다. 진심으로 그렇게 생각했다.

몇 번인가 차였을 때——.

"그만해!"

젊은 여자의 호통이 울리고, 나를 향한 공격이 뚝 멈췄다. 고개를 들자 빨간 머리를 비대칭으로 자른 소녀가 화난 얼굴로 통통한 검사의 어깨를 붙잡는 참이었다.

"아니, 안나, 너 이런 배신자를 감싸는 거냐?!"

이마에 굵은 핏대를 세우며 외치는 나이 든 검사 앞에서도 로제의 종자 소녀, 안나는 전혀 물러나지 않았다.

"딱히 감싸는 건 아니야. 다만 이 녀석을 손님으로 맞이하라는 것이 로제 님의 명령이기 때문이다!"

양쪽이 노려보는 가운데.

"무슨 소란이냐?!"

대검을 등에 진 옅은 푸른색 머리에 수염을 덥수룩하게 기른 남자가 이쪽으로 걸어왔다. 그것을 확인한 나이든 검사가 혀를 차더니, 땅에 침을 뱉고 요리를 나누어주고 있는 요리사에게 갔다.

"고, 고마워."

도와준 안나에게 머리를 숙였으나.

"로제 님의 명령이 아니라면, 누가 좋아서 너 같은 걸 도와줄 것 같나! 어서 텐트로 돌아가!"

그녀는 빠르게 외치더니 나에게서 빠른 걸음으로 멀어졌다. 안나와 엇갈리듯이 대검을 짊어진 푸른 머리의 덩치 큰 남자가 나에게 다가왔다. 그리고 잠시 나를 응시하더니, 주위의 종자들에게 매처럼 날카로운 시선을 보냈다.

"너희들, 나중에 설명을 잘해야 할 거다."

오싹할 만큼 차가운 목소리였다. 흰색 갑옷을 입은 종자들은 긴장하여 볼을 떨며, 푸른 머리 검사로부터 도망치듯이 흩어졌다. 이 푸른 머리 검사는 로제의 종자들 전체를 통솔하는 아르 씨. 무능한 나를 인간 취급 해주는 몇 안 되는 사람 중 한 명이다.

"카이 군, 아무래도 또 폐를 끼치고 말았군. 정말 미안해."

아르 씨가 나에게 정중하게 머리를 숙였다.

"아, 아니에요. 늘 있는 일이라."

그렇다. 나와 같은 쓸모없는 기프트 홀더는 라무르에서는 많든 적든 이런 식의 차별을 받는다. 특히 이곳 신성 아멜리아 왕국은 성무신── 아레스에 대한 신앙심이 강하다. 나의 고향 라무르만큼 극단적이지는 않지만, 아레스신이 부여하는 기프트의 가치로 인간성을 따지려고 한다. 즉, '이 세상 제일의 무능'이라는 칭호를 지닌 나는 이 세상에서 제일 가치가 없는 인간임과 동시에 신으로부터 미움을 받는 배신자인 것이 된다. 아까 나이든 검사가 나에게 닿으면 더러워진다고 말한 것도, 안나의 차가운 태도도, 주변 종자들의 모욕적인 시선도 모두 내가 신에게 미움을 받는 배신자인 것에 기인한다.

"다음부터 내가 너의 텐트로 식사를 가져다주마."

나의 대답에 아르 씨는 잠시 이를 빠득 갈았으나, 강한 어조로 그렇게 제안하였다.

"아니요, 그렇게까지 하시지 않으셔도——."

"카이 군, 아이는 좀 더 솔직해져야 하는 법이야."

아르 씨는 그렇게 말하고는 요리사 같은 중년 남자에게 걸어 갔다.

줄을 서 있던 로제의 종자들이 서둘러 길을 열어주자, 아르 씨 가 조용히 지시를 내렸다.

"그의 몫을 건네라."

"그, 그러나 프랭크턴 경이——."

"내 말을 못 들었나?! 음식을 내놔. 난 그렇게 말했어!"

매처럼 날카로운 눈으로 노려보며, 멱살을 쥐고 강하게 외친다.

"넵! 당장 드리겠습니다!"

남자가 작게 비명을 지르고, 떨리는 손으로 그릇에 음식을 담 아 목제 쟁반에 놓아 나에게 건넸다.

"이 부끄러움도 모르는 자들은 나중에 내가 확실히 교육하마. 안심하여라. 두 번 다시 저들이 같은 짓을 하게 놔두지 않겠다."

아르 씨는 그렇게 말하더니, 악귀와 같은 형상으로 프랭크턴 이라는 귀족이 있는 텐트로 걸어갔다. 나는 아르 씨의 뒷모습에 감사를 담아 깊숙이 머리를 숙이고, 음식을 들고 나의 텐트로 향했다.

***

——실케 대삼림 산길.

그로부터 며칠 뒤 우리는 실케 대삼림으로 진입했다. 오늘 밤도 산길의 곳곳에 설치된 휴게용 광장에서 캠프를 하는 참이다. 음식은 아르 씨가 가져다주게 되었고, 로제의 종자들이 나를 괴롭히는 일은 완전히 사라졌다. 물론 여전히 오물을 보는 듯한 눈으로 보고 있고, 철저하게 피하고 있기는 하지만. 그래도 괴롭힘이 사라진 것만으로도 나에게는 몹시 쾌적하다고 할 수 있다.

정말, 그날부터 이런 일뿐이다. 그 계시로부터 나의 생활은 완전히 달라졌다. 본래 성격이 맞지 않았던 사람은 물론이고, 지금까지 친구라고 생각했던 사람들도 무능한 배신자라고 욕하게 되었다. 처음에는 상당히 상처를 받았으나, 나에게는 라일라, 레나 그리고 키스 세 사람이 있다. 이 세 사람만은 무능한 나에게도 변함없이 대해주었다.

"레나와 키스는 지금쯤 어떻게 지내려나……."

레나와 키스는 그 계시로 각자 검성과 대마도사라는 기프트를 지닌 것이 확인되어, 현재는 수행을 위해 왕도에서 생활하고 있다. 두 사람도 처음에는 왕도에 가는 것을 강하게 거부하였으나, 로만과 달리 허락받지 못했다. 그 이유는 두 사람이 받은 기프트의 특수성에 있다. 키스가 지닌 기프트는 대마도사로, 마법에 관한 기프트다. 그러나 라무르는 본래 무술 도시이기에 마법은 그리 강하지 않아 라무르에서는 마법의 수행이 불가능하다. 따라서 아멜리아 왕국 정부는 키스에게 왕도에서 궁정 마술사장의 제자로 들어갈 것을 명했다고 한다.

레나는 검성이라는 대마족전에서 선봉에 서야 할 기프트 홀더다. 아멜리아 왕국 정부는 그녀에게 왕도에서 마왕군 토벌의 최정예 팀인 용사팀에 합류하여 수행할 것을 엄명했다. 어린 나이에 검성 기프트를 발현한 소녀의 존재를 공식적으로 알릴 필요가 있었던 거겠지. 레나는 어린 시절부터 단련을 강요받은 나나 라일라와 다르게 목도 하나 쥐어본 적이 없는 아이다. 그런 아이를 마왕군 토벌의 최정예 팀인 용사 파티에 넣는 것은 본래, 제정신으로 할 짓이 아니다. 물론 반대는 했다. 하지만 나처럼 무능한 자가 무슨 말을 해도 들어줄 리가 없어서, 오히려 질투라며 주위에서 실컷 비난받기만 했다.

"카이, 아직 깨어 있나요?"

텐트 밖에서 투명할 정도로 맑은 여성의 목소리가 고막을 흔들었다.

"네. 일어나 있습니다."

바로 대답하고 일어나자, 새하얀 로브를 착용한 아름다운 소녀가 탐스러운 분홍색 머리를 쓸어 넘기며 텐트로 들어왔다. 로제는 저 종자들의 주인이다. 속마음을 말하자면, 나는 그녀가 거북하다. 그녀와는 되도록 얽히고 싶지 않다.

"무슨 일이시죠?"

"죄송해요!"

긴장하여 묻자, 그녀는 나에게 머리를 숙이며 사죄하는 말부터 꺼냈다.

"네? 뭐라고요?"

영문을 알 수 없는 사죄가 당황스럽다.

"아르……에게 들었습니다. 얼마 전, 기사들이 당신에게 저지른 짓을 말이에요."

그녀는 쾌활한 평소 모습에서는 생각할 수 없을 만큼 심각한 얼굴로, 양손을 모아쥐며 나약한 목소리로 중얼거린다.

"아니요, 딱히 신경 쓰지 않는다……고 하면 거짓말이겠지만, 이미 끝난 일이니까요."

이 이상 그 일을 신경 써도 서로에게 좋을 일은 하나도 없다. 적어도 현재, 나는 제대로 된 인간으로 취급받고 있다. 그것으로 충분하다. 게다가 앞으로 내가 고위 귀족인 로제와 얽힐 일이 있을 리도 없으니, 더 이상 친해질 필요도 없다.

"하지만 제가 왕도까지 카이와 함께 여행하고 싶다고 검성님께 조른 바람에……."

나와 여행하고 싶다니. 나, 카이 하이네만이라는 존재를 처음부터 알고 있었다면, 보통 그런 생각은 떠올리지도 않을 터였다. 물론 검성의 유일한 오점이기에 어떤 의미로는 유명하지만, 그런 속물적인 지적 호기심을 채우기 위해 일부러 할아버지에게 부탁할 만한 인물로는 보이지 않는다.

"로제 씨는 왜 저를 여행에 동행시키려고 생각하신 겁니까?"

"당신이 레나와 키스의 소꿉친구이기 때문이에요."

"두 사람을 알고 계십니까?!"

"네, 궁정 마술사장은 저의 마법 스승이기도 합니다. 키스는 그 제자고요. 그리고 레나 그로트는 저와 가까운 친구예요."

궁정 마술사장에게 배운다는 이 사람, 정말 정체가 뭘까. 설마 진짜 성녀님이라든가? 아니, 말도 안 된다. 만약 그렇다면, 라무르에 큰 소란이 일었을 것이다.

"그럼 두 사람에게 제 이야기를 듣고?"

"네. 특히 레나는 항상 당신의 이야기만 해서, 아마 키스보다도 잘 알지도 몰라요."

듣자 하니 분명 과거의 치태조차 적나라하게 다 말해준 모양이다. 그야 레나와는 어릴 때부터 알고 지냈으니까.

"그렇군요, 그것이 저를 이 일행에 동행시킨 이유입니까?"

"네. 두 사람이 그만큼 집착하는 당신이라는 인물과 한번 만나보고 싶어서, 검성님께 무리하게 부탁하여 이번 여행에 동행시키게 되었습니다."

"레나는 용사님의 팀에서 잘하고 있나요?"

어딘가 맹한 부분이 있는 아이라 솔직히 크게 다치지는 않을까, 괴롭힘을 당하지는 않을까 너무 걱정되던 참이다.

"용사님 일행부터 기사들까지 그녀를 예뻐하고 있어요. 본래 그녀가 천진난만한 성격이기 때문이겠지요."

그렇구나. 그 말을 들으니 정말 다행이다. 그것만으로도 이 일행에 낀 보람이 있다.

"로제 씨, 알려주셔서 감사합니다."

나는 진심으로 감사를 담아 머리를 숙였다.

그 뒤로 로제와 어린 시절 우리의 생활 등을 이야기하였으나, 로제의 종자인 그 빨간 머리 여성 안나가 악귀 같은 얼굴로 들이닥쳤기에 그녀는 얌전히 자기 텐트로 돌아갔다.

　레나가 로제를 마음에 들어 한 이유를 지금이라면 잘 알겠다. 그녀에게는 아멜리아 왕국 귀족 특유의 거북함이나 거만함이 없다. 게다가 이런 배신자라 여겨지는 나에게 자신과는 직접적인 관계가 없는 부하의 무례함까지 일부러 사과하러 와주는 착한 사람이다. 나아가 저 청초한 외모는 최약인 나라도 지켜주고 싶다는 생각이 들 정도니, 남을 돌보기 좋아하는 레나라면 더욱 그럴 것이다.

　아무튼 레나에게 마음을 터놓을 수 있는 친구가 있어서 안심했다. 이것으로 나도 안심하고 바벨로 떠날 수 있다.

　그런 생각을 멍하니 하고 있는데, 2메르가 넘는 거구에 수염을 덥수룩하게 기른 푸른 머리의 중년 남성 아르 씨가 나의 텐트로 들어왔다.

　"밤늦게 미안하군."

　"아니요, 무슨 일이세요?"

　이런 밤에 찾아왔으니 그럴 만한 용건이 있다고 봐야 할 것이다.

　"그런 꼴을 당했는데 로제 님과 대화해주어 고맙구나. 그분은 너와 솔직하게 이야기했다며 정말 기뻐하셨어."

　아르 씨가 자세를 바르게 하고 나에게 머리를 숙였다.

　"아, 아니요, 이러지 마십시오! 오히려 저처럼 무능한 자와 대화를 해준 그녀에게 감사하고 있다고나 할까요. 그러니까——."

　"나도 너만큼은 아니지만, 밑바닥 기프트였거든. 그래서 너에게 공감할 수 있어."

"아르 씨가 밑바닥 기프트라고요? 그게 정말입니까?"

"그래, 그러니 이것만은 말할 수 있어. 힘내라! 노력하면 분명 보답을 받을 거다!"

아르 씨는 운명과도 맞설 법한 진지한 얼굴로 나의 가슴을 오른쪽 주먹으로 가볍게 치고 텐트에서 나가버렸다. 노력하면 보답을 얻을 수 있다. 그런 말을 들은 것은 처음이다. 지금까지의 정보를 정리하면, 저 로제라는 아이는 왕국에서도 상당히 고귀한 영애일 것이다. 아르 씨는 노력만으로 그 종자의 필두까지 올라갔다는 뜻인가. 정말 대단하다. 나도 언젠가 아르 씨처럼 사회에 필요한 사람이 될 수 있을까?

조용히 그런 생각을 하며, 나는 텐트 바닥에 깔린 매트에 누워 눈을 감았다.

＊

──실케 대삼림 속.

그곳은 나무가 울창하게 자라는 녹색 바다다. 달빛조차 비치지 않는 높은 나무 사이를 신중하게 걸어가다 목표인 두 사람이 있는 것을 발견하고, 프랭크턴 사르마지는 안도하여 가슴을 쓸어내렸다.

프랭크턴은 아멜리아 왕국 왕실공청의 고관. 즉, 문관이다. 솔직히 거친 일은 잘 맞지 않기에 이런 밤 중에 숲속을 이동하는 일은 태어나서 처음 경험하는 것이라 할 수 있다.

"일 처리는 어떻습니까?"

"아주 좋아. 모두 배치되었어. 제국에서도 최정예인 우리 부대의 소환사가 소환한 흑표와 오거에 의한 포위망이다. 덧붙여 우리 두 사람도 있지. 이제 쥐새끼 한 마리 못 도망가."

프랭크턴의 물음에 가슴에 머리가 둘인 신조의 문장이 새겨진 빨간색 군복을 입은 거대한 남자가 대답했다. 그 거한은 깔끔하게 깎은 머리에 군복에 달린 후드를 깊숙이 쓰고, 검은색 구속구와 같은 것으로 입을 가리고 있다.

"과연 '지고의 소환사' 엔즈 공이 이끄는 부대군요. 소문은 익히 들어 알고 있습니다."

어깨부터 찢어진 군복 양쪽 소매로 드러난 통나무 같은 두 팔에, 3메르에 달하는 기골이 장대한 몸. 여기 딱 보아도 전선에 어울리는 외모의 남자야말로 그리트닐 제국 최강이라 일컬어지는 육기장(六騎將) 중 한 사람이자, 정령왕과 계약한 소환사다. 그야말로 제국의 전략급 병기다.

"근거가 없는 아첨은 좋아하지 않아. 왕녀 쪽의 동향은?"

"로제 왕녀는 무능한 배신자와 대화하고 있었습니다만, 지금은 자리에 드신 모양입니다. 이제 이쪽에서 소란을 일으켜 기사장── 아르놀트를 왕녀로부터 떼어낼 겁니다. 나머지는 예정대로 부탁드리겠습니다."

차기 왕으로 가장 유력한 후보인 로제 왕녀만 왕국에서 사라지면, 다음 즉위는 프랭크턴 일당이 지지하는 길버트 왕자가 될 가능성이 커진다.

"흥! 자신이 모시는 왕의 일족을 팔아넘기는가. 우리 제국 군인이라면 절대 떠올리지 못할 발상이군."

팔짱을 끼고 등 뒤의 높은 나무에 기댄, 야성미가 있는 군복을 입은 검은 머리 청년이 경멸로 가득 찬 말을 내뱉었다.

"검제 공, 그것은 저희가 수치를 모르는 자다. 그렇게 말씀하시는 것입니까?"

이 남자는 '검제'—— 지그닐 가스트레아. 선대 검제 애쉬번 가스트레아로부터 젊은 나이에 검제의 칭호를 계승한 무의 천재다. 그렇게 들었으나, 이렇게 무례하기 짝이 없는 남자였을 줄이야.

"흐응, 다른 뜻으로 들렸다면 내 말투 문제겠지. 사과할게."

"우리 나라의 사정도 모르는 자가 무례하기 짝이 없군! 그 말을 철회하지 못할까!"

너무나 큰 굴욕감에 격한 반응이 나왔다. 프랭크턴의 행위는 모두 조국의 질서가 파괴되는 것을 방지하기 위함이다. 이런 아무것도 모르는 젊은이에게 모욕당할 일이 아니다.

"뭐? 너희가 자기 주인을 파는 건 사실이잖아?"

"파는 것이 아니야! 제국의 황족에게 시집을 갈 뿐이다!"

"허! 그 공주님은 평생 음침한 소환술사들의 장난감이 될 텐데!"

로제마리 전하의 기프트, 성녀에는 이세계에서 용사를 소환하는 힘이 있다. 이번에 제국이 왕녀를 원하는 이유는 그 성녀로서의 힘 때문이다. 일단 왕녀가 새로운 용사를 소환하는 것도 걱정되기는 하지만, 그녀를 황족과 결혼시키는 조건으로 제국과 강화를 맺기로 되어 있다. 동맹국이 될 국가의 무력이 강화

되는 것보다 조국에 문제가 될 여자를 배제하는 쪽이 훨씬 중요하다.

"그만둬, 지그닐! 프랭크틴 공도 미안하군. 이국의 땅이라 조금 신경이 예민해졌거든. 용서해주시오."

엔즈는 자세를 바로 하고 프랭크틴에게 살짝 머리를 숙였다. 지그닐도 혀를 차더니 눈을 질끈 감았다.

이래서는 안 된다. 머리에 피가 몰리고 말았다. 그러나 지금 다투어봐야 이득이 없다. 냉정해져야 한다.

"아닙니다. 그럼 저는 슬슬 행동을 개시하겠습니다. 지그닐 공도 일이 생겼을 때, 아르놀트를 잘 막아주시기를 바랍니다."

"…………."

지그닐은 조용히 동의하고는 나무 사이로 모습을 감추었다. 엔즈도 다시 한번 머리를 숙이고 사라졌다.

드디어 때가 왔다. 이제야 저 왕녀를 우리 조국에서 추방할 수 있다. 그 여자는 신분의 차이 없이 국정을 운영해야 한다고 주장하고 있다. 그런 짓을 하면 상상할 수 없는 혼란을 초래할 것이 당연하다.

아멜리아 왕국의 왕위 계승권은 전통적으로 장자에게 있지만, 어디까지나 관례이지 최종 결정권은 국왕 폐하께 있다. 눈에 거슬리는 로제 왕녀는 성녀. 말하자면 용사를 소환할 수 있는 신에게 선택받은 존재이기에, 아멜리아 왕국에서는 성직자를 비롯하여 백성에게 압도적으로 인기가 많아 일정한 지지 기반을 확보하고 있다. 국왕 폐하가 그 인기를 이용하여 다가올 대(對)

마왕전에서의 사기 고양을 위한 상징인 왕녀를 선택하는 것도 생각할 수 있는 일이다.

이대로 저 정신 나간 왕녀가 차기 여왕이 되면 어떻게 될까? 지금까지 선조들이 지켜온 귀족의 질서는 근본부터 파괴되고 만다. 그것만은 용서할 수 없다. 귀족 사회를 구해야 한다. 그 대의를 위해, 대대로 왕실에 충성해온 일족 출신인 프랭크턴은 왕족에게 활시위를 겨눈 것이다.

'이 멤버라면 실패할 리 없어.'

그리트닐 제국의 최강 전력이라고도 일컬어지는 육기장이 두 명이나 있다. 확실히 왕국 기사장── 아르놀트는 강하지만, 검제 지그닐이라면 호각 이상으로 싸울 수 있을 것이다. 적어도 붙잡아두는 것이라면 문제없이 해낼 터. 그동안 왕녀를 왕국에서 제국으로 옮기면, 프랭크턴 일당의 승리다.

'길버트 왕자님, 저의 충성을 당신에게!'

프랭크턴은 왕도에서 낭보를 기다리고 있는 자신의 주인에게 경례하고는 행동에 나섰다.

***

요의를 느끼고 조용해진 텐트에서 슬금슬금 나와 숲속으로 들어갔다.

보통이라면 그 근처에서 해결하겠지만, 로제의 종자들에게 발견되면 또 성가셔지니 위험하지 않은 범위 내에서 최대한 안쪽까지 들어가기로 했다. 아르 씨가 이 주위에는 위험한 마물이나 야생동물은 없다고 말했다. 최소한의 장비는 착용하였으니, 문제는 없을 것이다.

밤의 숲은 온통 어둠으로 가득하다. 겹치듯이 무성하게 자란 나무들은 달빛 하나 비치게 하지 않아, 그야말로 바닥이 없는 늪을 나아가는 듯한 감각이다. 때때로 우는 들새의 소리에 어두운 밤을 두려워하는 작은 동물처럼 몇 번이나 움찔거리면서도 걸어가다 보니, 숲 안쪽에서 검은색 로브를 입은 빨간 머리의 곱상한 남자가 갑자기 모습을 드러냈다.

진짜 깜짝 놀랐다! 무심코 쌀 뻔했다. 이 사람, 우리 마차에는 없지 않았나? 나는 최근 되도록 다른 사람과 얽히지 않도록 하였지만, 그래도 얼굴 정도는 싫어도 기억하고 있다. 아르 씨가 도와주기 전까지 상당히 심한 취급을 받았으니 더욱 그렇다. 이 사람은 마차에 없었다. 그것은 틀림없다. 그렇다면 그는 이 주변에 사는 사람인가?

"저, 저기, 이 부근에 사는 분인가요?"

헌터인 어머니가 전에 마도원의 연구를 위해 깊은 산속에서 생활하는 사람들이 있다고 말했다. 로브를 입고 있으니, 이 사람도 그런 부류의 사람일지도 모른다.

"이런 건 보고에 없었는데. 그럼 사고인가……."

나의 질문에는 전혀 대답하지 않고, 빨간 머리 남자가 잠시 턱을 쓰다듬었다.

"그럼 계획에 지장이 없는 정도로 잠시 놀아도 괜찮겠지."

그리고 그 얼굴을 추악하게 일그러뜨렸다. 그 쾌락에 물든 얼굴을 언뜻 본 것만으로도, 신경이 꽁꽁 얼어붙는 듯한 불길함이 느껴져 나도 모르게 뒷걸음질을 쳤다.

"아, 도망쳐도 상관없어. 아니, 얼른 도망쳐라. 안 그러면 재미없으니까."

남자가 손가락을 딱 튕기자, 그 남자의 뒤에서 빛나는 수많은 짐승의 눈. 울음소리.

"힉?!"

온몸의 혈액이 거꾸로 흐르는 듯한 오한을 느껴, 입에서 작은 비명이 새어 나왔다. 그리고 천천히 나무 안쪽에서 모습을 드러내는 검은 개와 비슷한 짐승들. 틀림없다. 이 남자가 저 짐승들을 조종하고 있다. 그리고 이 남자의 말로 보아, 장난이나 농담이 아니라 정말 저 개와 같은 것으로 나를 공격하려고 하고 있다.

왜 항상 나만 이렇게 되는 거야!

나는 울고 싶은 기분을 필사적으로 누르고, 짐승들로부터 도망치기 위해 무작정 달렸다.

숨이 갑갑하다. 심장이 아프다. 발이 아까부터 멈춰 달라고 비명을 지르고 있다. 그래도 뒤에서 다가오는 무수한 짐승의 기척으로부터 멀어지기 위해 필사적으로 발을 움직이고 있다.

'이 세상 제일의 무능' 기프트 탓에 나의 발은 느리다. 바로 사로잡혀야 할 터인데 검은색 짐승들은 바로 뒤를 따라올 뿐이다. 아직 내가 무사한 것은 아이러니하게도 저 짐승을 조종하는 빨간 머리 남자가 나라는 토끼 사냥을 즐기고 있기 때문인 것 같다.

이제 어디를 달리고 있는지도 모르겠다. 저들에게 쫓겨 도망치고 있을 뿐. 주위에 짙은 안개까지 끼기 시작했다. 그러다 작은 용소(龍沼) 같은 장소와 마주쳤다.

젠장! 완전히 막다른 곳이다. 이제 폭포 속으로 몸을 던지는 길밖에 없다. 뭐, 저런 짐승의 먹이가 될 바에는 그쪽이 좀 더 나을지도 모르겠다.

포기하려는 순간, 용소의 수면으로 떨어지는 물 안쪽에 얼핏 동굴 같은 것이 보였다.

혹시 저기로 도망칠 수 있지 않을까?!

지푸라기라도 잡는 심정으로 용소 안쪽으로 달려가자, 그곳은 기적적으로 동굴처럼 되어 있었다.

다행이다. 이제 앞으로 나아갈 수 있다. 나는 그 동굴 안쪽으로 들어갔다.

얼마나 달렸을까. 이미 동굴 벽과 천장은 붉은 흙에서 돌로 만든 인공적인 것으로 바뀌어 있었다. 수십 분은 지났을까, 아니 실은 몇 분밖에 지나지 않았을지도 모르겠다. 심장도, 폐도, 두 다리도 한계에 달했을 때, 통로 안쪽에 빛이 보였다. 다행이다, 출구다. 하지만 지금은 한밤중이 아니었나.

"어?"

동굴을 나가자 그곳은 황야였다. 게다가 하늘에는 찬란하게 빛나는 태양이 보였다.

이게 무슨 일이지? 동굴로 들어가기 전에는 밤, 동굴을 나가니 한낮이라니, 무슨 마법이야! 침착해! 이제 달리는 건 한계니까 일단 숨을 수 있는 장소부터 찾자.

숨을 수 있는 장소라. 주위를 둘러보자 그곳은 주위가 높은 절벽으로 둘러싸인 반경 1000메르 정도의 탁 트인 공간이었다. 그 절벽 주위에는 몇 그루 나무가 자라 있고, 연못 같은 것도 있다. 그리고 그 공간의 중심에는 신전 같은 것이 장엄하게 서 있다.

저 신전에 숨을 수 있을 것 같다. 언제 저 짐승들이 이곳에 침입하더라도 이상하지 않다. 조금만 더 용소 주위에서 헤매면 좋겠지만, 상대는 짐승이니 냄새를 잘 맡을 것이다. 너무 기대하지 않는 것이 좋겠다.

이 장소에 그들이 침입하였나 확인하기 위해 이곳으로 이어진 동굴 입구로 시선을 옮기자──.

"거짓말······."

무심코 경악이 흘러나왔다. 당연하다. 들어왔을 터인 동굴이 막혀 있었다. 더욱 정확하게 말하자면, 형태도 없이 사라져 있었다. 서둘러 달려가 조사했지만, 결과는 마찬가지였다. 어디에도 동굴 출입구 같은 것이 보이지 않았다.

과거에 헌터인 어머니로부터 유적 중에는 이렇게 출구가 사라지는 함정이 있다고 들은 적이 있다. 이것도 그런 종류의 유적일지도 모르겠다. 그것들이 이 장소에 들어올 수 없다면 시간을 보내기에는 좋을 것이다. 그 빨간 머리 남자에게 나는 사냥을 즐기기 위한 장난감이다. 그 녀석이 놀이로 즐기는 이상, 며칠이나 나를 찾지 못하면 이 장소에서 물러나지 않을까? 그렇다면 이 장소를 나갈 방법을 찾고, 며칠 동안 머문 다음 탈출하는 것이 최선이다. 이곳을 탈출하는 방법은 모르지만, 일단은 가장 수상한 것은 분명 저 신전부터 탐색하도록 하자.

***

계단을 올라 신전 안으로 발을 들였다.

신전 안은 바닥, 천장, 벽 모두 투명한 푸른색 돌로 만들어져 있다. 방 벽면에는 신기한 형태를 한 발광 수정이 일정한 간격으로 배치되어 있다. 방 중심에는 표면에 마법진이 그려진 원기둥 형태의 테이블이 있고, 그 옆에는 검은색 석판 같은 것도 있었다.

"대단하네……."

사람이 만든 것이라기에는 너무나 아름다운 유적이다. 방 중심에 있는 테이블과 석판으로 다가가 조사를 시작했다. 검은색 석판 표면에는 손자국 같은 형태가 그려져 있었다. 이곳에 오른쪽 손바닥을 대라는 뜻인가? 침을 삼키면서 손바닥을 대자──.

『신급 랭크 이상의 기프트 액세스를 확인. 카이 하이네만으로 플레이어 등록을 시험합니다………… 완료했습니다. 어서 오십시오, '신들의 시련(갓 오딜)'에. 플레이어님의 건투를 진심으로 기원합니다.』

갑자기 눈앞에 나타난 투명한 판에 놀라, 얼른 손을 석판에서

떼자 그 판이 사라지고 말았다.

뭐지, 방금? 문자가 나왔는데…… 다시 한번 손바닥을 대보자.

다시 석판에 오른쪽 손바닥을 댔지만, 이번에는 아무 일도 일어나지 않았다.

"이게 뭘까?"

시야 오른쪽 끝에 점멸하는 작은 봉 형태의 것이 있어서 건드리자, 갑자기 시야 가득 투명한 판이 나타났다. 거기에는 다음과 같은 문자가 쓰여 있었다.

──규칙 1. 이 게임을 클리어하지 않으면, 이 장소에서 나갈수 없다.

──규칙 2. 플레이어로 등록한 사람은 이곳에서는 전혀 나이를 먹지 않으며, 외부 시간도 정지된다.

──규칙 3. 플레이어에게는 '아이템 박스(무한 수납 도구 상자)'와 '특수 감정' 스킬, 및 '도주 신발', '절대 부러지지 않는 봉' 아이템이 주어진다.

──규칙 4. 아이템 박스에 수납할 수 있는 엘릭서는 컵 20잔으로 한정한다.

이 '게임'이란 유적을 말한다. 즉, 유적을 공략하지 못하면 나갈 수 없다는 뜻? 잠깐만! 유적 공략은 일류 헌터가 팀을 짜서 도전하는 법이다. 그것을 나 혼자 공략하라니 불가능하다! 게다가 내부와 외부 시간도 정지되어 있다면, 클리어하고 밖으로 나간 시점에 그 짐승들과 마주치게 된다. 시간을 벌지도 못하는 것 아닌가?

"그래서는 의미가 없어!!"

아니, 진정해봐! 이제 와서 동요해봐야 어떡해! 먼저 하나씩 정리해보자. '게임'이라는 것을 클리어하지 않으면 이 유적을 나갈 수 없다. 나갈 때까지 나이는 전혀 먹지 않고, 유적 밖의 시간은 정지되어 제한 시간도 없다. 나아가 다음 다섯 가지가 주어진다.

하나, '아이템 박스'다. 나는 일단 지금도 헌터 지망생이다. 이런 식의 능력은 잘 안다. 아이템 박스는 상인계 기프트 홀더가 취득하는 스킬로, 물건을 일정량 수납하는 능력이다.

두 번째, '특수 감정'의 '감정'은 다양한 것의 성질을 읽어내는 능력으로, '감정사' 등의 기프트를 지닌 사람이 취득할 수 있는 스킬이다.

세 번째인 '도주 신발'은 도망계 아이템, 네 번째인 '절대 부러지지 않는 봉'은 그 이름대로 그냥 단단한 봉이 아닐까 생각한다.

마지막 엘릭서는 다양한 상처나 병을 순식간에 치유할 수 있다고 하는 만능 영약이다. 이것은 완벽하게 환상 세계의 아이템이다.

아이템 박스와 '특수 감정' 스킬은 특정 기프트를 지닌 사람만 취득할 수 있을 터. 나의 기프트는 '이 세상 제일의 무능'이다. 어떻게 해서도 불가능할 텐데. 아무튼 시도는 해보자.

"아이템 박스—— 으악?!"

그렇게 중얼거린 순간, '리스트'라 쓰인 투명한 판이 눈앞에 나타났다.

손으로 누르자 '도주 신발'과 '절대 부러지지 않는 봉' 두 개가 표시되어 있었다.

떨리는 오른손으로 '도주 신발' 항목을 건드리자, 눈앞의 바닥에 한 켤레의 검은색 부츠가 나타났다. 흥분한 마음을 어떻게든 누르고, 신발을 건드리며 수납을 생각했다.

"사, 사라졌어……."

리스트 판에는 다시 '도주 신발'이라는 항목이 있었다.

"대단해! 이거 엄청난데!"

아이템 박스는 안 그래도 귀중한 스킬이다. 상인계 기프트를 지니지 않으면 얻을 수 없는 스킬이기 때문이다. 게다가 아이템 박스 스킬을 취득했다는 것은 혹시 감정도?

"감정!"

'도주 신발'을 꺼내 그것을 건드리며 큰소리로 외치자, 투명한 판이 시야 가득 펼쳐졌다.

◇◇◇◇◇◇◇◇◇◇◇◇◇◇◇◇◇◇◇◇◇◇◇◇◇◇◇◇◇◇◇◇◇◇

★[도주 신발]: 도망을 선택하면, 적으로부터 높은 확률로 도망칠 수 있는 신발. 단, 한번 소유자의 의사로 전투를 개시하면 그 전투에서는 신발의 도주 효력을 잃는다.

아이템 랭크: 최상급

"굉장해……."

무의식중에 두 주먹을 꽉 쥐고 있었다. 적에게서 도망치기 쉬운 신발이라니 들은 적도 없다. 그야말로 국보급 아이템이다. 이 '도주 신발'이 있으면, 이 '게임'이라는 것을 클리어한 뒤 밖의 짐승들로부터 도망칠 가능성이 훨씬 커진다. '절대 부러지지 않는 봉'도 조사해보니 '도주 신발'과 마찬가지로 최상급 아이템으로, '절대 부러지지 않고, 열화되지도 않는 봉'이라는 감정 결과가 나왔다. 이것도 사람의 힘으로는 만들 수 없는 아이템이다.

아무튼 두 개의 희소 스킬인 '특수 감정', '아이템 박스'가 있으면, 나의 쓸모없는 기프트라도 헌터로서 활약할 수 있다. 그것은 정말로 나의 꿈이 이루어지는 것을 의미한다. 이후의 생활에 대해 구체적인 목표가 생겼으니, 이제 게임 클리어에 정진할 수 있다.

그렇다. 이 스킬 감정, 자신을 해석할 수 있을까? 이번에는 나를 지정하여 '감정'이라 외치자, 화면이 떠올랐다.

◇◇◇

★스테이터스

[이름] 카이 하이네만

[나이] 15세(연령 진행 정지 중)

[기프트] 이 세상 제일의 무능(신급)

[HP] 5 [MP] 3 [힘] 0.1 [내구력] 0.1

[민첩성] 0.1 [마력] 0.1 [마력 내성] 0.1 [운] 0.1

★보유 스킬: [아이템 박스], [특수 감정]

좋아! '감정사'의 감정에는 보통 개인의 능력을 평가하는 기능이 있다. 이 스테이터스란 설마 헌터 길드가 공식적으로 채용하는 능력치 평가인 건가? 헌터 길드는 이 자기 감정 능력을 지닌 사람들의 협력을 받아, 독자적인 능력 평가 판정 기능을 지닌 마도구를 개발하여 실전에서 쓰고 있다고 들은 적이 있다.

실제 헌터의 평가 기준은 모르겠지만, 이 나의 능력치 평균은 0.1…… 분명 엄청나게 약한 것이겠지. 이것도 나의 기프트 '이 세상 제일의 무능'의 효과일지도 모르겠다.

그건 그렇고, 나의 기프트 '이 세상 제일의 무능'이 깜박거리고 있다. 건드려볼까?

○기프트 이름: 이 세상 제일의 무능

· 설명: 이 세상에서 가장 재능이 없는 자가 지닌 기프트. 상대 재능 강도와 성장률은 이 세상의 지적 생물 중에서 가장 낮지만, 어떤 특정 조건을 만족하면 다양한 사항에 관해 한계를 뛰어넘음 가능성을 담고 있다.

· 기프트 랭크: 신급

어떤 특정 조건을 만족하면 다양한 사항에 관해 한계를 뛰어 넘을 가능성을 담고 있다라. 너무 추상적이라 확실하지 않지만, 한마디로 노력하면 보답을 얻을 수 있는 기프트란 말인가? 신급 이라고도 하니 반대로 대단한 기프트일지도? 아니, 그래 봐야 내가 보유한 기프트다. 신급이라고 해도 애초에 기프트 랭크의 개념 자체를 잘 모르니 너무 과도한 기대는 하지 말도록 하자. 게다가 금방 진위를 가릴 수 있을 것이다.

자, 마지막으로 엘릭서다. 엘릭서는 신화나 옛날이야기에 나 오는 순식간에 회복할 수 있는 묘약이다. 솔직히 믿을 수 없지 만, 무능한 내가 감정과 아이템 박스 스킬을 획득할 정도니 만에 하나 존재할지도 모른다. 일일이 감정을 해보는 것이 좋겠다.

"거짓말……."

나무 그늘 근처에 있는 호수의 감정 결과는 그야말로 놀랄 만 한 것이었다.

○엘릭서의 샘: 만능약인 엘릭서가 무한으로 솟구치는 샘.

엘릭서가 무한으로 솟구치는 샘이라니 대체 무슨 샘이야!

시험 삼아 허리에 찬 칼집에서 나이프를 꺼내 오른손 집게손가락 끝을 살짝 벤 다음, 그 샘에 넣어보았다.

"나았어……."

그 비현실적인 현상에 잠시 입만 뻐끔거렸으나, 곧 비명을 지르고 싶은 영혼의 환희가 솟구쳐, 나는 목이 찢어지도록 포효했다.

──그렇다. 이때, 나는 우습게도 한껏 들떠 있었다.

세계 제일의 무능이라고 낙인찍힌 내가 아이템 박스와 감정이라는 희소 스킬을 얻었고, 심지어 엘릭서가 솟구치는 샘이라는 역사에 남을 대발견도 해냈다. 이런 일은 일류 헌터라도 불가능하다. 헌터 길드에 보고하면, 우대받을 것이 분명하다.

따라서── 이것으로 장래에 어머니처럼 일류 헌터로 활약할수 있다. 그런 웃음이 나올 착각을 하고 말았다. 하지만 나는 알지 못했다. 이 세상의 유리한 이야기에는 이면이 있고, 기적에는 반드시 고난이라는 대가를 치러야 한다는 당연한 사실을!

***

'게임'이라는 것을 클리어하지 못하면, 이 공간에서 나갈 수 없다. 그것을 찾아내기 위해 신전 안을 탐색하자 바로 목적지를 발견했다.

"이거 던전이지?"

신전 안쪽에는 지하로 이어지는 커다란 문이 있고, 그 앞에는 시야를 메우는 푸른색 석제 통로가 있다. 어디부터 어떻게 보아도 던전이다. 한마디로 이것을 클리어하라는 소린가.

여기서 망설여봐야 아무 소용이 없다. 출구가 없고 규칙이 이 던전의 공략을 요구하는 이상, 앞으로 나아갈 수밖에 없다.

'도주 신발'을 신고, 허리에 찬 칼집에서 나이프를 꺼내 왼손에 들었다. 나는 힘이 약하니 평범한 봉보다 나이프 쪽이 그나마 승산이 있기 때문이다.

서늘하게 피부를 자극하는 돌바닥의 냉기와 등줄기에 찬물을 끼얹은 듯한 오싹오싹한 느낌. 이것은 어린 시절 내가 쭉 꿈꿔온 모험이다. 그 계시로 무능하다는 낙인을 찍혀 포기하고 만 모험이다. 나는 그 계시 이전에는 하이네만류 검술을 이을 것을 강요받았다. 하지만 내가 어린 시절부터 바란 것은 어머니와 같은 헌터이지, 검술 도장의 사범이 아니다. 따라서 그 신전에서 열린 계시 의식에서 나는 내심, 검술과는 연이 없는 기프트를 바랐다. 만약 그렇다면 할아버지도 내가 헌터가 되는 것을 허락해줄 거라 생각했기 때문이다. 하지만 결국 나는 그 계시 탓에 헌터는커녕 필사적으로 단련해온 검의 길조차 잃고 말았다. 그래서일까. 이 피부로 느껴지는 서늘한 긴장감은 나를 더할 나위 없이 고양시켰다.

벽을 따라 주의 깊게 주변을 살피며, 금방이라도 지상으로 돌아갈 수 있도록 후방에 대한 경계도 게을리하지 않는다. 그것이 던전 탐색의 기본이다. 뭐, 어머니의 방에 있던 헌터 교본에서 얻은 지식이지만.

푸른색 돌 통로를 조금 나아가자 네거리가 나왔다. 어느 쪽으로 가야 할까. 알기 쉽게 똑바로 나아갈까.

"어?"

발을 한 걸음 내딛자, 오른쪽 통로에서 몸을 웅크리고 무언가를 먹고 있는 생물이 시야에 들어와 나의 사고는 순간 완전히 정지했다. 찰나, 등에 못이 박힌 듯한 격통이 온몸에 흘렀다. 한 호흡 늦게 나의 오른팔에서 분수처럼 쏟아지는 새빨간 액체와 그 생물이 지금 먹고 있는 것을 확인하고, 그제야 나는 현재 상황을 이해했다. 그렇다. 그 메뚜기 머리를 지닌 괴물이 먹고 있는 것은 나의 오른팔이었다.

"으아아아아아아아아아악!!"

필사적이었다. 목이 졸려 죽을 뻔한 수탉 같은 비명을 지르며, 나는 출구를 향해 무작정 달렸다. 대체 그 괴물은 뭐지? 아니, 나는 대체 왜 지금 이런 일을 당한 거지? 모르겠다. 모르겠지만, 그저 이 상황이 너무나 무섭고 끔찍하다!!

무서워! 무서워! 무서워! 무서워! 무서워! 무서워어어어어!!

아까까지 느껴지던 정신이 아득해질 듯한 고통이 부자연스러울 정도로 사라지더니, 지금은 온몸을 달구는 열과 머리가 터질 듯한 강렬한 공포만이 나의 발을 전력으로 움직이고 있었다.

그 뒤로 어떻게 되었는지 별로 기억나지 않는다. 나는 신전 앞의 황야를 걸었다. 몽롱한 상태로 꺼림칙할 만큼 파란 샘 속에 몸을 던진 뒤, 나의 의식은 뚝 끊겼다.

눈을 뜨자 찬란하게 빛나는 태양이 보였다. 햇빛에 눈을 가늘게 뜨고, 주위를 둘러보았다.

아무래도 나는 새파란 수면에 누워 둥실둥실 떠 있는 모양이다. 자신의 몸이 샘에 가라앉지 않는 것에 약간 위화감을 느끼며, 나른해진 몸을 샘에서 힘겹게 일으켰다.

머리가 멍해서 잘 돌아가지 않는다. 내가 지금 이런 곳에 왜 있더라?

어머니에게 불려 왕도로 향하고, 일주일쯤 마차를 타고 흔들리다 캠프를 하던 중 로제와 이야기하고, 용변을 보러 텐트에서 나왔을 때, 그 빨간 머리 남자와 만나서…….

"──혁?!"

나를 덮친 일련의 악몽과 같은 광경이 차례로 떠올라, 파도가 밀려 나가듯 몸에서 핏기가 사라졌다.

그렇다! 그랬었다! 나는 그 개와 비슷한 짐승에게 쫓겨 이 장소에 도달하여, 그 신전의 던전 안으로 나아가 그 메뚜기 괴물에게 오른팔을 먹히고 도망쳐서──! 내 오른팔은?!

"오, 오른팔은 아무렇지도 않아……."

울고 싶을 만큼 크게 안심하여 심호흡하고, 바닥에 털썩 주저앉았다.

아마 꿈이라도 꾼 모양이다. 혹시 그것이 사실이라면 오른팔이 무사할 리가 없다. 그렇다. 아마, 그것은 꿈이다. 그제야 평소처럼 사고가 회복되었고──.

"어라, 여기 옷이……."

확실히 피부에는 긁힌 상처 하나 없다. 그러나 오른팔의 옷은 어깨부터 찢겨 사라져 있었다. 그리고 찢긴 옷 주위에 물든 얼룩은 언뜻 피처럼 보였고…….

"엘릭서."

갑자기 머릿속에 그 단어가 떠올라 무의식적으로 중얼거렸다.

그렇다. 그렇게 생각하면 모두 앞뒤가 맞는다. 맞고 만다. 나는 그 메뚜기 괴물에게 오른팔을 뜯기고, 목숨을 걸고 도망쳐 이 엘릭서 샘에 떨어져 의식을 잃었다. 즉, 지금 나의 오른팔이 상처 하나 없는 까닭은 엘릭서로 회복되었기 때문이다……. 만약 그 신전 지하의 던전에서 일어난 일이 꿈이 아니라 모두 사실이라면, 나는 그 지옥 같은 장소로 다시 나아가지 않으면 안 된다.

"말도 안 돼! 싫어! 그것만은 절대 싫어!"

나에게는 그 메뚜기의 동작이 전혀 인식되지 않았다. 그 녀석에게 절단된 것이 팔이 아니라 목이라면, 나는 이미 죽었다. 내가 이렇게 살아 있는 것은 그저 운에 불과하다. 우연에 지나지 않는다.

"아니, 아직 그렇다고 정해진 건 아니다. 이렇게 오른팔도 무사하고——."

자신을 어떻게든 격려하여 신전 쪽으로 몸을 돌리자, 바닥에 흩뿌려진 대량의 혈액이 시야 가득 들어왔다.

"하하……."

그런가. 그렇겠지. 나는 항상 이렇다. 내가 바란 것은 늘 최악의 형태로 거절당하고 만다.

나의 미래를 가로막는 너무나 두껍고 무거운 회색 벽에 자연히 메마른 웃음이 터지는 것이 느껴졌다. 그 소리는 점차 울음으로 변해갔다. 너무나 잔혹하기 짝이 없는 운명에 나는 몇 년 만에 소리 내어 울었다.

울 만큼 울고 간신히 마음이 진정되자, 조금 냉정하게 생각할 수 있게 되었다.

아무튼 지금 나로서는 저 메뚜기를 쓰러뜨릴 수 없다. 신전 안으로 발을 들여도 녀석의 먹이가 될 뿐이다. 하지만 여기서 나가는 방법은 저 던전을 클리어하는 것밖에 없다.

아침까지 기다리면 로제마리가 탐색대를 파견해줄까? 아니, 저 로제마리의 종자들이 나를 찾아내라는 명령에 따를 리가 없다. 아르 씨가 엄명하더라도 단호히 거부할 것이다. 애초에 밖의 시간은 정지되어 있으니, 내일 아침이라는 경과 자체가 일어나지 않는다.

큰일이다. 사면초가다. 아무튼 이런 장소에서 헛되이 죽는 것만은 사절이다. 게다가 아직 상황이 호전될 가능성도 남아 있다. 예를 들어 이 공간에 갇혀 있는 사람이 나뿐만이 아니라든가. 혹시 이 던전에 도전하는 사람이 있다면, 이 자리에서 기다리다 보면 언젠가 만날 수 있을지도 모른다. 그렇다면 물과 음식 확보가 최우선이다. 이 점에서 물은 여기 무한히 솟아난다는 엘릭서가 있으니 확보되어 있다. 문제는 음식이다.

"역시 없나……."

한 차례 둘러보았지만, 나무 열매는커녕 잎사귀도 없고, 작은 동물도 없다. 돌이나 바위 뒤에는 애벌레 같은 생물이 있었지만, 이것은 맹독을 지니고 있어서 도저히 먹을 수 없다. 뭐, 그런 기분 나쁜 건 독이 없어도 먹고 싶지 않지만.

젠장! 아직이야! 이곳에서는 나도 나이를 먹지 않을 터. 그렇다면 공복이라는 개념 자체가 없을지도 모른다. 아니면 엘릭서로 공복 상태조차 회복되는 것도 가능하다. 지금은 거기에 걸 수밖에 없다. 아무튼 체력을 소모하는 행동은 엄금이다.

나는 바닥에 벌렁 누워 눈을 감았다.

***

이 공간에도 낮과 밤의 구별은 있는지, 그로부터 일곱 번의 낮과 밤을 반복했다. 동시에 나의 안이한 기대는 보란 듯이 깨지고 말았다. 확실히 공복은 느껴지고, 엘릭서로도 배는 부르지 않았다. 가방 안에 조금 있던 검은 빵은 이미 예전에 다 떨어졌다.

배가 고프다. 뱃가죽이 등에 들러붙을 것 같다.

그로부터 몇 번이나 이 일대를 조사했지만, 먹을 만한 풀은 하나도 없었다. 있는 것은 저 독벌레뿐. 아니, 아직이다. 저 독벌레는 살아 있다. 아직 이 토양 밑에 먹을 수 있는 벌레 유충 정도는 있을지도 모른다. 아직 움직일 수 있으니 조금 더 힘낼 수 있다.

다시 열흘이 지났다. '절대 부러지지 않는 봉'으로 땅을 팠지만, 결국 다른 벌레는 한 마리도 없었다. 이제 땅을 팔 기력도 없다. 한계인 것 같다. 앞으로 며칠 동안 아무것도 먹지 못하면 나는 죽는다. 그런 느낌이 든다. 무엇보다 이 강렬하고 거스를 수 없는 배고픔 때문에 제대로 생각도 할 수 없다. 이런 바보 같은 짓을 할 생각이 든 것은, 그 때문이다.

"크하하! 어차피 안 먹으면 죽어! 이 이상 이 지옥이 계속될 정도라면, 단숨에 죽어주마!!"

한 번에 집어삼킬 만한 애벌레를 오른손에 들었다. 감정에 따르면 이 애벌레는 '견독충—— 위산으로 용해되며, 먹으면 용조차 순식간에 죽일 수 있는 맹독을 지닌 독벌레라고 한다. 또한 고농도의 영양을 함유한다'고 되어 있었다.

먹으면 용조차 죽는 독벌레니 이대로는 확실히 죽는다. 따라서 가방 안에 있던 나무 컵에 엘릭서를 따라 벌컥벌컥 마시는 작업을 반복했다. 배가 엘릭서로 빵빵해진 사이에 나는 '견독충'을 통째로 삼켰다.

——쿵쾅! 쿵쾅!

갑자기 마그마처럼 버티기 힘든 열이 배 속에서 퍼지며, 시야가 새빨갛게 물들었다.

『약독 내성의 획득 조건을 만족하였습니다. 스킬—— [약독 내성]을 획득하였습니다.』

그 무기질적인 여성의 목소리와 함께 나는 의식을 잃었다.

"죽지…… 않았어?"

머리가 꽝꽝 울리고, 죽을 만큼 기분은 나쁘지만, 일단 살아는 있는 모양이다.

바로 엘릭서를 마시자 두통과 불쾌함은 사라졌다. 그리고 그렇게 고통스럽던 배고픔도 거짓말처럼 사라졌다. 마지막에 들은 여성의 목소리는 분명 '약독 내성'이라고 했다.

· 스킬── [약독 내성]: 독에 약한 내성을 지닌다.

· 스킬 획득 조건: 치사량의 1000배 이상의 독을 지닌 생물을 먹고도 생존할 것.

· 랭크: 초급

· 랭크업 조건: 치사량의 1000배 이상의 독을 지닌 생물을 100마리 먹고도 생존할 것.

약독 내성인가. 먹은 애벌레의 맹독으로 생긴 신체의 상해를 엘릭서로 회복하여 살아남았기에 이 스킬을 획득한 모양이다.

그건 그렇고 독 내성의 스킬이라니 들은 적도 없다. 설마 이것이 나의 '이 세상 제일의 무능' 기프트에서 말한 '특정 조건을 만족하면 한계를 넘을 가능성'인 건가?

……말도 안 된다. 어차피 내 기프트는 쓸모없으니 그럴 리는

없나. 애초에 엘릭서라는 만능약이 없다면, 치사량의 1000배나 하는 생물을 먹고도 생존할 수 있을 리가 없다. 한 번도 들은 적이 없는 것도 당연하다.

아무튼 독벌레 한 마리를 먹었을 뿐인데 배가 부르다. 이것으로 당분간은 그 배고픔에서 해방될 것이다. 효과가 떨어지면 또 똑같겠지만.

그로부터 딱 100일이 지났다. 약독 내성을 획득한 탓인가 엘릭서만 마시면 기절까지는 하지 않게 되었다. 뭐, 불쾌함과 두통은 엄청나지만.

그리고 결국 '약독 내성'의 랭크업 조건을 달성하여 '독 내성'을 획득했다.

아무래도 치사량의 1000배 이상의 독을 함유하는 생물인 '견독충'을 100마리 먹고도 생존한 것으로 획득한 모양이다. 랭크는 중급. 다음 랭크업 조건은 '견독충'을 1000마리 먹고 생존하는 것이다. 뭐, 이것밖에 먹을 것이 없으니 언젠가 획득할 것 같다.

엘릭서를 마시고 먹으니, 두통과 속쓰림도 사라졌다.

그리고 이 100일로 알게 된 것. 그것은 저 독벌레—— 견독충은 먹어도 전혀 줄지 않는다는 것이다. 단순히 번식력이 이상할 정도로 강한 건지, 아니면 이 장소에 신비한 힘이 작용하고 있는 것인지는 모르겠지만, 일정한 숫자가 항상 이 장소에 존재하고 있다. 저 애벌레가 모기나 나비가 되어 번식하고 있는 것처럼 보이지도 않으니 후자겠지.

이렇게 '견독충'은 내가 생존하는 데 필수 불가결한 식량이 되었다.

제2장 10만 년의 수행

내가 이 공간에 사로잡힌 지, 약 1년이 지났다.

지금은 '절대 부러지지 않는 봉'을 무작정 휘두르고 있다. 이유는 단순한데 무언가 하지 않으면 미래가 불안해서 머리가 이상해질 것 같기 때문이다.

물론 '절대 부러지지 않는 봉'을 휘둘러 스테이터스가 상승할 것도 기대하였으나, 여전히 스테이터스는 0.1인 채 변화하지 않는다. 역시 그렇게 쉽지 않은 모양이다.

아무튼 어린 시절부터 검술 단련을 해온 탓인가 봉을 휘두르는 동안에는 모든 것을 잊을 수 있었다.

──게임을 시작한 지 10년 뒤.

오랜 세월이 흘렀다. 수년간은 절벽에 30일 단위로 날짜를 새겨 세곤 했다. 그러나 중간에 신전 안의 석판에 숫자가 나열되어 있고, 그것이 날짜를 가리키는 것을 알게 되어 그쪽을 이용하게 되었다.

처음 몇 년은 매일 고향과 가족이 그립고 그리워서 견딜 수가 없었다. 그러나 지금까지 연습한 적 있는 사람들과 가상의 시합을 하는 것을 떠올린 뒤로는 외로움도 느끼지 않게 되었다.

본래 어린 시절부터 할아버지에게 항상 상대를 떠올리며 단련하도록 배웠다. 물론 내가 만드는 이 가상의 시합 상대는 지금까지 검을 든 인형 같은 흐릿한 존재에 이름이 부여된 정도에 지나지 않았다. 그러나 어떻게 된 영문일까. 처음에는 흐릿했던 상대의 모습이, 계속 가상의 적을 상상하며 봉을 휘두르는 동안 점차 선명하게 윤곽이 생겨 명확한 사람의 형태를 만들어냈다.

이렇게 나는 가상 세계의 누군가와 검에 의한 대화에 빠져들었다.

──게임을 시작한 지 40년 후.

이미지에 의한 가상 시합으로 같은 도장의 동급생들에게 승리하고, 도장의 어른들에게도 승리했다. 그리고 결국 사범에게도 승리할 수 있게 되었을 때──.

『[계류(戒流) 검술 일도류 초전]의 획득 조건을 만족했습니다. 스킬── [계류 검술 일도류 초전]을 획득하였습니다.』

무기질적인 여성의 목소리가 머릿속에 울렸다.

"어라?"

오랜만의 변화에 동요하는 기분을 억누르며, 감정을 해보았다.

◇◇◇◇◇◇◇◇◇◇◇◇◇◇◇◇◇◇◇◇◇◇◇◇◇◇◇◇◇

· 스킬── [계류 검술 일도류 초전]: 검술의 초전. 도검으로 싸우는 실전에서 스테이터스가 조금 향상된다.

· 스킬 획득 조건: 약 40년간 매일 빼놓지 않고, 도검으로 모의전을 12시간 이상 계속한다.

· 랭크: 초급

· 랭크업 조건: 약 120년간 매일 빼놓지 않고, 도검으로 모의전을 12시간 이상 계속한다.

이번에 취득한 것은 '계류 검술 일도류'라고 하는데 처음 들었다. 물론 나는 모의전 같은 것은 하지 않았고, 애초에 도검이 아니라 봉을 휘둘렀을 뿐이다. 다만 가상의 이미지에 의한 전투에서는 항상 도검 전투를 가정하고 싸워왔으니 도검으로 한 모의전으로 여겨졌을지도 모른다. 아무튼 나에게 타인과의 연결은 저 공상 모의전뿐. 이러나저러나 꾸준히 할 수밖에 없다.

──게임을 시작한 지 800년.

흐르는 물처럼 곡선을 그리는 검무. 지금은 마치 나의 손발처럼 봉을 휘두를 수 있게 되었다. '계류 검술 일도류 초전'은 중전을 지나 오전(奧傳)에 이르렀다.

일단 감정상 도검으로 한 전투로 판정되는 한 스테이터스 상승효과가 있는 듯하지만, 가상의 모의전인 탓이기 때문일까? 신체 능력이 향상된 느낌이 전혀 들지 않는다.

뭐, 이제 나는 검술이 신체 능력이나 스킬이 아닌 것을 알고 있다.

지금도 이런 어린애 같은 신체 능력밖에 없는 내가 검성인 할아버지── 엘름 하이네만에게 어렵지 않게 이길 수 있기까지 하다. 우리 할아버지는 과거에 용사 파티에 껴서 4대 마왕과 싸운 적이 있는 분이며, 그 실력은 이미 검증된 바이다. 이것은 검술에서 신체 능력 따위는 그저 잔재주에 지나지 않는다는 것을 가리킨다.

그렇다. 검술의 길, 즉 검도란 기술, 근력 등을 초월한 끝에 있는 것이다.

"물론 할아버지도 이제 전성기는 지났어. 아직 세계는 강자로 넘쳐나."

이곳에 사로잡히기 전, 나는 할아버지에게 이끌려 다양한 대회와 도장을 견학하였다. 이곳에 사로잡히기 전의 일은 깨끗하게 잊어버렸는데, 할아버지와 함께 눈으로 본 그 사람들의 검술만은 결코 잊지 않았다. 매일매일 검으로 상대에게 승리하는 것만 쭉 생각하여 실행해온 탓이겠지.

두 개의 검을 손발처럼 다루는 이자벨 법국 최강의 검사——쌍도검 그람.

마법과 검술을 통합시킨 엘프 최강의 생물이라고도 일컬어지는 마법검 실버.

그리트닐 제국 구 검제—— 애쉬번.

아직 세계는 강자로 넘쳐난다.

나는 엄청난 환희를 느끼며 검의 여행에 빠져들었다.

————게임을 시작한 지 1500년 후.

다시 세월이 흘렀다. 본 적이 있는 모든 검사, 상상으로 형성한 전성기의 할아버지조차 이긴 나는 오랜 검의 역사상 최강의 검사로 일컬어지는 초대 검성을 상상하여 만들어냈다. 물론 나는 초대 검성과 만난 적이 없다. 어디까지나 나의 상상이지만, 크게 다를 바 없다고 믿는다. 그리고 결국 초대 검성에게도 승리한 순간, 나는 개전에 도달했다.

————게임을 시작한 지 3000년 후.

초대 검성에게 승리한 뒤, 나는 훨씬 전부터 수행 상대로 정해두었던 최대의 난적에게 도전하기로 했다. 그것은 일찍이 할아버지에게 들은 적이 있는 검의 정상에 있는 지고의 무인이다. 온갖 무에 정통하고, 검의 길을 단련한 지상(至上)의 검신. 지금, 그 최강의 검성조차 이긴 나라면 그 이상의 검사를 만들어내는 것도 가능할 터였다.

그러나 완벽하게 구성했을 터인 무의 신의 이미지는 아이러니하게도 카이 하이네만이라는 현재의 나였다.

그로부터 최고의 이상인 나를 상대로 단련을 시작했다.

이상적인 자신에게 승리한다는, 어떤 의미로 모순된 목표를 향해 봉을 휘두른 결과. 정신이 아득해질 정도의 세월이 지난 끝에야 나는 드디어 승리하여, '계류 검술 일도류 극전'에 달했다. '계류 검술 일도류 극전'은 도검을 이용한 전투에서 스테이터스가 극에 이르는 효과가 있는 모양이지만, 스테이터스 따위는 검사에게 부록에 불과하기에 대단한 의미는 없다. 그리 유용하다고는 말할 수 없는 능력일 것이다.

참고로 독벌레를 매일 먹은 결과, '맹독 내성', '독 무효'를 거쳐 극에 다다른 '독 흡수'로 변화되었다. 이 '독 흡수'란 말 그대로 독을 흡수하여 HP와 MP를 회복하는 능력이다. 봉을 휘두르는 생활에는 크게 도움이 되지 않는 힘이지만, 없는 것보다는 아마 나을 것이다.

"그럼 슬슬 가볼까."

'견독충'으로 식사를 마치고, 나는 '절대 부러지지 않는 봉'을 들고 일어섰다.

아무튼 너무 오랜 세월이 지나고 말았다. 전의 일은 전혀 기억나지 않는다. 그저 내가 이천 년이 넘는 시간 동안 밀어붙인 것은 검의 길을 걷는 것이었다. 그것뿐이며 그 이외의 일은 나에게 사소한 것에 지나지 않는다.

따라서 내가 이상적인 나를 타도하고, 검의 길을 한계까지 걸어간 것을 깨달은 순간, 나는 처음으로 크게 당황했다. 왜냐하면 나를 가로막고 있던 목표라는 이름의 고난이 사라졌기 때문이다.

자신을 쓰러뜨리는 것은 최근 내가 살아가는 보람이었다. 그것이 달성되고 만 이상, 다른 새로운 목표를 발견해야만 한다. 그러지 않으면 나는 내가 아니게 된다. 그것은 틀림없는 사실이지만, 자신을 쓰러뜨리고 만 지금 더는 쓰러뜨릴 적이 남아 있지 않다. 그때, 나는 문득 왜 검술을 시작했는가 하는 가장 근본적인 의문에 도달했다. 등잔 밑이 어둡다고, 내가 지금 진심으로 갈망하는 것은 저 신전 끝에 있다는 것을 갑자기 떠올렸다. 정말 웃음이 나올 정도로 얼빠진 이야기다. 아무리 검의 길을 정진하였다고 해도, 이런 마음이 떨리는 강자와 목숨을 걸고 싸우는 장소를 잊어버리고 말 줄이야. 과거의 내가 조금도 공략하려고는 생각하지 않았을 정도니 저 안은 말 그대로 사지일 것이다. 본래라면 이길 리가 없는 싸움. 이만큼 근사한 것은 없다. 혹시 내가 새롭게 넘어야 할 높은 벽이 되어줄지도 모른다.

"음. 못 참겠는데에."

표정이 풀어지는 것을 애써 참으며 나는 '절대 부러지지 않는 봉'을 들고 사지로 걸음을 옮겼다.

이쪽을 향해 똑바로 천천히 걸어오는 메뚜기 남자.

감정을 하자, '이름―― 메뚜기맨'이라고만 표시되었다. 흐음, 감정으로도 적의 능력치는 평가가 불가능하다는 말인가. 재미있다! 수치로 강함을 재고, 자신보다 약한 적과만 싸운다면 너무 따분할 것이다. 오히려 이것이 좋다!

'계류 검술 일도류 극전'의 효과로 나의 모든 능력치는 평균 100까지 올라갔다. 저 녀석에게 얼마나 대항할 수 있을지 기대된다. 정말 기대된다.

"이봐, 메뚜기맨이라 하나? 나에게 나아가야 할 길을 보여라!"

나는 그렇게 외치고, 환희에 떨며 녀석을 향해 침착하게 걸어갔다.

차례로 날아드는 메뚜기맨의 손톱을 아슬아슬하게 피하고, 녀석의 필살기로 보이는 혼신의 힘을 담은 오른 발차기도 봉으로 쉽게 넘겼다.

"이 정도인가……."

겨우 몇 번 받은 것만으로 깨닫고 말았다. 이런 조잡한 공격으로는 그야말로 100년이 걸려도 나에게는 상대가 되지 않는다. 기껏해야 메뚜기에 지나지 않았는가…….

실망스러운 마음을 어떻게든 추스르고, 나는 봉을 들었다. 그리고──.

"'계류 검술 일도류' 제1형── 사선(死線)."

메뚜기맨의 가슴에 선이 그어졌다. 그어진 선은 몸통, 사지, 머리로 퍼졌다.

"기긱?!"

그것이 메뚜기맨의 마지막 말이었다. 메뚜기맨의 각 부위가 어긋나며, 녹색 피를 흩뿌리면서 조각조각 고깃덩어리가 되어 무너졌다.

봉을 휘둘러 피를 떨군 뒤, 자신에게 감정을 걸었다.

평균 스테이터스가 0.1에서 0.2로 상승해 있었다. 아무래도 적을 쓰러뜨리면 신체 능력도 향상되는 모양이다. 상대가 약한 것은 조금 기대에 어긋난 일이지만, 그래도 조만간 왜소한 내가 이기지 못할 절대적인 강자와 마주칠 것이다. 그렇다면 지금은 아직 보지 못한 그 강자와의 싸움을 위해 육체를 강화하도록 할까.

"그렇다면 역시 마물 토벌이겠지."

그렇다. 그것이 나의 당면한 목표다. 나는 '절대 부러지지 않는 봉'을 들고 본격적으로 벌레 사냥을 개시했다.

＊＊＊

──'신들의 시련' 지하 9층의 가장 안쪽 방.

그로부터 호적수를 찾아 이 푸른 통로를 헤매었으나, 조무래기뿐이었다.

너무 조잡하기 짝이 없는 허술한 공격. 그래서는 아무리 신체 능력이 나보다 뛰어나더라도 맞을 리가 없다. 돼지 목에 진주라는 말이다. 벌레 괴물의 골격 이음새를 노려, 나의 목도로 건드리기만 해도 조각조각 파편이 되고 만다.

"이럴 거면 검을 휘두르는 편이 나았겠는데."

최근 3년 동안 스테이터스는 평소 상태라도 평균 5 정도까지 올라왔다. 이런 약한 적밖에 없는 던전 탐색으로 여기에 도달하기까지 3년이나 걸린 까닭은 단순히 이 던전이 너무나 넓기 때문이다. 게다가 그 넓이는 층을 내려갈 때마다 넓어지는 구조인 듯했다.

이 던전에는 마물의 침입이 금지된 세이프티 포인트라고 할 만한 장소가 있고, 그곳에 지상으로 가는 전이 마법진이 그려져 있다. 그리고 미궁 안에서 이 세이프티 포인트 사이를 이동하는 데 십수 일이라는 시간이 걸린다.

아무리 '견독충' 도시락을 준비해도 한계가 있기에, 던전 안에 있는 벌레 괴물들을 음식으로 이용했다. 그들을 죽이고 먹으면서 앞으로 나아갔다.

9층 가장 안쪽 방 너머에 있는 계단을 내려가자, 한 마리의 거대한 벌이 서 있었다.

『제1시련, 킬러 호넷을 쓰러뜨려라, 가 시작됩니다.』

여성의 목소리가 머릿속에 울려, 나는 '절대 부러지지 않는 봉'을 들었다.

이제야 내가 원하던 호적수와 만났을지도 모른다.

"마음껏 싸워보자!"

목이 터질 듯이 환희의 함성을 지르며, 나는 괴물 벌을 향해 걸어갔다.

갑자기 괴물 벌의 온몸이 떨리더니, 그 모습이 흐릿해졌다. 오한을 느끼고 살짝 중심을 옮기자 왼팔이 조금 뜯겨 있었다.

"음, 눈에 보이지 않는 상대인가. 너, 제법 괜찮은데."

나는 오랜만에 기분 좋은 고통을 느끼고, 미칠 듯한 기쁨에 얼굴을 일그러뜨리며 '절대 부러지지 않는 봉'을 들었다.

보이지 않는 적. 즉, 난적. 이만큼 근사한 것은 없다. 나는 신나는 마음을 애써 억누르며, 봉을 쥔 손에 힘을 주었다.

"결국 이 정도인가······."

기대한 만큼 실망도 컸다. 확실히 나는 녀석의 모습을 볼 수 없다. 그러나 그것은 어디까지나 직선으로의 이동뿐. 초고속 이동을 하기 전에는 항상 한곳에 머물며 온몸을 떨지 않으면 안 되는 듯했다. 이래서는 피해달라고 말하는 것이나 마찬가지다.

덤으로 녀석의 필살기는——.

녀석의 꼬리에서 나의 머리 위로 일제히 쏟아지는 꺼림칙한 보라색의 무수한 물방울에 나는 목도를 높이 들었다. 그리고——.

"'계류 검술 일도류' 제3형—— 달빛 거울."

나에게 날아드는 무수한 독액을 목도를 휘둘러 떨쳐냈다. 보라색 독액은 마치 시간을 되돌린 것처럼 움직여, 녀석의 꼬리를 끝부터 흐물흐물 녹여버렸다.

"미안하지만, 나에게 그런 투척 도구는 소용없어."

제3형—— 달빛 거울은 마법검 실버의 원거리 공격을 막기 위해 고안한 카운터 기술이다. 실버의 원거리 마법이라면 몰라도, 저 정도의 평범한 공격이라면 모두 튕겨내는 것도 어렵지 않다. 어차피 나에게는 효과가 없었겠지만, 저 상태를 보니 방출된 것은 용해계 독액이었던 모양이다. 절규하면서도 나로부터 거리를 벌리기 위해 천장에 들러붙는 거대한 벌.

흠, 다른 벌레들과는 달리 이 절대적으로 불리한 상황에서도 도망치지 않고, 전의도 잃지 않았나.

이것은 벌레지만, 아무래도 전사의 긍지가 있는 모양이다.

"끝내주마."

나는 '절대 부러지지 않는 봉'을 왼손에 쥐고, 중심을 낮추며 오른손을 칼자루에 해당하는 부분에 살짝 댔다.

이것이 지금 내가 할 수 있는 가장 빠른 고속 이동 검술이다. 이것으로 대응하자.

녀석의 몸 떨림과.

"'계류 검술 일도류' 제2형—— 전광석화."

내가 말하는 것이 동시에 이루어졌다. 방 안에 몇 개의 빛줄기가 그어진 뒤, 나는 녀석의 등 뒤에 있었다.

"기기?"

얼른 돌아보려고 한 녀석의 머리가 스르륵 어긋나더니, 이어서 사지와 몸도 따로따로 흩어져 바닥에 떨어졌다.

"잠들어라."

봉에 묻은 녹색 체액을 흔들어 떨어뜨리고 허리에 찬 순간.

『킬러 호넷의 토벌을 확인. 제1시련을 클리어하였습니다. 클리어 특전이 나타납니다.』

여성의 목소리가 울리고, 방 중심에 길고 가는 나무 상자가 나타났다. 상자를 열자, 도신이 빨간색으로 빛나는 롱소드가 나타났기에 감정해보았다.

★화염검: 대기의 마력을 이용하여, 베어낸 것을 연소시킨다. (랭크: 상급)

베어내면 불태우는 검인가. 이것으로 벌레들을 굽는 것이 가능해진다. 다소 맛이 좋아질지도 모르니 좋은 물건일지도 모른다.

킬러 호넷과 싸우며 생긴 상처를 엘릭서로 치유한 뒤, 11층으로 가는 계단을 내려갔다. 그곳의 바닥은 부글부글 끓는 용암이었다. 음. 좋다! 좋아! 시련이라 했으니 이 정도는 해주지 않으면 긴장감이 없다. 그러나 어떻게 할까. 이래서는 앞으로 나아갈 수 없다. 열 내성이 있는 신발이라도 있으면 좋겠지만, 공교롭게도 그런 편리한 아이템은 갖고 있지 않다.

"음, 내성인가…… 좋은 실험이 될지도 몰라."

편리하게도 10층 시련이 실시된 장소는 세이프티 포인트라 지상으로 전이할 수 있다. '도주 신발'을 벗어 아이템 박스에 넣고, 발을 마그마 안에 넣은 다음 얼른 꺼냈다.

"쳇! 역시 한 번으로는 안 되나."

격통에 얼굴을 찡그리고 발목부터 화상을 입은 오른발에 혀를 차며, 엘릭서로 회복시킨 다음 같은 작업을 반복했다.

딱 50번째 같은 작업을 반복했을 때,

『[약열 내성] 획득 조건을 만족하였습니다. 스킬── [약열 내성]을 획득했습니다.』

여성의 목소리가 머릿속에 울리고, 투명한 판이 눈앞에 나타났다.

◇◇◇◇◇◇◇◇◇◇◇◇◇◇◇◇◇◇◇◇◇◇◇◇◇◇◇◇◇◇◇◇◇◇◇◇

· 스킬── [약열 내성]: 열에 약한 내성을 지닌다.

· 스킬 획득 조건: 고열에 몸 일부를 50회 닿게 할 것.

· 랭크: 초급

· 랭크업 조건: 고열에 몸 일부를 500회 닿게 할 것.

◇◇◇◇◇◇◇◇◇◇◇◇◇◇◇◇◇◇◇◇◇◇◇◇◇◇◇◇◇◇◇◇◇◇◇◇

좋아! 해냈어! 최고다! 시간과 엘릭서는 무한하다! 이것으로 다시 목표가 생겼다. '열 흡수'를 획득할 때까지 반복하기로 하자.

**

──게임을 시작한 지 6433년.

'신들의 시련' 지하 300층.

내가 '신들의 시련'의 던전에 들어온 뒤로 정신이 아득해질 만큼 시간이 흘렀다. 왜 이렇게 시간이 걸렸냐고? 각 층이 광대해진 것은 물론이고, 층마다 성질이 다르기 때문이다.

11층부터 50층은 바닥이 마그마로 채워져 부글부글 끓는 작열 존. 51층부터 100층은 발을 들여놓은 자를 빙결시키는 빙결 존. 101층부터 150층까지는 걸을 때마다 모래 창이 솟구치거나, 모래가 생물처럼 덮치는 사막 존. 151층부터 200층은 던전 안이 점차 HP를 빼앗는 물로 가득 차는 수몰 존. 201층부터 250층은 바람의 칼날이 주위에 날아드는 칼바람 존.

구체적인 취득 방법은 생략하겠지만, 이 모든 상태 이상에 대해 흡수계를 획득하고 나서 공략을 개시했다. 그 결과, '열 흡수' '빙결 흡수' '토사 흡수' '물 흡수' '바람 흡수' 스킬을 획득하고 250층까지 공략을 완료했다. 그리고 251층부터 번개가 치는 낙뢰 존으로 나아가 몇 번이나 감전되어 검게 그을리면서 '전기 흡수'를 얻고 300층까지 도달했다.

현재, 나는 울퉁불퉁한 바위산과 거친 땅밖에 없는 장소를 오로지 앞으로 나아가는 참이다. 번개가 치는 빗속에서 나의 뒤로 급강하하는 뇌조 몇 마리가 화염검 한 번에 불타올라 재가 되었다.

"음, 또 이 상자인가……."

바위에 숨겨지듯이 놓인 두 개의 금속 상자를 보고 크게 한숨을 내쉬었다.

무슨 까닭인가 이 던전의 각 층에는 이런 식의 호화로운 상자가 놓여 있다. 그 내용물은 포션이라는 회복 아이템이나 편리한 아이템, 특수한 효력을 지닌 무기 등 다양하지만, 개중에는 좀 다른 것도 존재했다. 화염 검으로 금속 상자의 뚜껑을 열려고 하자——.

"기기기기갸갸갹!!"

금속 상자가 거대한 입을 히죽 벌리며 나를 삼키기 위해 달려들었다.

"짜증 나."

그 입을 화염검으로 일격에 갈라버렸다. 이런 식으로 상자가 거대한 입이 되어 물어뜯으려고 하거나, 마물의 모습이 되어 공격하는 경우가 있다. 일종의 함정이라는 것이겠지만, 마물의 기척을 감추지 못하므로 실효성이 떨어진다.

정말이지 나를 삼키고 싶다면 기척이라도 좀 없애주었으면 좋겠다. 이렇게 대놓고 드러내면 불쾌할 뿐이다.

혀를 차면서 다른 하나의 아무 특징이 없는 금속 상자를 열자,

'뇌수(雷獸)의 장갑'이라는 장갑이 들어 있었다. 아무래도 대기의 마력을 이용하여 전기 짐승을 만들어낸 뒤 조작하는 상급 아이템인 모양이다.

뇌수를 만들어내는 장갑이라고 해도, 검사인 나에게는 크게 유용성이 느껴지지 않는 무구다. 이것도 아이템 박스에 넣어두자.

"꽤 많이 왔으니 슬슬 끝이 가까워지지 않았을까."

100년 동안 쭉 계층도 변함이 없고, 같은 풍경이 계속 이어지고 있다. 강자만 있다면 좋았겠지만, 이곳에도 더 이상 나의 적이 없다. 슬슬 지겹기도 해서 얼른 앞으로 나아가고 싶다. 그때 멀리서 거대한 폭포가 보였다. 아무래도 목적지에 도착한 모양이다.

그곳은 주위가 원형의 폭포로 둘러싸인 원기둥 형태의 구조물이었다. 원기둥 밑으로 폭포의 수면 바닥에는 커다란 물고기며 파충류와 같은 것이 무수하게 움직이고 있었다. 흠, 일부러 친절하게도 폭포 바닥까지 적을 배치해준 것인가. 재미있다! 정말 재미있는 취향이 아닌가!

두근거리는 가슴을 안고 의기양양하게 그곳으로 이어지는 돌다리를 건너자, 그 돌의 원기둥 위로 몇 메르에 달하는 호랑이 한 마리가 온몸에 전기를 두르고 장엄하게 서 있었다.

아무튼 저것과 싸우라는 뜻인가?

『상층 최종 시련, [뇌호왕]을 쓰러뜨려라, 가 시작됩니다.』

예상대로 머릿속에 울리는 무기질적인 여성의 목소리. 일단 저 호랑이가 나의 호적수가 될 수 있으려나…… 안 될 것 같다. 녀석에게서는 약한 기운밖에 느껴지지 않는다. 그보다 밑에 있는 물고기나 파충류 쪽이 더 구미에 당긴다. 아니, 스멀스멀 강자의 위풍이 느껴진다. 그렇다면 내가 할 일은 정해졌다.

전기를 두른 호랑이가 나를 향해 질주하며 도약했다. 그 날카로운 이빨로 나의 목덜미를 물어뜯으려고 한다.

"'계류 검술 일도류' 제1형—— 사선."

조용한 읊조림 끝에 '뇌호왕'은 조각조각 분해되고 말았다.

나는 바로 이번 시련의 메인 디시를 향해 걸어갔다.

『[뇌호왕]의 토벌을 확인——.』

이제는 익숙해진 머리에 직접 울리는 억양이 없는 여성의 목소리가 저 호랑이 토벌을 선언하는 동안, 나는 폭포 바닥으로 뛰어들었다.

『헤? 뭐라고———?! 자, 잠깐만?! 너 진짜 미친 거 아냐?!』

낙하하는 도중 놀란 여성의 목소리가 들린 기분이 들었지만, 그것도 나의 살의에 뒤덮여 사라졌다.

영혼이 끓는 듯한 훌륭한 투쟁이었다. 폭포 아래의 마물들은 모두 저 '뇌호왕' 따위는 문제도 되지 않을 만큼 압도적인 강자였다. 몇 번이나 죽을 뻔하며 남은 엘릭서가 딱 1회분만 남았을 때, 나는 간신히 폭포의 마물을 모두 죽였다. 지금은 마지막 엘릭서를 마시고 회복하면서 저 원기둥을 등반하는 참이다.

『사, 상층 최종 시련이 클리어되었습니다. 뇌, [뇌호왕]의 토벌 및 슈퍼 레어 조건의 달성을 확인. 클리어 특전 및 특별 클리어 특전이 나타납니다.』

평소의 감정이 없는 목소리와는 다르게 왠지 당황한 여성의 목소리가 머릿속에 울리더니, 원기둥의 중심에 금속 상자가 두 개 나타났다.

응? '뇌호왕'의 토벌 및 슈퍼 레어 조건? 저 폭포 밑의 마물들을 죽인 것인가? 그것이 레어라면 설마 저 '뇌호왕'의 토벌이 시련이었다는 말인가? 에이 설마, 상층 최종 시련인데? 그렇다면 너무 미적지근한 시련이다.

이 은색 상자는 '뇌호왕'의 토벌로 얻은 특전일 것이다. 그것을 손에 들어 살펴보자, 표지에 '마도서 입문'이라고 쓰여 있었다. 마도서라. 무능한 나라도 마법을 사용할 수 있게 되는 것일까? 그렇다면 생각지도 못한 보물을 얻은 셈이다.

다음에는 슈퍼 레어 특전으로 보이는 금색 상자다. 이것은 기대할 만하다.

상자를 열자, 지금까지 본 적도 없는 형태의 무기가 들어 있었다.

"이건 검인가?"

아마 검일 것이다. 손에 들어 휘둘러보자 놀랄 정도로 손에 익었다. 바로 감정하였다.

◇◇◇◇◇◇◇◇◇◇◇◇◇◇◇◇◇◇◇◇◇◇◇◇◇◇◇◇◇◇◇◇◇◇

★라이키리(雷切): 벼락 또는 뇌신을 베어냈다는 이계의 도검, 일본도.

이계의 검인가. 이 손에 달라붙는 느낌. 이것은 새로운 나의 파트너가 될 예감이 든다. 과연, 저 폭포의 마물들은 마지막까지 도움이 되어주었구나.

나는 만족스럽게 몇 번이나 고개를 끄덕이고, 검을 칼집에 넣어 허리에 찬 다음 탐색을 재개하기 위해 걸어갔다.

―――게임을 시작한 지 7612년 후.

'신들의 시련' 지하 350층.

번개 존을 빠져나오자 열악한 자연환경에 의한 구간이 끝나고, 다양한 종류의 용이 날뛰는 드래곤들의 낙원이 나왔다. 용들과 사투를 벌일 수 있다면 좋았겠지만 아쉽게도 나의 적은 되지 못하였고, 조우하자마자 순식간에 죽는 것을 반복하는 꼴이 되었다. 그렇게 350층에 다다랐다.

돌로 만들어진 광대한 방의 중심에는 작고 아름다운 황금 용이 있었다.

내가 다가가자, 황금 드래곤은 드러누운 채 눈만 움직여 나를 위압했다. 제법 묵직한 압력. 이 주위의 용과는 완전히 격이 다를 것이다.

나는 300층의 시련에서 획득한 '라이키리'를 뽑아 들었다. 이 '일본도'라는 이계의 검은 지금 나의 검술에 딱 맞는 물건이다.

"자, 황금의 용이여! 영혼이 뜨거워지는 싸움을 하자."

'라이키리'의 칼끝을 황금 용에게 향하며 외치자, 녀석은 귀찮은 듯 슬금슬금 일어나 나를 향해 목을 들었다.

『제8시련, 황금용 파프닐을 쓰러뜨려라, 가 시작됩니다. 파프, 저 녀석을 혼내줘! 넌 하면 할 수 있는 아이야!』

아니, 지금 목소리, 이상한 바람이 들어가 있지 않았나? 그러고 보니 무기질적인 여성의 목소리는 그 뒤로 자취를 감추고, 이렇게 감정이 풍부한 것으로 변해 있었다. 뭐, 그게 좋은지는 또 다른 문제지만. 아무튼 우리의 투쟁이 시작되었다.

지금, 나는 349층으로 죽어라 도망친 상황이다.

"후하! 후하하하하!!"

차가운 돌바닥에 대자로 누워 마음껏 웃음을 터뜨렸다.

졌다. 완벽하게 패배했다. 신체 능력 어쩌고가 아니다. 녀석에 대한 나의 참격은 모조리 무효화되었다. 칼날 그 자체가 통하지 않는 것은 물론이고, 참격으로 생기는 충격파조차 무효화되었으니 검이라는 공격 수단 자체가 통하지 않는 것일지도 모른다. 말하자면 '물리 내성', 아니 '물리 무효'라고 해도 과언이 아닐 것이다. 이대로는 아무리 단련하여 신체 능력을 향상시켜도 녀석을 쓰러뜨릴 수 없다. 좋다! 저것의 토벌이 나의 다음 목표다.

나는 의기양양하게 지상으로 돌아갔다.

먼저 시련을 클리어하기 위한 전제 조건으로, 저 '물리 무효'

같은 효과를 어떻게든 하지 않으면 나에게는 승산이 없다. 칼날이 통하지 않는다면, 다른 수단을 생각해야 한다.

물리적 공격 이외의 것인가. 단순하게 생각하면 마법이지만, 나는 마법을 사용할 수 없다. 그러고 보니 상층 최종 시련에서 '마도서 입문'을 얻은 뒤로, 이 던전에서 마도서를 여럿 획득했다. 혹시 이 마도서들을 쓸 수는 없을까?

'마도서 입문'은 단순한 책이지만 나도 읽을 수 있었다. 그리고 이 책을 열심히 읽은 결과, 마도서란 읽는 것이 아니라 계약하는 것이므로 억지로 읽으려고 하면 뇌가 타버리고 만다는 사실이 판명되었다. 시험 삼아 마도서 페이지를 펼쳐보자 격렬한 구토감과 현기증이 일었으므로 이 사실이 증명되었다고 할 수 있다.

물론 정공법인 마도서의 계약도 시험해보았으나, 모두 실패하고 말았다. 분명 나의 '이 세상 제일의 무능' 기프트 탓일 것이다. 어떤 방법을 써도 나로서는 마도서 계약을 하지 못하여 마법을 취득할 수 없었다.

그저 책일 뿐인 '마도서 입문'에는 마법과 마도서에 대한 기초적인 지식밖에 쓰여 있지 않아서, 마법의 취득에 관한 유용한 정보는 아무것도 얻지 못했다. 따라서 마도서는 일단 방치해두었으나, 지금 나는 어떤 생각을 떠올렸다. 그것은 저 마도서의 내용물. 즉, 뇌가 타버릴지도 모르는 책에 쓰인 문자로 만들어진 문장이다. 그것을 해독하면 나에게도 도움이 되는 마도 지식을 얻을 수 있지 않을까?

물론 아무 대책도 세우지 않고 마도서를 읽으면 무사할 리 없지만 내게도 생각이 있다. 엘릭서다. 마도서를 읽으면 뇌가 타들어간다. 그것이 뇌의 장애라고 한다면, 엘릭서로 회복시킬 수 있지 않을까?

당연히 그래도 위험하기는 하다. 만약 나의 예상이 틀렸다면, 나는 폐인이 되고 만다. 그러나 지금 나에게 그 정도의 위험은 아무렇지 않다. 오히려 그것이 달성 불가능한 시련일수록 해내겠다는 열병 같은 사명감이 솟구친다. 하지 않는다는 선택지 따위는 없다.

나는 엘릭서를 입에 머금으며 풀썩 드러누워 마도서를 읽기 시작했다.

***

────게임을 시작한 지 7673년 후.

나의 예상이 적중하여, 엘릭서를 마시며 마도서를 읽을 수 있었다. 마도서를 읽기 시작했을 무렵에는 두통이 심해서 5분마다 마셔야 했지만 계속 읽는 동안 '마도 중독 내성'이라는 영문을 알 수 없는 스킬을 획득했다. 그것을 획득한 뒤로 컨디션이 크게 좋아진 덕분에 효율도 큰 폭으로 향상되었고, 현재 그것은 '마도 중독 무효'로 진화하여 마도서를 읽는 데 불편함이 없게 되었다.

마도서의 문자는 잘 알 수 없는 기호의 나열이었으나, 마도어의 번역서 같은 것을 보물 상자에서 손에 넣었기에 그것을 사용하여 해독했다. 그 결과 알게 된 것은 나는 일반적인 마법을 쓸 수 없다는 사실이다. 마법에는 속성 마법이라는 개념이 있고 그것이 세간에서 말하는 마법인데, 나는 그것을 쓸 수 없다는 것이다.

속성 마법에는 일반 속성과 특수 속성이 있다.

일반 속성은 불, 물, 땅, 바람이라는 4대 기초 속성과 얼음, 전기, 빛, 어둠의 상위 4속성을 포함하여 총 여덟 개. 특수 속성은 이 일반 속성 이외의 모든 속성 마법의 총칭이다.

이 속성 마법은 기본적으로 마도서의 계약까지 포함하여 재능이 있는 자밖에 취득할 수 없다. 이 재능은 아무래도 기프트나 스킬과는 다른 개념이라 마도서로 계약할 수 없는 자는 아무리 수행을 해도 소용없는 것 같으니, 마도서의 계약조차 불가능한 나는 취득도 할 수 없다. 그럼 약 60년이 헛수고였느냐 하면 그렇지도 않다. 마법에는 또 하나 무속성 마법이라는 개념이 있는데, 간단히 말하자면 물건이나 인체에 마력을 돌게 하여 일정한 효과를 노리는 마법이다. 마력을 조작하는 것뿐이니 특수한 재능도 필요 없기에 그야말로 지금 나에게 딱 맞는 힘이다.

미궁에서 얻은 책은 마도서만이 아니라, 다른 전문서도 몇만 권에 이른다. 그리고 약 60년 동안 그러한 책을 암기할 정도로 반복해서 읽은 결과, 몇 가지 무속성 마법은 매우 비효율적이라는 사실을 깨달았다.

그 사실을 깨달은 것은 의학서라는 책을 읽을 때였다.

인체는 엄청난 숫자의 작은 세포가 모인 것으로, 그것들이 조직을 형성하고 다시 조직이 모여 일정한 기능을 지닌 기관, 우리가 아는 장기를 형성한다. 예를 들어 무속성 마법인 '신체 초강화'와 '초속 치료'의 마도서는 마력을 주입하는 대상을 여러 조직으로 고정해 버렸다. 더욱 작은 단위, 이상적인 수준이라면 세포 하나하나에 마력을 주입하여 조작하는 쪽이 더욱 효율적일 것이다. 그러려면 치밀한 마력 조작이 필요하다. 그리고 이 마력 조작이 가능해지면, 진정한 의미로 원거리 공격 수단도 취득할 수 있을 터였다.

물론 그것을 해내려면 지금까지와 비교도 안 될 시간과 단련이 필요하다.

"좋아. 아주 좋아! 이것으로 다시 목표가 생겼어!! 나는 더 강해질 거야!!"

나는 환희에 찬 괴성을 지르면서, 마력 조작 단련을 시작했다.

***

──게임을 시작한 지 8167년 후.

마력이란 인간의 간 부근에 있는 단전에 쌓이는 고밀도 에너지이며, 인간은 그 저장고인 단전에서 마력을 끌어내 조작한다. 처음에는 끌어내는 것이 고작이었으나, 100년쯤 지나니 자유자재로 조절할 수 있게 되어 나를 중심으로 수십 메르 앞으로 보내는 것도, 공중에 마력으로 그림을 그리는 것도 가능해졌다. 나머지는 응용이다. 얼마나 효율적으로 마법으로서 승화시킬 것인가.

나는 마도서를 참고로 새로운 마법 개발에 몰두했다. 그 결과, 네 개의 마법을 만들어냈다.

첫 번째는 신체 강화계 마법, '금강력'―― 세포 하나하나에 마력을 침투시켜, 그 마력을 강화 효과로 변질시킨다.

두 번째는 회복계 마법, '초재생'―― 의학서에서 얻은 지식으로 만든 마법으로, 세포 수준으로 회복을 가능하게 한다.

세 번째는 무기 강화계 마법, '마장'―― 화학계 책을 읽어대며 떠올린 마법으로, 그 이름대로 무기에 분자 단위로 마력을 둘러 조작할 수 있게 한다.

네 번째는 탐색계 마법, '신안'―― 반경 500메르의 돔 형태 범위를 마력으로 감시한다.

이러한 이름은 내가 명명한 것이 아니라, 훈련하니 마법이라는 항목이 늘어나며 그곳에 등록된 것이다.

자, 이것으로 토대는 마련되었다. 나머지는 구체적인 원거리 공격 수단의 개발과 응용이다. 나의 무기는 어디까지나 이 검 하나. 그 이외에는 있을 수 없다. 그렇다면 역시――.

나는 오른손에 돌을 들어 그것을 던지기 시작했다.

――게임을 시작한 지 약 1만 1065년.

다시 오랜 세월이 흘렀다.

그로부터 투척을 반복하여 스킬, '계류 투척술 초전'을 획득했다. 그 뒤로 중전, 오전, 개전을 거쳐 드디어 '계류 투척술 극전'에 이르렀다. 이것은 던지는 것에 대한 능력으로, 내가 투척하는 모든 것을 대상으로 한다. 이것은 물론 마력도 마찬가지다. 지금은 마력에 칼날 같은 성질을 부여해 쏘는 것도 가능해졌다. 이것도 치밀한 마력 조작과 그 변질에 500년이라는 세월을 들인 덕택이다.

물론 나는 검사다. 이 투척술 자체는 전투에서 쓸 수 없고, 쓸 마음도 없다. 따라서 이 '계류 투척술 극전'을 검술에 도입하는 것을 꾸준히 연습했다.

그리고 결국 '계류 투척술 극전'과 '계류 검술 일도류 극전'을 '진계류 검술'로 통합시키는 데 성공했다. 현재, 내가 지닌 검술 형태는 '사선' '전광석화' '달빛 거울'에 이어 세 가지가 늘어 여섯 개가 되었다.

그로부터 시간의 경과에 따라 마물이 다시 등장하는 던전의 특성을 이용하여 301층부터 349층까지의 드래곤을 마구 잡았다. 그리고 얼마 전, '용 사냥꾼'이라는 칭호를 얻었다.

칭호란 어떤 사상의 극에 달하면 획득하는 개념인 듯한데, 용 사냥꾼은 용과 싸울 때 스테이터스를 극한에 이르게 해주는 것이었다. 그 녀석을 죽이기에 딱 맞는 칭호다.

아무튼 나의 스테이터스는 다음과 같다.

◇◇◇◇◇◇◇◇◇◇◇◇◇◇◇◇◇◇◇◇◇◇◇◇◇◇◇◇◇◇◇◇◇◇◇

★스테이터스

[이름] 카이 하이네만

[나이] 15세(연령 진행 정지 중)

[기프트] 이 세상 제일의 무능(신급)

[HP] 9000 [MP] 8000 [힘] 3214 [내구력] 2955

[민첩성] 3428 [마력] 3699 [마력 내성] 3026 [운] 1020

★보유 스킬: [아이템 박스] [특수 감정] [진계류 검술 일도류 극전]
[독 흡수] [열 흡수] [빙결 흡수] [토사 흡수] [바람 흡수] [물 흡수] [전
기 흡수] [마도 중독 무효]

★칭호: [용 사냥꾼]

★마법: [금강력] [초재생] [마장] [신안]

◇◇◇◇◇◇◇◇◇◇◇◇◇◇◇◇◇◇◇◇◇◇◇◇◇◇◇◇◇◇◇◇◇◇◇

스테이터스는 여전히 녀석이 더 높을 가능성이 크고, 녀석의
'물리 무효'라는 반칙적인 효과에 어디까지 대항할 수 있을지도
미지수다. 하지만 최선은 다했다. 나머지는 하늘에 맡길 뿐이다!

나는 349층의 전이 마법진으로 이동한 다음 아래층으로 내려
갔다.

전과 마찬가지로 황금 드래곤이 누운 상태로 나를 날카롭게
노려보았다. 나는 '라이키리'를 뽑고 걷잡을 수 없는 흥분을 애
써 참으면서도, 중심을 낮춰 녀석을 마주 노려보았다.

『또 근거도 없이 덤비는구나! 하지만── 안 돼, 안 돼! 안 돼!

물리 무효 능력을 지닌 파프에게는 절대 이기지 못해!』

머릿속에 의기양양한 여성의 목소리가 울렸다. 처음에는 무기질적이었는데 지금은 그런 흔적도 없이 감정이 넘쳐나고 있다. 뭐, 그 감정이 너무 부정적으로 치우친 느낌은 들지만.

『중단되었던 제8시련, 황금용 파프닐을 쓰러뜨려라, 가 시작됩니다.』

목소리가 드높이 선언한다.

응, 그래! 최고야! 당연한가. 이것은 말하자면 3500년 만의 사랑. 너무 애틋한 나머지 죽을 것만 같다. 자, 어서 싸우도록 하자.

'라이키리'에 마력을 두른 뒤 '마장'을 실어 위력을 대폭 증가시킨다. 나아가 '금강력'으로 신체 능력을 높인다. 무식하지만, 먼저 인사 겸 혼신의 일격을 가하기로 했다.

마력을 자유자재로 조종할 수 있는 지금의 나라면 '라이키리'의 성능을 극한으로 끌어낼 수 있다. 나는 녀석의 옆구리를 노려 검을 휘둘렀다. '라이키리'에서 전기가 빠지직거리는 소리가 터지며, 세상이 온통 노랗게 물들었다. 순식간에 밀려드는 열파와 충격파, 귀를 때리는 굉음.

용의 뒤에 있는 벽이 원형조차 남지 않을 만큼 크게 파이더니 마그마처럼 꿀렁거리며 녹아내렸다. 파프닐은 고개를 뒤로 돌리더니, 용의 얼굴을 능숙하게 일그러뜨리며 작게 비명과 같은 소리를 지르고는 목을 바닥에 대고 덜덜 떨기 시작했다.

"그럼 지금부터 승부를——."

내가 싸움의 시작을 알리려고 한순간——.

"졌어요."

"엥?"

고막을 울리는 소녀의 목소리에 나도 모르게 인상을 찡그렸다. 그리고 이어서——.

『거짓말…… 어떻게, 어떻게 이런 일이, 말도 안 돼!!!』

머릿속에 울리는 여성의 절규. 머릿속의 목소리는 잠시 중얼중얼 혼잣말을 해댔으나, 곧 토라진 듯한, 그리고 어쩐지 체념한 듯한 목소리로 나의 승리를 선언했다.

『황금용 파프닐의 항복 선언을 확인. 제8시련이 클리어되었습니다. 적의 완벽한 투항으로, 특별 클리어 특전이 나타납니다.』

웃기지도 않는다. 이번에는 아직 무기조차 맞부딪쳐보지 못했다. 게다가 뜻밖의 사태가 이어졌다.

투명한 판이 눈앞에 나타나더니, 이런 글자가 표시된 것이다.

『놀랍게도 황금용 파프닐이 일어나 동료가 되고 싶은 눈빛으로 이쪽을 보고 있습니다. 동료로 삼겠습니까? [예] or [아니오]』

동료가 되고 싶다니, 눈앞의 드래곤은 아무리 봐도 겁에 질려있어서 도저히 그렇게 보이지 않는데…… 무엇보다 이런 거대한 생물이 나를 따라올 수 있을 리가 없다.

아니, 이 던전은 도전자를 위해 지극히 촘촘하게 만들어져 있다. 그렇다면 나를 따라올 만큼 변화할 수 있다고 생각하는 게 맞으려나? 아무튼 이 드래곤은 말을 할 수 있는 모양이다. 안 그래도 1만 년 이상 혼자 지내는 상황이다. 가끔은 머릿속에 들리는 성가신 여성의 목소리까지 반가울 때가 있는 병적인 금단 증상까지 나타났을 정도니, 이것은 행운일지도 모른다.

"음, '예'를 선택할게."

망설이지 않고 '예'를 누르자, 황금색 용이 빛나더니 급속도로 작아졌다. 와. 역시 크기에 보정이 걸려 있었던 모양이다. 약간 들뜬 기분으로 지켜보자——.

"아니, 너무 작아진 거 아냐?"

마침내 사람 크기가 되었다. 아니, 사람 그 자체다.

흰색과 검은색을 기조로 한 여성의 의복을 입은 자그마한 체구, 앳된 얼굴. 어떻게 보아도 어린이다. 금색으로 빛나는 머리는 귀를 덮을 정도로 길게 내려오고, 리본이 달린 곳에서 왼쪽으로 치켜 올라간 뒤 꼬리처럼 바닥에 쭉 늘어져 있다.

"주인님, 파프닐이에요. 잘 부탁해요!"

그 용이 작은 머리를 꾸벅 숙였다.

***

특별 클리어 특전이라는 것의 내용물은 '용신의 의복' '용신의 망토' '용신의 신발'이었다.

세 개 모두 매우 튼튼하고, 열화되지 않는 특수 효과와 함께 강력한 물리 내성도 있는 것 같다. 물리 내성은 둘째치고, 미궁 안에서 획득한 의복은 이미 여기저기가 엉망이라 튼튼하고 열화되지 않는 성질은 정말 도움이 되었다. 이렇게 파프닐과의 기묘한 공동생활이 시작되었다.

책을 느긋하게 읽고 싶어서 주위의 목재를 이용하여 주거지를 마련했다. 미궁 안에서 획득한 책 중에는 건설계의 책도 있어서, 그것을 참고로 제법 정교하게 만들었다고 자부한다.

지금은 290층에서 얻은 전기 소의 고기를 이용하여 파프닐에게 요리를 대접하는 중이다.

참고로 소금은 170층에서 180층 사이의 해수 존에서 물을 아이템 박스에 넣은 다음, 그것을 미궁에서 획득한 가마 같은 아이템에 넣어 화염검으로 말려 얻었다. 시간도 있어서 꽤 많이 저장해두었다.

"맛있어요!"

파프닐이 행복한 얼굴로 볼이 다람쥐처럼 빵빵해지도록 고기를 입에 넣으며 말했다.

"그거 다행이네."

고기는 내게도 형용하기 힘들 만큼 맛있었다.

음, 이렇게 다른 사람과 식사를 같이 하는 것도 좋다. 그보다 인생의 대부분을 혼자 보낸 나로서는 대화가 가능해서 좋다. 그것만으로 마음이 풀린다.

사명감과도 같은 강자와의 목숨을 건 싸움에 대한 갈망은 아직 해소되지 않았지만, 파프닐의 등장 덕분에 크게 완화되었다. 그녀도 요리나 나와의 던전 탐색을 즐기는 듯하니, 윈-윈 관계라고 할 수 있다.

──게임을 시작한 지 약 1만 3000년 후.

400층에 도달해, 지금은 시련의 방에서 갑옷을 입은 거대하고 코가 긴 생물과 대치하고 있다. 이 생물은 미궁에서 발굴한 이세계의 동물도감에 실려 있었지. 이름이 '코끼리'라고 했던가? 네 발짐승이 아니라 이족보행을 하고 있지만.

"나는 사신 기리메칼라, 풋내기 신 주제에 여기까지 오다니 칭찬해주마!"

음, 왠지 태도가 거만한 마물인데. 게다가 자기 보고 사신이라니…… 너무 설정이 과장된 것 같다. 이것이 바로 책에서 읽은 소년 시절에 빠진다는 망상을 부풀리는 병이라는 것일까.

"저기, 파프, 이 녀석을 어떻게 생각해?"

파프란 파프닐을 말한다. 이름이 길어서 부르기 귀찮기에 최근 100년은 파프라 부르고 있다. 게다가 그 여성의 목소리도 파프라고 불렀으니, 딱히 틀린 명칭도 아닐 것이다.

"죽여버려요!"

너클을 찬 오른손을 하늘을 향해 쳐드는 파프. 그래, 여전히 파프는 과격하구나.

심심풀이로 파프에게 전투 훈련을 시켰더니, 본인이 흠뻑 빠지는 바람에 이렇게 전투를 좋아하는 성격이 되고 말았다. 완벽하게 육아에 실패해버린 느낌은 든다. 역시 여기서는 부모 대신 모범을 보여줘야겠다.

"이봐, 괴물, 지금 당장 항복해. 그러면 봐주도록 하마."

녀석에게 최적의 길을 단적으로 제시하였다.

"이 나에게…… 항복하라고?"

온몸을 부들부들 떨며, 코가 긴 생물이 낮은 목소리로 말했다.

음, 그 정도로 겁을 주고 말았나. 대치해보니 일목요연하다. 지금 이 녀석과 나 사이에는 하늘과 땅만큼의 실력 차이가 난다. 작은 동물은 본능적으로 자신이 이기지 못하는 상대를 이해한다고 책에 쓰여 있었는데 지금 이 녀석이 딱 그 상황일지도 모른다.

"그렇게 떨지 마. 나는 위해를 가하지 않는다면, 벌레부터 용까지 모두 봐준다고."

전에는 다짜고짜 죽였지만, 최근 파프의 과격함을 반면교사로 삼아 이렇게 매우 온화한 태도를 보이게 되었다.

"이, 이, 이 자식, 나, 나는, 나는 대신 마라 님의 첫 번째 가신, 사신 기리메칼라다! 본래 하급 신 따위와는 대화조차 할 수 없는 지위인——."

"그렇구나. 거부하는구나."

집요하게 망상으로 가득 찬 자기소개에 다소 짜증이 난 나는 '마장'을 발동하여, '라이키리'에 마력을 둘러 휘둘렀다. 범상치 않은 양의 빛이 휘몰아치고 자칭 사신은 순식간에 재가 되어 사라졌다.

"주인님, 역시 대단해요! 즉사했어요!"

어째서지? 왠지 파프의 감성이 더욱 악화된 것 같다. 뭐, 아무렴 어때. 상식은 하루아침에 생기는 것이 아니다. 천천히 배우게 하면 된다.

아무튼 결과적으로 특별 클리어 특전인 '토벌 도감'이라는 아이템을 얻었다.

★[토벌 도감]: [신들의 시련] 안에서 토벌한 존재의 영혼을 도감의 소유자와 연결하여 도감의 세계에 수납하고, 마력을 이용하여 육체를 창조한다. 필요한 때에 소환할 수 있는 도감. 다만, 최초에 사용한 자만이 이후 소유자로서 책 속에 토벌 존재를 수납하고 책에서 소환할 수 있다. 또한 도감의 규모, 수용 능력은 소유자의 마력에 의존한다.

· 아이템 랭크: 초월급

그리고 눈앞에 나타난 『기리메칼라의 영혼이 있습니다. 도감에 포획하겠습니까?』라고 쓰인 투명한 판.

흠, 있으면 시험해보는 것이 최고다. 오른손 집게손가락으로 '예'를 누르자, 도감이 빛나더니 페이지가 멋대로 펼쳐지고, 거기에 저 코가 긴 괴물이 들어가 있었다.

음. 재미있다. 어차피 시간은 무한하다. 검증하여 쓸 만하다면, 다시 한번 1층부터 돌며 도감을 채우도록 할까.

***

지상으로 귀환하여 아이템 박스에서 '토벌 도감'을 꺼냈다.

먼저 이 책을 실제로 쓸 수 있는지 확인해야 한다. 음, 조금 신난다.

"그게 뭐예요?"

파프가 평소처럼 나의 등에 매달려, 내가 양손으로 든 두껍고 호화로운 책을 흥미진진하게 들여다보며 물었다.

"아까 자칭 사신을 집어넣은 책이야."

"자칭 사신이라고요?"

의아한 얼굴로 고개를 갸웃하는 파프를 보며 작게 한숨을 내쉬었다.

파프 녀석, 벌써 다 잊었구나……. 아니, 저 자칭 사신의 말에 전혀 관심이 없었겠지. 파프는 굉장히 똑똑하지만, 흥미가 없는 것에 대해선 철저하게 무관심하다. 대체로 거만하고 몸이 커다란 이족보행 마물 정도라는 인식만 하고 있을 것이다.

"그 코가 긴 이족보행 마물 말이야."

"아, 주인님이 죽인 거 말이죠!"

"파프, 그렇게 눈을 반짝거리며 무서운 말을 입에 담으면 안 돼. 너는 숙녀니까."

"그래요!"

작은 머리를 쓰다듬으며 평소와 같은 말을 하자, 평소처럼 쾌활하게 오른팔을 쳐들었다.

분명 아무것도 이해하지 못했겠지. 뭐, 됐다. 파프는 나의 흉내를 내고 싶어 한다. 한마디로 내가 앞으로 행동으로 보여주면 될 뿐이다.

그럼 바로 '토벌 도감'을 검증하자. 일단 소환해보도록 할까.

첫 페이지를 넘기자 '토벌 도감Ω'라고 크게 기재되어 있다.

"어? 이게 뭐지?"

도감의 제목을 다시 확인하자, 역시 표지의 제목은 '토벌 도감 Ω'라고 표기되어 있다.

이상하다. 이런 기호는 없었을 텐데. 뭐, 내가 잘못 보았겠지. 그리 자세히 확인하지 않았기도 하고.

이어서 몇 페이지를 읽어보았다. 아무래도 설명서와 같은 것인 모양이다.

어디 보자…….

◇◇◇◇◇◇◇◇◇◇◇◇◇◇◇◇◇◇◇◇◇◇◇◇◇◇◇◇◇◇◇◇◇◇◇◇◇◇◇

★도감 취급 설명서

· 첫 번째: 대상을 토벌하고, 그 영혼을 도감에 포획한다. 진정한 의미로 굴복하면, 산 채로도 포획이 가능하다. 그때 소유자의 마력으로 육체는 재구성된다.

· 두 번째: 도감 소유자가 도감에 마력을 주입하면, 도감 안의 포획 대상이 사는 세계가 넓어지고, 특수해진다. 또한 이렇게 형성되는 세계는 도감 소유자의 마력 강도에 따라 결정된다.

· 세 번째: 포획 대상은 '릴리스'라 주문을 외우는 것으로 책 소유자의 곁에 강제로 소환된다. 또한 책 소유자가 허락하는 한, 포획 대상은 자신의 의지로 도감 안의 자신의 세계와 도감 소유자가 있는 세계와의 이동이 가능해진다.

◇◇◇◇◇◇◇◇◇◇◇◇◇◇◇◇◇◇◇◇◇◇◇◇◇◇◇◇◇◇◇◇◇◇◇◇◇◇◇

잘 모르겠지만, 내가 이 책에 마력을 주입하면 도감 안에 독자적인 세계가 만들어지고, 그곳에서 포획 대상을 생활하도록 할 수 있다는 것 같다. 그리고 필요할 때 불러내는 시스템인 모양이다.

실제로 불러볼까.

자칭 사신의 페이지를 펼치자, '이름── 기리메칼라'라고만 표기되어 있었다.

'기리메칼라── 릴리스.'

설명서대로 마음속으로 주문을 외우자, 갑자기 눈앞에 코가 긴 강대한 마물── 기리메칼라가 나타났다. 기리메칼라는 멍하니 주위를 둘러보았으나, 곧 고개를 내려 나를 인식하더니 튕겨 나가듯이 뒤로 물러나더니.

"네놈은 아까 그 풋내기 신!"

망상으로 가득 찬 헛소리를 외쳤다.

이 자칭 사신. 정말 중증의 망상증에 빠진 모양이다. 불쌍한 녀석이다. 아무튼 소환이라고 하였으니 나를 공격하지 못하는 등의 일정한 강제력이라도 있나 했으나, 지금도 나를 향해 전투 태세를 취하는 것으로 보아 그렇지는 않은 듯하다. 뭐, 불가사의한 힘으로 타인의 의사에 반하여 억지로 굴복시키는 것은 내키지 않는다. 오히려 이것이 낫다.

아무튼 도감의 설명서에 따르면, 이 자칭 사신은 일단 나의 첫 소환 마물이다. 즉, 나의 부하와 같은 것이다.

그러나 이 녀석은 자존심이 강한 듯하니 그 사실을 순순히 받아들일 거라고는 생각할 수 없다. 그보다 이대로 가면 대화조차 제대로 성립될 것 같지 않다. 분명 사신인 나에게 거스르다니 무슨 짓이냐 같은 말을 하며 귀담아듣지도 않을 것이다. 그럼 어떻게 할까. 그러고 보니 자신의 미숙함을 이해하지 못하고 태도가 거만한 신병에게는 먼저 상하 관계를 확실히 보여주는 쪽이 앞으로 양호한 관계를 맺기에 좋다는 말이 최근 읽은 '신병 육성 교본(지옥편)'이라는 책에 쓰여 있었다. 부하도 신병과 비슷할 테니 토벌 도감으로 포획한 마물 육성의 좋은 시험 케이스가 될지도 모른다. 실천해보도록 하자.

"좋아. 너를 수행시켜주마."

나는 아이템 박스에서 '절대 부러지지 않는 봉'을 꺼내 높이 쥐었다.

"수, 수행이라고, 무슨 헛소리를——."

호통을 치는 기리메칼라의 옆얼굴을 '절대 부러지지 않는 봉'으로 때렸다. 그 거대한 몸이 엄청난 속도로 회전하면서 주위를 둘러싼 높은 절벽에 부딪히더니 폭풍이 휘몰아쳤다.

"커헉……."

이미 빈사 상태의 중상을 입은 기리메칼라에게 다가가, 아이템 박스에서 엘릭서를 꺼내 뿌려주었다. 그러고 보니 최근에는 엘릭서를 쓰는 빈도가 쑥 줄어들었다.

"봐, 다 나았지? 그럼 일어나. 다음 간다."

'절대 부러지지 않는 봉' 끝을 향하자,

"……네, 네놈은?"

기리메칼라가 핏기가 가신 얼굴로 갈라진 목소리로 목소리를

101

쥐어 짜냈다.

"나? 그러고 보니 자기소개를 아직 안 했네. 나는 카이 하이네만. 너의 새로운 주인이야."

"나의 주인?! 무슨 말도 안 되는 소리를——."

다시 분노한 얼굴로 일어나려는 그와 단숨에 거리를 좁혀 옆으로 후려쳤다. 다시 절벽까지 날아가 격돌하는 기리메칼라. 학습이 안 되는 녀석이로군.

"대, 대체 이게 어떻게 된——."

머리를 흔들며 일어나려다 눈앞에 있는 나와 시선이 마주쳤다. 얼굴에서 폭포처럼 땀을 뻘뻘 흘리며, 입을 뻐끔거린다.

"이제야 네가 놓인 상황을 이해했구나. 그래. 지금부터 너의 그 썩은 과실 같은 근성을 철저하게 고쳐주마."

"고쳐주는 거예요!"

신나게 교본에 쓰여 있던 대사를 복창하는 나. 파프도 오른손을 하늘로 쳐들며 나를 흉내 냈다.

"아아아아아아아아아아악!"

절규하는 기리메칼라의 거대한 몸을 '절대 부러지지 않는 봉'으로 공중에 띄워, 나는 본격적으로 교정이라는 이름의 수행을 시작했다.

***

매일매일 아침 해가 뜨면 저 괴물이 휘두르는 봉으로 끝없이 맞은 뒤, 밤이 오면 해방되는 나날이 이어졌다. 처음에는 자는 순간을 노려 공격하기도 하였으나 놈에게는 전혀 빈틈이 없고, 반대로 괜히 나의 아픈 기억만 늘어났을 뿐이다.

정신은 벌써 한계에 몰려 무너지기 직전이고, 놈에게 저항하려는 마음도 일지 않았다. 요즘에는 놈의 수행이라는 이름의 고문에도 순순히 따르게 되었다.

카이 하이네만, 그의 정체는 무엇일까? 자신과는 애초에 강함의 정도가 다르다. 그에게 도전하는 것은 그야말로 날벌레가 용을 물어뜯으려는 것이나 마찬가지이며, 더는 승부조차 되지 않는다. 그렇다. 이 절망적인 감각은 주인인 마라 님과 상대했을 때와 비슷하다.

이 미궁, '신들의 시련'은 조건을 만족하는 재능 있는 상급 이상의 신들이 목숨과 자긍심을 걸고 도전하는, 신화체계를 대표하는 대신(大神)이 되기 위한 게임장이다. 클리어하지 못하면 죽고, 클리어하면 대신이 될 것이 약속된다. 그런 정신 나간 시련이다.

즉, 이 게임은 어디까지나 대신이 될 힘을 얻기 위한 것이다. 이미 대신에 비견될 힘을 얻었다면 이 던전의 가장 깊은 곳에 있는 그 녀석에게도 승리할 수 있을 것이다. 그렇다면 조금, 카이 하이네만의 행동에 모순이 생긴다.

이 던전의 클리어 방법은 두 가지. 하나는 각 층을 내려가는 정규 루트.

던전은 각 층을 내려갈수록 강력한 신들과 신화의 존재가 장애물로 가로막는 구조로 되어 있다. 특히 800층부터 아래층을 맡은 것은 자타가 공인하는 이 세상의 톱클래스 강자. 그 강자들을 물리치고 가장 안쪽에 있는 그 자에게 도달하는 것 자체가 강함을 증명한다. 따라서 이 루트로는 가장 안쪽의 그 녀석에게 합격이라 말하게 하면 되므로, 반드시 승리할 필요는 없다.

또 하나의 루트는 신으로서 액세스 코드를 사용하여 최종 시련에 도전하여, 가장 안쪽에 있는 그 녀석을 굴복시키는 방법이다. 그는 신들 중에서도 불쾌할 만큼 강력하다. 보통은 정규 루트로 도전하는 것이 최선이며, 액세스 코드를 이용하는 것은 어리석은 짓이다. 그러나 카이 하이네만이라면 그 녀석을 굴복시키기에 충분한 힘을 지니고 있을 터이므로 여기에 해당하지 않는다. 이 규칙은 도전권이 있는 모든 신에게 사전에 알려주는 중요한 정보였을 텐데. 한마디로, 카이 하이네만이 이 던전에 도전하는 의의 따위는 크게 없다는 소리다.

이 같은 의문에 도달했을 때, 아침 해가 주위를 붉게 비추며 카이 하이네만이 나무 건물에서 나오더니 큰 소리로 외쳤다.

"일어나!!!"

"네엡!"

마치 용수철을 튕긴 것처럼 벌떡 일어나 자세를 바르게 하고 오른손을 이마에 댔다.

"이봐, 넌 대체 뭐지?!"

"넵! 저는 땅을 기어 다니는 먼지벌레입니다!"

요즘 일과가 된 대로 대답했다. 처음에는 굴욕적이었던 이 말도 지금은 아무 느낌도 없이 기묘할 만큼 자연스럽게 입에 담고 있다.

"음, 요 30년 동안, 나약하고 근성이 없던 너로서는 잘 해주었다. 오늘부터 너는 정식으로 가치 없는 먼지벌레를 졸업하고 전사가 된다."

"넵! 가, 감사합니다!!"

이유가 뭘까. 목소리가 떨린다. 그리고 이것은 눈물인가. 볼을 따라 줄줄 흐르는 뜨거운 액체가 바닥에 뚝뚝 떨어졌다. 나의 내면에 휘몰아치는 설명하기 어려운 격정에 잠시 몸을 떨고 있자, 카이 하이네만이 입꼬리를 크게 올리며 의미를 알 수 없는 질문을 한다.

"기리메칼라, 전사인 너에게 상을 주마. 어떤 세상을 원하지?"

"세상 말입니까?"

"어, 그래. 이 도감은 그런 시스템인 것 같으니까."

"저는 뭐가 뭔지……."

"뭐야. 원하는 게 없나? 그럼 전에 책에 나온 코끼리라는 생물이 있는 이세계의 땅으로 할게."

카이 하이네만이 중얼중얼 혼잣말을 하자, 기리메칼라의 시야가 어지럽게 일그러졌다.

그리고 나타난 그리운 고향의 경치. 눈앞의 평원에는 궁전 같은 건물이 위엄 있게 서 있었다.

"이, 이것은……."

경악. 지금 기리메칼라의 심정을 이만큼 적절하게 표현하는 말도 없다.

카이 하이네만은 세상을 만들 수 있나? 아니, 그것은 대신이라 해도 한정된 자만이 가능한 기적일 터. 적어도 이런 끝이 보이지 않는 세상을 만들어내는 일은 절대 불가능할 것이다.

그리고 다시 시야가 일그러지더니, 기리메칼라는 카이 하이네만의 앞에 있었다.

"어때? 이런 식이면 될까?"

"저 세상은 당신의 힘으로 만든 것입니까?"

"아니, 네가 아까 본 것은 던전 안에서 발굴된 이 도감이 만들어낸 세계야. 내 힘이 아니야."

있을 수 없다. 이 던전은 어디까지나 대신에게 도달하기 위한 시련이지 그것을 뛰어넘는 것이 아니다. 어떻게 해도 이 던전의 아이템으로는 저 비상식적인 풍경을 실현시킬 수 없을 터였다. 그러나 카이 하이네만이 거짓을 말할 이유도 없으니, 그렇다면 저 책이 원인인 것은 사실일 것이다. 가능성을 찾자면 카이 하이네만이 소지한 것으로 아이템 자체가 변질되었다는 것.

이 무슨 존재란 말인가. 대신에게 필적하는 힘을 이미 지니고, 심지어 세계를 창조하는 힘마저 획득하고 말았다. 이만한 힘을 지닌 사람은 들어본 적도 없다. 따라서 쭉 궁금했던 점을 물어보기로 했다.

"당신은 이 던전에서 무엇을 하려는 것입니까?"

카이 하이네만에게 이 던전은 장애물조차 되지 않는다. 그런데 일부러 클리어하지 않고 이 던전의 정규 루트를 따라가는 이유는 무엇일까. 기리메칼라는 이 순간, 너무나 그 이유가 알고 싶었다.

"음, 강해지는 것이려나."

카이 하이네만의 대답은 기리메칼라가 예상조차 하지 못했던 것이었다.

"지, 지금보다 강해질 거라고요?"

지금 이상의 존재가 될 수 있나? 이미 대신에 비견될 힘을 얻었으면서 진심으로 그렇게 생각하는 것인가? 그것은 너무나 탐욕적이고 상식에서 벗어난 생각이다.

"물론이지. 나는 아직 미숙해. 요즘 운 좋게 능력을 제한하는 장갑을 손에 넣었거든. 이것으로 능력을 제한하면, 더욱 혹독하고 짜릿한 투쟁을 맛볼 수 있어."

여기 눈앞의 존재는 머리의 나사가 완벽하게 빠져 있다. 이런 신은 지금까지 본 적이 없다. 그러나 너무나 호쾌하게 미친 모습에 기리메칼라는 자기가 오히려 감동했다는 것을 깨달았다.

'그렇구나. 방금 눈물은 그래서 흐른 거였나.'

뒤늦게 자신의 속마음을 이해하자, 망설임도, 주저함도, 의구심도, 그리고 예전 주인에 대한 충성심마저 모두 날아가고, 눈앞의 존재에 대한 강렬하고 거스를 수 없는 신앙심으로 뒤바뀌었다. 그래서——.

"이 먼지벌레, 당신에게 앞으로 절대적인 충성을 맹세하겠습니다."

기리메칼라는 바닥에 무릎을 꿇고, 지고의 주인이 처음으로 하사한 그 이름으로 자신의 영혼을 담아 맹세했다.

***

————게임을 시작한 지 5만 6천 년 후.

그야말로 엄청난 세월이 흘렀다.

나는 던전 1층부터 다시 마물을 사냥하여 도감을 채우면서 던전을 공략했다. 중간부터 나타나는 마물에게 전혀 손맛을 느끼지 못하게 되어, 전에 획득한 '봉신 장갑'으로 나의 능력을 제한하며 투쟁에 힘썼다.

이런 불편한 장갑을 낀 이유는 적과 마주치더라도 보통 순식간에 죽이고 끝나는 바람에 수행이 안 되었기 때문이다. 구체적으로는 스테이터스의 각 능력치가 1만을 넘은 시점부터 전혀 상승하지 않게 되고 말았다.

이 정도가 나의 한계인가? 말도 안 된다. 나는 아직 더 강해질 수 있을 것이다. 왜냐하면 갖가지 사항에 사실상 한계가 없는 것이 나의 '이 세상 제일의 무능' 기프트의 유일하다고 해도 좋을 장점일 테니까. 그렇다면 강해지는 방법을 잘못 알고 있다는 뜻이 된다.

이 문제에 대하여 고민하는 사이, 정말 타이밍 좋게 이 '봉신 장갑'을 입수했다.

'봉신 장갑'은 장갑을 낀 사람의 마력과 신체 능력을 자유롭게 억제할 수 있다. 이것으로 나의 힘을 제어하는 것이 가능해졌다.

스테이터스는 아슬아슬한 줄타기처럼 목숨을 건 투쟁으로 상대를 쓰러뜨리는 쪽이 더욱 상승률이 높다는 것을 나는 꽤 예전부터 눈치채고 있었다. 시행착오를 겪은 끝에 이 '봉신 장갑'으로 능력을 제한하고 강자에게 도전하여, 간신히 승리하자 스테이터스가 급격하게 올라간다는 사실을 발견했다. 이 법칙을 발견했을 때의 환희는 오랜 세월이 흐른 지금도 똑똑히 기억하고 있다. 당연하다. 이것으로 나는 더욱 강해질 수 있다는 것이 증명되었기 때문이다.

이후 나는 '봉신 장갑'으로 아슬아슬하게 능력을 제한한 상태로 던전을 공략했다. 현재 나와 파프 두 사람은 초원 존을 지나 600층에 도달한 참이다.

600층은 주위가 폭포로 둘러싸인 반원 형태의 초원이다. 그 중심에는 황금 갑옷을 입고 머리가 사자인 수인족과 비슷한 마물이 맨주먹으로 서 있다.

"신입 신인가. 후하하! 여기 600층까지 고작 둘이 도달했단 말인가. 재미있군! 재미있다고! 이놈들아!!"

사자 머리를 환희로 일그러뜨리며, 그는 몸이 뒤로 젖혀질 정도로 포효한다. 그리고 오른쪽 팔꿈치를 당기며 중심을 낮춘다. 이 한 치의 빈틈도 없는 자세, 틀림없다. 무도가, 그것도 초일류의 것이다.

좋아, 신난다! 무도의 길을 걷는 마물은 처음 만났다. 지금까지의 마물은 번거로운 특수 능력을 보유하고 있었으나, 능력만 믿고 힘으로 밀어붙이기만 하여 싸우는 재미가 없었다. 따라서 이 자와 같은 진정한 무도가와의 싸움은 나의 심금을 울린다.

'봉신 장갑'으로 신체 능력을 크게 저하시킨 지금이라면, 영혼이 떨리는 투쟁이 가능할 것이다.

"파프, 미안해. 이 녀석은 나에게 양보해줘. 제법 즐길 수 있을 것 같거든."

사자 수인을 향해 나직하게 기합을 넣으며 자세를 취하는 파프에게 그런 바람을 전하며, '절대 부러지지 않는 봉'을 아이템 박스에서 꺼내 녀석을 향해 들었다.

"알겠습니다!"

파프는 나의 얼굴을 올려다보더니, 곧 힘차게 오른손을 쳐들고 뒤로 물러나 주었다.

"일대일인가. 속임수……는 아니군. 나와 마찬가지로 너도 순수한 투신이라는 뜻인가. 좋다! 나는 신수왕 네메아! 어디 한번 겨뤄보자!!"

녀석이 크게 숨을 내뱉자, 그 육체가 적갈색으로 물들더니 농후한 붉은 마력이 흘러나오기 시작했다.

"나는 카이 하이네만. 검사다."

이어서 우리는 격돌했다.

검과 주먹이 부딪히자, 그 충격으로 동심원 형태의 폭풍이 불었다.

이미 우리는 몇 번이나 검과 주먹을 겨루며 서로 무시할 수 없을 만큼 상처를 입었다. 네메아의 온몸은 피투성이가 되어 곳곳에 푸른 멍이 들었으며, 나 역시 크게 다를 바 없다. 강자와 진심으로 목숨을 걸고 싸우는 것은 오랜만이라 가슴이 뛴다. 그러나 축제는 언젠가 끝나는 법이다.

폭풍을 휘감고 달려드는 녀석의 오른쪽 주먹을 코앞에서 아슬아슬하게 피하려고 하였지만, 부자연스럽게 궤도를 바꾸어 나의 관자놀이로 향했다. 그것을 부러진 왼손을 휘감아 회전시켜 피했다.

"윽?!"

중심이 살짝 무너진 녀석의 복부를 노리고 '절대 부러지지 않는 봉'을 가로로 휘둘렀다.

네메아는 통나무 같은 오른팔로 막았지만, 데굴데굴 바닥을 구르고는 숨을 헐떡이며 일어났다.

"강해……, 너무 강하군! 신체 능력으로는 내가 훨씬 강할 터. 그러나 중요한 나의 무가 전혀 통하지 않아! 아니, 그 말도 틀렸나. 너, 그것이 본래 힘이 아니로군?"

"아니, 맞는데."

네메아의 무는 진짜다. 나도 결코 놀면서 승리할 수 있는 것이 아니다. 현재 네메아의 발차기를 그대로 맞은 왼손은 부러진 상태기도 하고.

"무에 있는 것은 진실뿐. 겸손 따위는 필요 없다! 그리고 나는 무신이다. 힘을 조절한 상대에게 패배하는 것만은 용납할 수 없다. 내가 너에게 못 미친다는 사실은 잘 안다. 그러나 부디 본실력을 보여주었으면 한다."

녀석이 정중한 자세로 머리를 깊이 숙였다. 맹세해도 좋다. 본래 이 녀석은 이러한 태도를 취할 법한 자가 아니다. 자존심을 버리면서까지 무인의 긍지를 지키려는 것인가……

"딱히 너를 얕잡아본 것은 아니야. 하지만 그래. 확실히 같은 무인에게 다소 실례를 저지르긴 했어. 미안해."

나는 약 몇만 년 만에 '봉신 장갑'의 효력을 완전히 차단했다.

"뭐, 뭐냐, 이것은?! 크하하하하하하!! 이기고 말고의 문제가 아니야! 애초에 차원이 너무 달라!"

네메아가 양팔을 크게 펼치고 소리 높여 웃었다. 그 얼굴은 격렬한 환희로 물들어 있었다.

나는 '절대 부러지지 않는 봉'을 아이템 박스에 넣고, 허리에 찬 '라이키리'를 뽑아 높이 쥐었다.

"너의 긍지를 더럽히고 만 나의 사죄다. 지금 내가 할 수 있는 최고의 일격으로 널 쓰러뜨리마."

나는 숨을 내뱉고 정신을 통일시켰다. 그리고──.

"진계류 검술 일도류 제7형── 세계 붕괴."

녀석을 노리고 검은색 오라를 두른 '라이키리'를 휘둘렀다.

네메아의 몸이 대각선으로 찢어졌다. 그리고 그 상처 부위가 암흑으로 물들며 마치 어둠에 침식된 것처럼 광기에 물든 웃음소리와 함께 네메아의 모습은 순식간에 재가 되고 말았다.

진계류 검술 일도류 제7형── 세계 붕괴. 아주 작은 상처라도 한번 생기면 최후에는 그곳부터 붕괴가 시작되고, 금세 전파되어 그 범위가 확대된다. 그런 악질적이기 짝이 없는 기술이다.

이 기술은 기리메칼라의 교정이 끝나고, 도감 안에 녀석의 구역을 만든 순간 완성되었다. 타이밍으로 보아 그 도감이 얽혀 있는 것이 분명하다.

세계 붕괴가 영혼에 전혀 영향을 주지 않는 것은 이미 확인하였다. 이제 이 도감이 나설 차례다.

역시 '네메아의 영혼이 있습니다. 도감에 포획하겠습니까?'라는 투명한 판이 생겨났다.

노린 대로 녀석의 영혼을 얻었다. 나는 이런 우직한 녀석은 싫지 않다. 부디 나의 부하가 되어주기를 바란다.

나는 도감에 네메아의 영혼을 포박하고, 마력을 주입하여 그 육체를 재구성했다.

지상으로 돌아가 도감을 열고 네메아를 불러냈다.

눈앞에 나타난 금색 갑옷을 입은 사자 얼굴의 수인. 여기까지는 계산대로이므로, 이제 이 녀석이 순순히 나의 부하가 되는 것을 받아들일지가 문제다. 뭐, 잘되겠지.

"너는 오늘부터 내 부하야. 이의는 받지 않아. 따라야 해."

반론을 인정하지 않는 말에 네메아는 잠시 멍한 얼굴로 나를 응시하였으나,

"푸하하하하하! 크하하하하!!"

바로 얼굴을 마구 일그러뜨리고 폭소했다.

음, 지금 내 말에 재미있는 부분이 조금이라도 있었나? 웃음 포인트가 뭔지 이해가 안 가는 녀석이다.

배꼽을 잡고 실컷 웃은 뒤, 네메아는 아까까지와는 다르게 진지한 얼굴로 바닥에 한쪽 무릎을 꿇고, 왼팔을 등 뒤로, 오른팔을 앞에 대고는 머리를 숙였다.

"나의 충성을 당신에게 맹세하겠소!"

그것은 지금 내가 가장 바라는 말이었다.

✳✳✳

———게임을 시작한 지 6만 5천 년 후.

600층부터 100층을 나아가는 데 약 1만 년이 지났다. 600층까지는 1층으로 올라가 철저하게 토벌 도감을 채운 탓에 엄청난 시간이 걸렸으나, 이번에는 그냥 앞으로 나아가기만 했기 때문에 계층의 공략 자체는 무난하게 진행되었다. 그래도 1만 년 가까이 걸리고 말았으니, 이 미궁이 얼마나 말도 안 되게 넓은지 알 만할 것이다.

그렇게 우리는 700층에 도달했다. 700층은 초목 하나 자라지 않고 새빨간 땅이 끝없이 펼쳐지고, 하늘의 색도 피처럼 새빨갛다. 그 빨간색 일색의 풍경 속에 한 마리의 거대한 붉은 괴조가 대지에 떡하니 자리를 잡고 있다.

"흠, 못 보던 얼굴이군. 무명인 자가 이곳까지 오는가. 바깥 상황도 제법 달라진 모양이군. 그렇다면 저———."

괴조가 중얼중얼 혼잣말을 하며 자신만의 세계에 빠져들었다.

큰일이다. 저 녀석의 강함을 전혀 판단할 수 없다. 그보다 이 주변에 출몰하는 새 계열의 마물과 어디가 다른 거지? '봉신 장갑'의 부작용인지, 최근 타인의 강함을 판단하는 것이 더욱 어려워졌다.

"음, 파프, 넌 저 녀석을 어떻게 생각해?"

"적당히 구우면 맛있을 것 같아요!"

침을 주르륵 흘리며, 파프가 기대를 배신하지 않는 말을 했다.

그렇다. 파프는 먹보인데, 특히 닭고기를 좋아한다. 그러나 내가 듣고 싶은 것은 그런 말이 아니다.

"파프, 너는 숙녀잖아. 식욕만 우선해서는 안 돼. 특히 이런 말을 하는 수상한 괴물을 먹으면 배탈이 나고 말아."

"에이, 그래도 맛있을 것 같아요."

"지상으로 돌아가면 밥해줄 테니까 지금은 참아."

집게손가락을 입에 물고 시무룩하게 고개를 숙이는 파프의 머리를 쓰다듬으며 달래듯이 말을 걸었다.

"알겠어요!"

힘차게 오른팔을 쳐드는 파프. 음, 솔직하고 착한 아이다.

"네, 네 이놈, 지금 이 나를 괴물이라고 했나!"

"어, 그냥 말이 그렇다는 거야. 일일이 따지지 말라고."

왼손 새끼손가락으로 귀를 후비며, 얼굴을 찡그리고 시끄러운 괴조를 달래려고 했다.

"용서 못 해! 이 신조 피닉스에게 무례한 태도라니—— 절대 용서 못 해!!"

분노에 찬 목소리로 날개를 퍼덕거리며 하늘로 날아오른다.

『아, 또 이건가…… 불쌍…… 시련 피닉스를 쓰러뜨려라, 가 시작됩니다.』

머릿속에 울리는 익숙한 여성의 연민이 가득 담긴 목소리. 이 목소리, 오랜만에 듣는다. 불만이 있는지 파프가 동료가 된 뒤로 거의 말하지 않고 있다.

"파프가 할래요!"

입에서 흐르는 침을 닦고, 파프가 용맹하게 양손의 너클을 마주쳤다.

파프, 기합이 잔뜩 들어간 상태에 미안하지만, 결국 넌 저 괴조를 먹고 싶을 뿐이잖아?

"아니, 내가 할래."

"에이!"

"오늘 밤, 진짜 맛있는 닭고기를 구워 줄 테니까 참아."

예상대로 비난하는 파프에게, 그녀가 가장 바라는 대가를 제시하였다.

"으으, 알겠어요."

역시 아쉬운 듯 엄지손가락을 빠는 파프.

"무시하지 마라아아아!!"

괴조가 하늘을 향해 화를 분출하자, 순식간에 불기둥이 우리 머리 위로 떨어졌다.

파프는 마치 벌레라도 털어내듯이 그 불기둥을 오른손으로 쳐 내 꺼버렸다. 나는 열 흡수 능력이 있어서 그냥 흡수해 버렸다.

"아니?! 내 화염이——."

의미 없이 정중하게 설명해주는 괴조를 검으로 단숨에 둘로 갈라버렸다. 이것으로 시련이 끝났다고 생각했으나, 아무 말이 없다.

"크하하하하하하!! 그런 것은 소용없다! 소용없다고!"

멀쩡해진 괴조가 크게 웃으며 공중에 둥실둥실 떠 있었다.

"흐음, 방금 완벽하게 죽였다고 생각했는데?"

정수리부터 수직으로 베어냈으니 보통은 즉사할 텐데.

"소용없다! 나는 불사이자 불멸. 불사의 신조다!! 너 따위가―."

시험 삼아 목과 날개, 두 다리를 라이키리의 전기로 증발시켜 보았다.

"아무래도 진짜인 모양이네. 그럼―― 정도의 문제인가."

"네 이놈! 말하는 중간에 베다니――."

이번에는 온몸이 조각나도록 잘게 베어보았다. 그 순간 붉은 불꽃이 솟구치더니 괴조의 형태가 순식간에 복원되었다.

"그러니까 말하는 중간에 공격하지 말라고 하지 않았나!"

괴조가 나로부터 거리를 벌리기 위해 하늘 높이 날아올라 나를 쏘아 죽일 듯한 시선을 보낸다.

"뭐, 좋아. 어때, 이해했느냐! 나는 불사! 수천수만의 죽음에서도 되살아나는 죽음과 재생을 관장하는 새의 신이다!"

의기양양하게 말하는 괴조의 말이 옳다면, 이 녀석은 아무리 베어내도 죽지 않을 것이다. 어설픈 재생 능력을 지닌 적은 몇 번쯤 만났지만, 무한한 생을 지닌 자는 본 적이 없다.

"크하하!"

입에서 짙은 환희를 머금은 웃음소리가 새어 나왔다.

좋다! 기쁘구나, 괴조야! 너의 말이 사실이라면, 이 내가 정공법으로 이기지 못한다는 말 아닌가! 물론 그 기술을 쓰면 쉽게 승부가 날 가능성이 크지만, 솔직히 힘으로 밀어붙여 이기지 못하는 상대는 최근 수만 년 동안 전혀 본 적이 없다.

"불사인 나를 이기지 못하는 것을 알고 드디어 미쳐버렸나?!"

스스로 느끼는 약간의 초조함을 날려버리듯이 웅장하게 외치는 괴조.

"최고야! 넌 최고라고!"

『불쌍해…… 그래서 이 녀석의 싸움에 판정을 내리는 게 싫었는데…….』

여성의 목소리가 머릿속에 작게 울리는 가운데, 나는 더할 나위 없는 기쁨을 느끼며 괴조를 잡기 시작했다.

──괴조를 잡기 시작한 지 5시간 후.

녀석의 온몸을 잘게 자른 파편까지 조각조각 베어냈을 때──.

『네, 네. 피닉스 토벌을 확인했습니다~. 시련이 클리어되었습니다~.』

묘하게 건성인 듯한 여성의 목소리가 머릿속에 울려 퍼졌다.

"뭐?"

아니, 아직 다섯 시간밖에 지나지 않았다. 그렇게나 불사, 불사 하고 떠들어대더니 설마 이 정도로 포기한다고? 말도 안 되지 않나!

그러나 나의 절실한 기대와는 달리 눈앞에 나타난 투명한 판.

『피닉스의 영혼이 있습니다. 도감에 포획하겠습니까?』

젠장! 그 입만 산 무능한 괴조 녀석! 그렇게 불사라고 했으면 서! 적어도 10년쯤은 버티라고!

기대했던 만큼 화가 가라앉지 않는다. 그 괴조, 토벌 도감으로 그 무른 근성을 철저하게 단련시켜야겠다. 피닉스의 영혼을 도감에 포획하는데,

"주인님, 파프, 배가 꼬르륵이에요."

파프의 불만에 찬 목소리가 고막을 흔들었다.

"미안, 미안. 얼른 밥 먹자. 오늘 밤은 파프가 좋아하는 닭고기야."

"와아, 신나요!"

폴짝폴짝 뛰어다니며 기쁨을 표현하는 파프.

"뭐, 확실히 10년이면 파프의 배가 못 버티겠네."

그런 당연한 감상을 입에 담으며, 나는 지상으로 돌아가기 위해 발을 움직였다.

***

파프는 드래곤입니다. 심지어 평범한 드래곤이 아니라 신격을 지닌 신룡입니다.

그럼 왜 이런 차가운 미궁에 있는가 하면, 아주 옛날 일이라 잘 기억이 안 납니다. 아마 누군가에게 이 미궁을 수호하도록

부탁을 받았을 겁니다. 잊어버리긴 했지만, 그때 누군가에게 중요한 말을 들은 기분이 듭니다. 그것은 무척이나, 무척이나 파프에게 중요했다고 생각합니다. 따라서 파프는 도전자의 존재를 계속 기다렸습니다.

그리고 그때가 찾아왔습니다. 주인님입니다! 주인님은 검 한 자루로 파프의 등 뒤에 있는 벽을 흐물흐물 녹이고 말았습니다. 이 장소에는 특수한 결계가 쳐져 있으므로, 일반적인 공격으로는 꿈쩍도 하지 않습니다. 파프는 이때, 주인님이 너무나, 너무나 무서웠지만, 문득 누군가에게 들은 말을 떠올렸습니다.

──언젠가 너를 해방할 사람이 찾아올 거야. 그때가 왔을 때, 같이 따라가야 해.

그래서 파프는 이때 주인님을 따라가고 싶다, 라고 바랐습니다.

그로부터 주인님과의 생활이 시작되었습니다.

같이 밥을 먹고──.

같이 모험을 떠나고──.

같이 무술 훈련을 하고──.

같이 책을 읽고──.

같이 잠들었습니다.

특히──.

"주인님, 파프, 맛있어요!"

주인님이 만들어주는 밥은 맛있어서 황홀할 지경입니다.

"그래, 다행이네."

주인님이 평소처럼 파프의 머리를 쓰다듬어줍니다. 그것이 무척 기분이 좋아서 무심코 눈을 감게 됩니다.

아침밥을 먹고, 주인님과 집 밖으로 나가자 기리메칼라가 부하로 보이는 몇몇과 함께 정중하게 기다리고 있었습니다. 아직 한 번도 본 적이 없으므로, 새로운 부하일 겁니다.

"대장님, 이 자들은 새롭게 저의 권속이 된 자입니다."

긴장한 듯이 고개를 숙이는 기리메칼라의 부하들에게, 주인님은 평소처럼 격려하는 인사를 해주었습니다.

"그래, 정진하라!"

"황송합니다!"

부하들이 눈물을 흘리며, 몸을 떨면서 그 말을 쥐어 짜냈습니다.

기리메칼라와 그 부하들에게 주인님은 그냥 주인님이 아니라 신앙의 대상입니다. 자신이 믿는 신과도 같습니다. 따라서 주인님의 이 말은 그들에게 그야말로 계시에 가까운 것입니다. 그리고 좋아하는 주인님이 숭상받는 모습을 보니, 파프도 어쩐지 의기양양해지고 맙니다.

오늘도 주인님과 미궁 탐색에 나섰습니다.

파프는 주인님과 하는 미궁 탐색이 제일 좋습니다. 왜냐하면 지금 주인님과 동행이 허락된 것은 파프밖에 없기 때문입니다. 주인님의 뒤를 따라가자, 750층에 도착했습니다.

750층은 주변 일대가 광대한 늪지대로, 그 안에는 한 마리의 거대한 도롱뇽이 있습니다. 주인님은 입으로는 귀찮다고 말하지만, 어쩐지 기뻐 보이기도 합니다.

결국 도롱뇽이 움직이지 않게 되었을 때──.

"그런가. 끝나고 말았구나……."

주인님은 그렇게 작게 중얼거렸습니다. 그 옆얼굴이 어쩐지 쓸쓸하고 덧없이 보여서 가슴이 옥죄어드는 것 같아 파프는 주인님을 끌어안았습니다.

"왜 그래? 파프?"

조심스럽게 고개를 들어 확인하자, 주인님은 평소처럼 웃는 얼굴로 파프의 머리를 쓰다듬었습니다.

"아무것도 아니에요."

조금 안도하면서 파프는 주인님의 가슴에 얼굴을 묻고 그렇게 말했습니다.

"지상으로 돌아갈까? 응? 저건 뭐지?"

주인님이 파프의 손을 잡고 몸을 돌리려고 한 순간, 거대 도롱뇽의 사체에서 무수한 액체 덩어리가 뿅뿅 튀어나왔습니다.

"슬라임?"

슬라임들이 몰려들어 놀란 소리를 내는 주인님을 에워쌌습니다.

"떨어져요!"

주인님이 습격받고 있다. 그 사실에 가슴을 쥐어뜯는 듯한 격한 초조함을 느끼며 슬라임들에게 달려들려고 하자.

"파프, 괜찮아. 이 녀석들에게선 적의가 느껴지지 않아."

주인님은 오른손을 들어 파프를 제지하더니, 발밑의 슬라임들을 쓰다듬기 시작했습니다.

주인님에게 쓰다듬을 받고 기쁜 듯이 부들부들 떠는 슬라임들.

"너희들, 저 생물 속에 갇혀 있었던 거야?"

일제히 부들부들 떠는 슬라임들을 보며 주인님은 잠시 생각에 잠겨 있다가.

"너희는 이제 자유야. 앞으로는 원하는 대로 살아."

그렇게 전하고는 지상을 향해 걸어갔습니다.

그 뒤로 슬라임들은 지상까지 줄줄이 주인님을 따라갔습니다.

그 후로도 매일매일 슬라임들은 주인님의 뒤를 따라다녔고, 어느새 도감의 주민이 되어 있었습니다. 분명 슬라임들도 처음에는 주인님이 구해준 것에 대한 은혜를 갚으려고 따라왔을 것입니다. 하지만 그러는 동안 주인님이 좋아지고 만 겁니다. 이렇게 주인님은 그저 강하기만 한 것이 아닙니다. 도감의 모든 주민은 주인님을 엄————청나게 좋아한다고요!

하지만 기쁜 반면에 조금 불안하기도 합니다. 주인님의 저 쓸쓸한 얼굴입니다. 그 표정이 파프의 머리에서 도저히 떠나지 않습니다. 언젠가 주인님은 파프의 앞에서 모습을 감추고 말 거다. 요즘 그런 말도 안 되는 망상에 시달리고 있습니다.

따라서 파프의 침상에서 주인님이 머리를 쓰다듬어줄 때, 물어보기로 했습니다.

"주인님?"

"응? 뭔데?"

"파프와 언제까지나 쭉 같이 있어줄 건가요?"

주인님은 파프의 질문에 조금 놀란 얼굴을 하였으나, 금세 평소처럼 다정한 미소를 짓고 이렇게 곱씹듯이 단언하였습니다.

"그럼, 언제나 함께야."

그것이 정말 기쁘고, 아주아주 안심이 되어 파프는 눈을 감았습니다. 그랬더니 의식이 스르륵 흐려졌습니다.

——부디 이 행복이 계속 이어지기를…….

***

——게임을 시작한 지 8만 4099년. 도달한 곳은 899층.

이른 아침, 파프와 함께 미궁 탐색을 하기 위해 내가 묵고 있는 오두막을 나왔다.

"기긱!"

지상에서는 토벌 도감에 포획했을 터인 수천 명의 메뚜기맨이 대열을 짜고 무술 자세를 취하며, 오른쪽 주먹을 뻗고 있었다. 그 메뚜기맨들의 앞에서 팔짱을 끼고 있는 사자 얼굴의 수인 네메아가 나를 발견하고는 크게 호령했다.

"멈춰라! 일동, 차렷!"

일제히 자세를 바로 하는 메뚜기맨들.

그러고 보니 오늘 아침은 메뚜기맨들이 훈련하는 날이었다.

매일 네메아에게 일정한 로테이션으로 포획한 마물들에게 무술을 가르치도록 하고 있다. 무술 훈련이 없는 날은 마물들에게 무리가 없는 범위에서 미궁에 틀어박혀 수행하거나 도감 안의 자신의 세계에서 단련하도록 지시를 내렸다. 따라서 나의 부하 마물들은 쑥쑥 실력을 키워, 나름대로 강해졌다고 자부한다.

"수고했어. 정진해!"

평소처럼 단적으로 지시를 내리자,

"기갓!(넵!)"

수천 명의 메뚜기맨들이 왼쪽 손바닥을 오른쪽 주먹에 대며 인사했다.

이처럼 토벌 도감에 포획한 마물에게는 사람처럼 지성이 있고, 나와 의사소통까지 가능하다. 이 성질로 인해, 이들의 훈련 효율은 비약적으로 향상되었다.

"나도 마스터를 따라갈래!"

나의 머리 위에 올라탄 작은 늑대가 조그마한 오른발을 들며 선언했다.

그리고 발밑에는 통통거리는 파란색 점액 덩어리들이 나에게 몸을 문지르고 있다.

이 새끼 늑대는 '펜리르'고, 지금도 통통거리며 나의 발을 둘러싸는 슬라임들은 '힐링 슬라임'이다.

펜리르는 800층의 플로어 보스였으나, 겉보기는 어린 늑대다. 도저히 검을 휘두를 마음이 들지 않아 대책을 생각한 끝에 먹이를 주는 작전을 실행했다.

정글 존에서 고기와 과일, 채소 같은 것을 획득한 덕분에 요리 종류가 제법 늘어났다. 덤으로 요리책을 얻어 다양한 조미료도 개발하여 요리의 질이 꽤 좋아졌다. 개발한 특제 소스를 듬뿍 뿌린 스테이크를 제공했더니, 펜리르는 쉽게 함락되어 항복하고 말았다. 파프처럼 인간으로 변하지 않았다는 걸 생각하면 분명 파프의 인간화는 예외 중의 예외였을 것이다. 조건은 전혀 모르겠지만.

그 이후로 왠지 나를 잘 따르더니 스스로 토벌 도감의 권속이 되고 싶어 하기에 허락하여 지금에 이르렀다.

그리고 힐링 슬라임은 이래 보여도 750층의 플로어 보스다. 정확하게 말하자면, 이 녀석들을 내부에 넣고 있던 거대 도롱뇽이 보스였지만. 거대 도롱뇽은 강력한 수복력이 있어서 의외로 성가셨으나, 토벌하자마자 내부에서 이 슬라임들이 우글우글 나왔다. 그 이후로 슬라임들은 나를 쭉 따라와 어느새 토벌 도감의 주민이 되어 있었다.

"상관없어. 요즘 놀아주지 못했으니까. 미안하지만, 너희는 여기 있어야 해."

펜리르에서 따와 펜이라 부르는 늑대의 머리를 한 번 쓰다듬고, 지금도 몸에 비비고 있는 힐링 슬라임을 쓰다듬었다. 통통거리며 기분 좋은 듯 떠는 힐링 슬라임. 싱긋 웃으며 계속 쓰다듬자,

"너무해요! 파프도 쓰다듬어주세요!"

옆에서 응석쟁이 드래곤이 분통을 터뜨렸다.

파프, 너 말이야…… 틈만 나면 쓰다듬어주고 있잖아. 펜과 힐링 슬라임이 늘어난 뒤로 특히 어리광이 더 늘어나고 말았다.

"알겠어. 알겠어."

크게 한숨을 내쉬고, 파프의 작은 머리를 왼손으로, 슬라임들을 오른손으로 충분히 쓰다듬은 다음 미궁으로 들어갔다.

899층의 계단 앞에 설치된 전이 마법진으로 이동하여, 안쪽으로 뻗은 900층으로 이어지는 계단을 내려갔다. 돌로 만든 계단에는 수많은 붉은색 문이 설치되어 있다. 그 안을 지나 내려가자, 주위를 나무로 뒤덮은 공간이 나왔다. 바닥에는 새하얀 모래가 깔려 있고 목조 건물이 장엄하게 세워져 있었다. 이것은 이계의 책에 나온 '신사'라는 시설일까?

건물 정면의 문이 소리를 내며 열리자, 그 안에서 아홉 개의 꼬리를 지닌 아름답고 젊은 여성이 모습을 드러냈다. 발목 언저리까지 탐스럽게 뻗은 은색 머리에 풍만한 두 언덕과 잘록한 허리, 머리에는 두 개의 짐승 귀가 쫑긋 달려 있다. 십중팔구 네메아와 같은 수인계 마물일 것이다. 저 불필요하게 노출이 많은 의복은 이계의 책에 나온 '기모노'라는 것이려나?

"여기까지 잘 왔군요. 당신(이름 없는 신)."

그녀가 청아하고 아름다운 목소리로 양팔을 벌리며 연극조로 말한다. 아무튼——.

"더 볼 것도 없네. 항복해."

마주치니 알겠다. 이 녀석은 약하고, 나는 죄도 없는 약한 여자를 괴롭히는 취미는 없다. 파프와 펜처럼 항복해주면 그것으로 충분하다.

"무슨 농담이죠?"

은발의 수인 여성이 아름다운 눈썹을 움찔하며, 볼을 떨면서 물었다.

"너는 너무 약해. 너는 나에게 절대 이길 수 없어. 그리고 나는 너와 싸울 마음이 없어. 그러니 네가 항복하는 것 외엔 선택지가 없어. 알겠지?"

음, 이 얼마나 완벽한 논리 구성인가. 이거라면 순순히 이해해줄 것이다.

"크흐, 크흐흐……."

은발 수인이 고개를 살짝 숙이고, 작은 입으로 꺼림칙한 웃음소리를 냈다.

"그래, 그래. 그렇게 안심했구나. 그럼 나도 한가하진 않아. 얼른 항복 선언을 해줘."

뭐, 전혀 바쁘지는 않지만.

"후후후후후……."

더욱 커지는 웃음소리.

"흠?"

너무나 상식에서 벗어난 웃음소리와 모습에 등줄기에 서늘한 것이 흘러 나도 모르게 눈썹을 찡그렸다.

"마스터, 저 누나, 무서워."

머리 위에 있던 펜이 나의 등 뒤에 숨으며 외쳤다.

"파프도 무서워요."

나의 뒤에 숨어 얼굴만 쏙 내밀고, 은발 수인 여성을 바라보는 파프.

알아. 이해해. 너희의 마음을 아주 잘 알겠어. 은발의 절세 미녀가 악귀 같은 얼굴로 웃으면 무섭기야 하겠지.

"내가 정말 약한지 시험해보시죠!!"

여자는 말 그대로 노발대발하여 은색 머리를 마구 흐트러뜨리며, 나를 향해 달려와 그 날카로운 손톱을 휘두르려고 했다.

은발 여성의 투명할 만큼 새하얀 피부에 구슬 같은 땀이 맺혔다. 어깨는 거친 호흡에 들썩거리고 있다.

처음에는 불기둥을 꺼내거나 얼음 가시와 바람 칼날을 만들어 날리기도 하였으나, 흡수 능력을 지닌 나에게 효과가 있을 리가 없다. 결국 시종일관 저 날카로운 손톱으로 공격할 수밖에 없게 됐다.

"이제 슬슬 포기해."

"쓸데없는 참견이에요!"

나의 정수리를 향해 휘두르는 오른쪽 손톱을 피하자, 은발 여성이 몸을 웅크리고 얼굴부터 바닥에 강하게 충돌할 위기에 처했다. 얼른 그 가녀린 허리를 오른팔로 감싸 지탱했다.

"봐, 내가 말했잖아."

바로 코앞에서 나의 얼굴을 응시하는 은발 여성의 얼굴이 급속도로 빨개지더니, 입을 뻐끔뻐끔 움직였다.

"오늘은 이걸로 끝이야. 내일 또 놀아줄게."

여성을 땅에 내려놓고, 머리를 손바닥으로 톡톡 친 뒤 몸을 돌렸다.

어차피 시간은 무한하다. 내킬 때까지 놀아줘도 상관없다.

그로부터 40년 가까이 이곳 900층을 찾아가 은발 여성의 놀이에 어울려주고 있다.

900층 이후는 이 여성을 굴복시키지 않으면 나아갈 수 없다. 그러나 힘으로 억누르는 짓을 할 생각은 전혀 없다. 이 여성의 정신연령이 상당히 낮은 것을 깨달은 뒤로 점점 더 결심이 굳어졌다.

게다가 나에게는 시간이 무한히 있다. 조급해할 필요는 없다. 한마디로 인내심 싸움이다.

"그럼 오늘은 이걸로 끝이야."

땀 범벅이 된 은발 여성에게 오늘의 놀이가 끝난 것을 선언하고 지상으로 돌아가려고 하자.

"저기."

"응?"

나를 부르는 소리에 어깨너머로 돌아보았다.

"다음엔 언제 올 거예요?"

두 손을 모으고 조심스러운 눈길로 물어보는 은발 수인 여성에게, 바로 대답하였다.

"어, 내일 올 예정이야."

"그렇구나!"

그녀는 기쁜 듯이 미소를 짓더니 두 손을 힘차게 흔든다.

"그럼 내일 또 만나요!"

나로서는 이제 그만 항복해주었으면 좋겠다.

공교롭게도 다음 날은 토벌 도감의 드래곤들이 '드래곤의 긍지를 지키는 모임'이라는 깃발을 휘날리며, "기리메칼라파는 즉시 우리에게 사죄하라!"라고 주장하기 시작하는 바람에 수습하느라 바빠지고 말았다. 기리메칼라파의 간부 중 한 사람이 토벌도감의 드래곤을 도롱뇽 취급했다고 한다. 진심으로 아무래도 좋을 이야기다. 그러나 용들은 진심이었기에 일촉즉발의 상황이 되고 말았다.

결국 나와 파프가 중간에 들어가 말실수를 한 기리메칼라의 간부에게 사죄를 시켜 간신히 이틀 뒤에 마무리되었다.

참고로 파프는 드래곤들에게 보스임과 동시에 마스코트 같은 존재이기도 하다. 파프가 있으면 드래곤들은 항상 기분이 좋기에 오늘 하루 파프에게 드래곤들을 달래도록 지시를 내려두었다. 파프도 드래곤들과 함께 있으면 주인님이 없다는 금단 증상에 시달리지 않을 테니 적절한 역할 분담으로 보인다.

그런 연유로 오늘은 나 혼자 구미에게 갔는데……

"그래서? 오늘은 싸울 거야, 싸우지 않을 거야?"

"…………"

지금도 볼을 부풀리고 뾰로통하게 있는 은발 여성, 구미에게 물었으나, 그저 침묵으로 일관할 뿐이다.

정말 완전히 어린애다. 이래서는 파프나 펜과 별 차이가 없다. 그러나 이 상태를 보아 오늘은 그른 모양이다.

일어나서 지상으로 돌아가려고 하자, 구미가 불안한 듯 물었다.

"가, 가는 건가?"

나는 깊은 한숨을 쉬고 제안해보았다.

"그렇게 혼자 있는 게 쓸쓸하면, 나와 같이 갈래? 아마 따분하지는 않을 거야."

"그, 그대와 같이?"

"그래."

구미가 손가락을 꼼지락거리더니,

"조, 조건이 있어요."

조용히 입을 열었다.

"응? 뭔데?"

"처음 만났을 때처럼 꼭 안아주었으면 좋겠어요."

"그런 걸로 되겠어?"

"…………."

볼을 발그레 붉히고 구미가 조용히 고개를 끄덕였다.

그 정도로 끝날 거였으면 얼른 좀 말해주지. 뭐, 시간은 썩을 만큼 있으니 크게 곤란할 것은 없지만.

나는 건드리면 부서질 듯한 구미의 몸을 살며시 끌어안았다. 온몸이 더욱 빨개지는 구미.

"서, 서방님이라고 불러도 될까요?"

"그래, 마음대로 불러도 돼."

떨리는 목소리로 날아온 쓸데없는 질문을 태연히 받아들이자, 구미는 나의 가슴에 얼굴을 묻었다.

"저건── 성인가. 적어도 아래로 내려가는 계단은 아니네."

주인님 금단 증상이 언제 나타날지 모르는 아이를 데리고 있다는 지금의 절박한 상황을 생각하면, 확인할 여유가 전혀 없는 것은 확실하다. 그러나 눈앞에 우뚝 서 있는 화살표 모양의 커다란 간판에 눈길을 빼앗기고 말았다.

──바브바브 캐슬(스팅크 파라다이스)! 관계자 외에 출입 금지!

이 간판은 위험하다. 반칙이다. 이런 재미있어 보이는 간판, 부디 와주시라고 말하는 것과 같지 않나. 뭐, 잠깐 들른다고 해도 그리 시간 낭비는 아닐 것이다. 그렇다. 무엇이 있는지 확인하고 바로 돌아가면 된다. 그렇게 자신에게 최선을 다해 변명하면서 나는 성의 정문으로 향했다.

"엄청난 냄새인데."

코가 비틀어질 듯한 냄새를 맡으며 성의 정문으로 다가가자, 자연스럽게 검은색 금속 문이 좌우로 열렸다. 냄새가 더욱 심해지는 가운데 나는 안으로 발을 들였다.

성안의 넓은 통로에는 새빨간 양탄자가 깔려 있고, 그 통로 옆에는 파리의 머리가 달린 이족보행 마물이 일사불란하게 춤을 추고 있다. 적을 불러들인 것 치고는 제법 여유롭다.

"점점 재미있어지는데."

800층 아래로 와도, 일부 예외를 제외하면 마주치더라도 몸을 돌려 전속력으로 도망가려는 마물뿐이었다. 이 파리 마물들에게서는 나에 대한 적의도 공포도 느껴지지 않는다. 덤으로 이런 웃기고 기발한 태도를 보이고 있다. 아마 이 파리 인간들은 자신의 강함에 어느 정도 자부심이 있는 모양이다. 그러나 이 녀석들이 다른 자의 강함에 둔감하다고는 생각하지 않는다. 반대다. 이 녀석들로부터 간신히 다른 바깥 마물과 강함의 차이가 느껴진다. 이런 일은 최근 수만 년 사이에 처음일지도 모른다. 추가로 말하자면, 이 녀석들은 분명 여흥에 지나지 않는다. 이 앞에는 이 녀석들의 보스가 있다. 혹시 '봉신 장갑'으로 더욱 강하게 능력을 제한한 이 상황이라면, 전처럼 진지하게 목숨을 걸고 싸울 수 있을지도 모른다. 그것은 최근 나에게 유일한 갈망이 되어 가고 있었다.

"좋아. 너희 진짜 마음에 들어."

설레는 마음을 억누르며 나는 안으로 걸음을 옮겼다.

점점 악취가 심해지지만, 나에게 냄새 따위는 그리 문제가 되지 않는다. 오히려 이 앞에 있는 심장이 뛰는 투쟁에 환희하며, 옥좌가 있는 방에 도달했다.

그 방은 완만한 계단이 옥좌까지 이어져 있었다. 계단의 양옆에는 예의 파리 머리 괴물이 일정한 위치에 서 있고, 제일 위에 있는 옥좌에는 머리에 왕관을 쓴 이족보행 하는 거대한 파리가 의기양양하게 자리 잡고 있었다. 새빨간 망토를 걸치고, 목에는 턱받이를 하고, 입에는 쪽쪽이를 물고 있다. 그런 장난 같은 차림과는 대조적으로 강자의 위풍이 강렬하게 느껴진다.

"벨제바브데브♪ 벨제바브데브♪ 부부—, 부부—, 바부바부♬"

계단 옆에 선 파리들이 일제히 귀에 거슬리는 음색으로 코러스를 넣었다.

턱받이에 쪽쪽이를 문 파리가 힘차게 일어나 오른손을 정교하게 움직여 가슴에 대고, 음유시인처럼 열창한다.

"벨제바브데브♪ 벨제바브데브♪ 부부데바브데브♪ 꾸물꾸물하며 냄새가 지독한, 파리 중의 파리, 킹 오브 파리, 그것이 바부♬"

"그래서? 그 킹 오브 파리님이 나와 싸워줄 거야?"

"벨제바브데브♪ 벨제바브데브♪ 부부데바브데브♪ 똥투성이에 너무나 향기로운 그것이 바부가 원하는 파라다이스♬"

나의 질문이 들린 건지 아닌 건지, 여전히 목소리를 높여 리드미컬하게 노래하는 파리남. 동시에 통로 옆의 파리 머리들도 이상야릇한 춤을 췄다.

"다시 한번 물을게. 너는 나와 싸울 생각이 있어?"

"벨제바브데브♪ 벨제바브데브♪ 부부데바브데브♪"

나의 질문에 대답하듯이 왕관을 쓴 파리가 목소리를 높였다.

무서울 만큼 대화가 전혀 성립하지 않는다. 자신의 세계에 심취해 있다. 이런 타입의 마물은 미궁을 탐색하며 처음 만났다. 그럼 어떻게 할까.

"어?"

내가 고민하는 동안, 갑자기 왼팔에 그리운 감각이 생겨났다. 시선을 내리자 왼팔이 흐물흐물 녹고 있었다. 그리고 그 용해된 나의 왼팔에 박힌 세 개의 갈고리 손톱.

"키샤키샤♬"

무척 즐거운 듯 비웃는 왕관을 쓴 파리남.

"흠. 그건 공간 지배 능력인가."

공중의 검은색 안개에서 생겨난 갈고리 손톱. 또한 왕관을 쓴 파리남의 오른쪽 손목부터 손까지가 마찬가지로 검은색 안개에 뒤덮인 것으로 추측하건대, 분명 공간을 강제로 접속이라도 시 켰을 것이다.

"재미있네."

확실히 녀석의 공간 지배 능력은 희소하지만, 처음 조우하는 것은 아니다. 그 이상 희소하고 흉악한 능력을 지닌 마물은 지겹도록 보았다. 그러나 그 누구도 나에게 상처를 입히지는 못했는데, 이 마물은 나의 왼팔을 녹여버렸다. 그것은 즉──.

"오랜만이야."

이 파리남이 나와 제대로 된 싸움을 벌일 수 있다는 것을 의미한다. 그것은 최근 수만 년간 매일 갈망하였으나 이루어지지 않던 꿈이다. 사실 '봉신 장갑'으로 아무리 강하게 자신의 능력을 제한하여도 내가 실력을 발휘하면 순식간에 승패가 나고 말기 때문이다.

"키샤?"

작은 불안을 담은 왕관을 쓴 파리남의 목소리에,

"즐겁고 즐거운 싸움을 벌여보자."

나는 그렇게 영혼으로부터 갈망하는 목소리를 내며, 목숨을 건 투쟁이라는 달콤한 과실에 몸을 던졌다.

저 왕관을 쓴 파리남은 강했다. 능력 제한을 했다고 해도 이렇게 제대로 된 투쟁이 성립한 것은 네메아 이후로, 최근 수만 년 간 처음이다. 무엇보다 이 내가 그만큼 달려들었는데 아직 소멸

되지 않고 서 있다는 것이 이 왕관을 쓴 파리남의 강함을 증명하고 있다.

"…………."

파리남의 온몸은 이미 엉망이 되어 곳곳이 찢긴 상태다. 그는 빈사 상태로 거친 숨을 몰아쉬며 나를 잠시 조용히 응시하였으나, 갑자기 공손하게 무릎을 꿇었다. 동시에 우리의 싸움을 방관하던 파리 머리를 지닌 자들도 그 뒤를 따랐다. 목숨을 건 사투를 벌인 직후에 왕관을 쓴 파리남의 갑작스러운 기행에 당황한 나에게,

"무척이나, 무척이나아, 무척————이나아아———— 강한 분! 바부는—— 바부는 엄청나게 감동, 감격, 숭경, 경모하였습니당."

무수한 겹눈을 반짝거리며 열변을 토한다.

"그, 그래?"

갑자기 통하는 대화에 약간 어색하게 대답하자,

"이 벨제바브, 앞으로 쭈——욱 강한 분을 따라가겠습니당."

파리 괴물 벨제바브가 양손을 싹싹 비비며 강하게 순종하는 태도를 보이자, 토벌 도감이 나타나 페이지가 팔락팔락 넘어갔다. 그리고 도감의 마지막 페이지가 펼쳐지자, 왕관을 쓴 파리남 벨제바브와 다른 파리 괴물들이 차례로 빛나며 흡수되었다. 도감의 마지막 페이지에는 '파리왕' 벨제바브와 무수한 파리 머리 권속들이 등록되어 있었다.

『거, 거짓말…… 거짓말이야! 저 '폭식의 제왕' 최강 악마 벨제

바브가 굴복했다고?! 심지어 그걸 가능하게 한 게 초기 설정 무기인 그냥 단단할 뿐인 나무 봉?! 이건 절대 있을 수 없어! 아니, 있어서는 안 돼! 이런 괴물이 만약 현세에 나가기라도 한다면…….』

머릿속에 울리는 익숙한 여성의 목소리. 다만 이번에는 지금까지 한 번도 들은 적이 없는 두려움에 찬 떨림이 섞여 있었다. 흠, 원래 이 두개골에 울리는 목소리 주인은 잘 이해가 안 되는 반응을 보이는 녀석이었으니 그리 기이한 일은 아니다. 솔직히 아무래도 좋다. 그보다 지금은 이 파리 괴물이 중요하다.

"아무래도 따라올…… 생각인 것 같네."

일단 나와 최소한의 커뮤니케이션은 취할 수 있는 것 같으니 딱히 상관은 없다. 벨제바브의 이 강렬한 냄새는 문제가 있지만, 기본적으로 도감의 세계 하나를 부여하면 될 테고 무엇보다 나와 교류가 가능한 존재는 희소하니까.

"음?"

어느새 방의 중심에 검은색 금속 상자가 나타났다. 아마 평소처럼 특전이라는 것이겠지. 다만 이번에는 조금 이상하다. 이 파리남은 던전 클리어와는 관련이 없는 서브 이벤트였을 터. 특전을 받을 요소가 전혀 없다. 평소에는 귀찮은 여자의 머릿속 안내도 없는데, 또 시시한 함정인가? 다가가 상자를 열자 그곳에는 도신이 매우 긴 도검이 들어 있었다. 이 형태, 라이키리와 같다. 일본도라는 것인가? 감정을 해보자,

★무라사메: 이계의 도검, 일본도 형태를 한 의사를 지닌 요도. 사용자의 마력 강도와 의사에 따라 효과가 변화한다.

· 랭크: 초월급

역시 일본도인가. 라이키리는 제법 쓸 만한 무기였다. 이 '무라사메'도 나의 새로운 파트너가 될 예감이 든다.

"아니, 시간을 너무 낭비하고 말았어. 슬슬 파프도 일어날 테니, 일단 돌아가기로 할까."

'무라사메'를 들고 일어났다. 지금도 중얼중얼 기분 나쁘게 나의 머릿속에서 혼잣말을 하는 여자는 무시하고, 나는 파프의 아침밥을 만들기 위해 지상으로 걸어갔다.

***

"얘들아, 기합 넣어라!"

"기갓!(넵!)"

네메아의 외침에 신전 앞에서 일제히 오른쪽 주먹을 뻗는 도감의 주민들. 이것은 완전히 일과가 된 도감 주민들의 아침 무술 훈련이다. 네메아는 주군의 지시로 매일, 돌아가며 도감 주민들에게 무술을 가르치고 있다.

네메아는 이래 봬도 짐승의 몸으로 신격을 얻은 수신이다. 일찍이 가장 무섭다고 칭해진 악신을 멸하고, 신들 사이에 그 이름을 알렸다. 수많은 신들 중에서도 최상위의 무를 지녔다고 자부하며 신수왕 네메아라 불리기도 했다. 그러나 뚜껑을 열어보니 완전히 우물 안의 개구리였다.

압도적인 강자인 주군은 물론이고, 부하인 용신 파프닐과 최흉의 악마 벨제바브에게도 미치지 못한 것이다. 구미와 펜리르를 비롯하여 지금도 늘어나고 있는 주군의 부하 몇몇에게도 굴복할지도 모른다.

물론 무로는 주군 이외에 뒤처질 마음이 전혀 없지만, 실제로 맞부딪힌다면 이야기는 달라진다. 주군을 따르는 신들과 신화 상의 괴물들이 지닌 비상식적인 특수 능력은 그만큼 대단하기 짝이 없다. 그리고 그러한 능력은 저 신비한 도감으로 주군의 영혼과 연결되었기에 진화한 것이다. 말하자면 주군에게 받은 것에 가깝다.

본래 이 '신들의 시련'은 신을 대신으로 이끄는 최난관 시련장이다. 이곳에 배치된 자들의 강함은 상상을 초월한다. 그런 타고난 강자를 더욱 높은 곳으로 진화시킨다니, 그런 일은 이 세상의 누구든 도저히 가능할 것 같지 않다.

주군, 그분은 대체 정체가 무엇일까? 자신이 인간이라는 농담을 입에 담을 뿐, 진실을 말하려고 하지 않는다. 그러나 그 비상식적인 존재의 강함으로 말하자면, 이름도 없는 신 중에서도 분명 이질적인 존재일 것이다.

다만 주군의 정체가 무엇이든 개의치 않는 자들이 있다. 예를 들면── 지금도 주군의 집 앞에서 기도하고 있는 자들이다.

"⋯⋯⋯⋯오오, 위대한 분이시여!

우리, 먼지벌레들의 빈약함을 용서하시옵소서!

우리, 먼지벌레들의 우둔함을 용서하시옵소서!

우리, 먼지벌레들의 무능함을 용서하시옵소서!

우리, 먼지벌레들은 위대한 분의 비호 아래, 우리 땅을 다스리는 영화를 누리겠나이다!

우리, 먼지벌레들은 위대한 분을 거스르는 어리석은 유상무상을 모두 멸하겠나이다!⋯⋯⋯⋯⋯."

기리메칼라는 사신이며 그 파벌의 자들도 주로 악신이나 사신으로 구성되어 있다. 신이 기도한다니 농담도 지나치다고 할 소리지만, 녀석들은 아주 진지하게 주군을 신앙의 대상으로 삼고 있다.

주군은 저들에게 신성불가침한 존재이기에 저들은 매일 아침이 되면 이처럼 의미를 알 수 없는 기도를 올리고 있다. 반면──거대한 일곱 개 머리를 지닌 황금색 용을 선두로 땅을 울리며 주군의 집 앞까지 찾아오는 용들.

"시끄러워! 지금 기도하는 중이잖아."

기리메칼라가 기도하는 자세 그대로 세 개의 안구를 돌려 선두에 선 황금색 용에게 향했다.

"시끄러운 것은 네놈들일세! 어르신도 이런 아침부터 시끄럽게 굴어서야 불편하시지 않겠나!"

일곱 개 머리를 지닌 황금색 용── 라돈이 화를 숨기지도 않고 외쳤다.

"불편하다고! 우리의 신앙심을 우롱하는 거냐!"

"어르신을 존경하는 것은 좋네! 하나 일에는 정도가 있다고 말하는 것일세!"

서로 으르렁거리는 두 세력. 매번 질리지도 않는 자들이다. 그러나 이대로는 주군의 취침을 방해하고 만다.

"그만해라! 주군의 앞이 아닌가?!"

나의 말에 냉정해졌는지 기리메칼라파는 조용히 도감 안으로 사라졌고, 용들도 그 자리에 드러누웠다.

한숨이 절로 나온다. 특히 기리메칼라파와 신룡군파는 매일같이 이런 쓸모없는 싸움을 벌이고 있다.

딱히 사이가 나쁜 것은 아니다. 싸움의 이유는 주군에게 바치는 것이 충성심이냐 신앙심이냐 하는 차이에 지나지 않는다. 뭐, 그것은 네메아를 포함한 모든 도감 주민들에게 크게 해당하는 것이지만, 저들은 그 부분이 유난히 드러났을 뿐이다.

그렇다. 라돈을 비롯한 용들은 '용 사냥꾼'이라는 특수한 칭호를 지닌 주군을 지상(至上)의 주군으로 따르며, 이렇게 빈번하게 도감에서 채집한 과실이며 고기 등을 헌상하고 있다. 또한 저들을 열광시키는 이유는 한 가지가 더 있다.

"좋은 아침."

"안녕하세요!"

"안녕~."

주군, 파프닐, 펜리르가 집에서 모습을 드러냈다.

"일동, 차렷!"

네메아의 외침에 아침 훈련을 하던 도감 주민들은 일제히 자세를 바르게 하고, 왼쪽 손바닥에 오른쪽 주먹을 대고 인사했다. 라돈 등 드래곤도 일어나 고개를 숙였다.

"어르신, 이것이 도감에서 채집한 과실과 고기입니다. 모쪼록 받아주십시오."

라돈이 바닥에 대량의 음식 재료를 놓고 정중하게 말했다.

"응, 고마워. 파프──혼자서는 다 못 먹겠네. 그래. 오늘은 연회라도 열자. 최근에 슈텐에게 좋은 과실주를 받기도 했으니까."

슈텐이란 술을 관장하는 귀신이다. 장인 정신이 강한 까탈스러운 녀석이지만, 그가 만드는 술은 더할 나위 없이 맛있다.

"연회예요! 연회예요! 라돈, 고마워요!"

파프닐이 라돈을 끌어안자, 드래곤들은 금세 헤실거렸다.

저것이 드래곤들이 열광하는 이유다. 드래곤들은 파프닐을 귀여워해서, 그녀의 마음에 들기 위해 항상 눈물겨운 노력을 하고 있다.

주군은 현관을 돌아보더니, 하품을 하며 나오는 은발 여성을 향해 지시를 내렸다.

"구미, 너는 요리 할 수 있지? 나 좀 도와줘."

"알겠어요."

부탁을 받은 것이 참으로 기쁜지 환한 얼굴로 주군을 끌어안는 구미. 구미는 최근 펜리르와 함께 주군의 집에 머물며, 많은 시간을 주군과 함께 행동하고 있다.

"기리메칼라에게도 전해. 그럼 각자 연회 준비다!"

모두가 일제히 주군의 지시에 환호하고는 연회 준비를 진행하기 시작했다.

네메아는 본래 있을 수 없는 이 광경을 멍하니 바라보았다. 이곳에 있는 자들은 무투파 신들과 신화 상의 괴물들이다. 자존심이 굉장히 세고, 지시 하나로 이렇게 일치단결하여 움직이는 일은 도저히 생각할 수 없는 사태이기 때문이다. 이런 광경은 분명 어떠한 대신도 실현할 수 없다.

"짐작할 수 없는 분이야."

우리 주군의 위대함을 새삼 실감하면서도, 네메아는 급하게 결정된 연회 준비를 위해 움직였다.

제3장 신들의 시련 완수와 왕녀 구출

─────게임을 시작한 지 10만 77년 후.

'신들의 시련' 지하 999층.

다시 정신이 아득해지도록 세월이 흘렀다.

벨제바브는 950층에 대해 자기 집 마당처럼 파악하고 있었기에 그의 안내를 받아 며칠 만에 시련의 방에 도달했다. 시련의 방에서 기다리고 있던 보스는 굉장히 거대한 이족보행 하는 문어 머리를 지닌 거인이었으나, 벨제바브와는 비교 대상이 되지 않을 만큼 약해서 맨손으로 바로 죽였다.

951층부터는 거대한 검은색 돌벽과 바닥이 깔린 통로가 펼쳐졌다. 이 장소라면 함께 탐색하여도 파프의 교육에 나쁘지 않을 것 같아, 낮 동안의 던전 탐색을 지금까지처럼 파프와도 실행했다. 또한 비교적 안전한 장소는 펜과 구미의 동행을 허락하여 함께 탐색했다. 탐색이 끝난 뒤 밤에는 토벌 도감 속 마물들의 소란에 어울리거나, 획득한 책을 읽고 잤다. 이런 보람찬 생활을 보냈다.

참고로 쭉 책을 읽은 탓인가 '서적 완전 기억 능력'이라는 스킬을 꽤 빠른 단계에 획득했다. 이것은 책에 한정되기는 하지만, 말 그대로 한번 기억하면 잊지 않는 스킬이다. 뇌의학의 관점에서 보면 인간이 기억할 수 있는 정보의 양은 매우 방대하므로, 이러한 스킬도 존재하는 것이 가능한 모양이다.

그냥 여기서 계속 사는 것도 나쁘지 않으려나. 그렇게 생각했을 때, 999층의 가장 안쪽에 도달했다. 거기서 아래로 내려가는 계단에는 '최종 시련의 방'이라는 금속 표지판이 붙어 있었다.

"가자. 준비됐지?"

위험할 정도로 두근거린다! 흥분으로 가슴이 떨리는 것을 애써 참으며, 옆에 있는 파프닐에게 말을 걸었다.

"됐어요!"

그녀가 오른쪽 주먹을 쳐들며 힘차게 대답하였기에 우리는 아래로 내려갔다.

최하층은 원기둥 형태의 거대한 공간이었다. 그 새까만 공간의 중심에, 테이블과 의자가 있다. 호화로운 의자에 앉아 책을 읽는 것은 보라색 로브를 입은 여자처럼 예쁜 외모의 마법사풍 신사였다. 저 오른쪽 눈에 달린 것은 책에서 본 적이 있다. 모노클이라는 것이다.

"흠, 못 보던 얼굴인데. 설마 이곳까지 도달한 무명의 신이 있을 줄이야, 놀랍소."

신사가 그런 망언을 하며 우리를 힐끗 보더니, 책을 탁 덮고 자리에서 일어났다.

나도 등에 멘 '무라사메'를 뽑았다.

"이봐, 나는 인간이야. 그리고 내 옆은…… 드래곤이고."

"드래곤이에요!"

파프닐이 던전에서 입수한 너클을 낀 오른손을 하늘을 향해 쳐들었다.

"후…… 이곳은 '신들의 시련'. 신이 신화체계를 대표하는 대신이 되기 위한 시련. 인간 따위가 이곳에 도달할 리가 없는데."

인상을 찡그리며 불쾌한 듯 말한다.

아무래도 이 녀석도 중증 망상증이 있는 모양이다. 일단 신이 이 세상에 있을 리가 없다.

"맞아요! 주인님은 **아마** 인간이에요!"

파프, 아마는 필요 없잖아. 그보다 그 부분만 너무 강조하는데.

"흥! 조금 하는 것 같지만, 상식과 예의가 없는 모양이군. 어디, 본인이 그대들의 실력을 봐주도록 하겠소."

오른쪽 모노클에 새빨간 마법진 같은 것이 떠올랐다. 저것은 나의 감정과 비슷한 것으로 보인다. 뭐, 나에게는 타인의 능력을 분석하는 힘은 없지만.

"헉?"

모노클 신사는 두 눈을 부릅뜨고 나를 응시하였으나, 이내 구슬 같은 땀을 줄줄 흘리며 목소리를 높였다.

"아니, 아니, 아니, 말도 안 되잖아?! 뭐야, 이게!!"

"확인했구나. 그럼 얼른 하자. 싸워보자고."

이 녀석이 이 던전의 최종 보스다. 상당히 강한 자임이 분명하니, 앞으로 벌어질 싸움은 그야말로 목숨을 걸어야 할 것이다. 그렇다면 나도 최선을 다해야겠다.

나는 '마장'을 발동하여 '무라사메'에 마력을 두르고, '금강력'으로 신체 능력을 향상시켰다.

이제 나의 '진계류 검술 일도류' 형태는 일곱 개에서 추가로

세 개가 늘어 열 개가 되었다.

모두 일격필살의 효과를 지닌 기술뿐이다. 물론 최종 보스에게 간단히 통하지는 않겠지만, 필살기인 '최종 형태'도 있다. 최악의 경우 그것이라면 이 녀석이 아무리 강하더라도 세포 하나 남기지 않고 소멸시킬 수 있을 것이다.

뭐, '최종 형태'를 사용하면 대략 하루는 완벽하게 행동 불능이 되지만, 파프와 토벌 도감의 유쾌한 동료들이 있으니 어떻게든 되지 않을까 생각한다.

그럼 먼저 간부터 볼까.

내가 몸을 숙여 바닥의 빨간색 양탄자를 박차고 나아가려는 순간——.

"자, 잠깐 기다리시오!!"

모노클 신사가 안색을 바꾸고 양팔을 들었다.

"무슨 짓이야? 설마 싸우지도 않고 항복하는 건 아니겠지?"

웃기지도 않는다. 이제야 최고로 목숨을 건 싸움이 시작될 참인데. 이런 허무한 결말이라니 믿을 수 없다.

"바로 그것이오! 아니, 이 비상식적인 스테이터스, 그대, 아무리 봐도 머리가 이상한 것 아니오?!"

그런 말을 해도 나로서는 어쩔 도리가 없다. 감정도 오래전부터 상태가 나빠져서, 상형문자와 같은 것밖에 표시되지 않게 되고 말았다. 감정 군에게는 오래도록 신세를 졌으니 그럴 만도 하다.

"머리가 이상하다니, 처음 만난 상대에게 무례한 녀석이구나. 그보다 어서 싸우자. 아까부터 정말 기대가 되어서 참을 수가 없거든."

나는 마력을 더욱 전투에 특화된 것으로 바꾸었다.

"항복, 그래, 본인은 항복하겠소!"

모든 것이 시작되기도 전에 신사는 양팔을 들고 항복 선언을 한다. 뭐야, 이 필사적인 겁쟁이는. 이 주변의 잔챙이 마물들이 훨씬 더 근성 있었다고?

『최종 시련 시험관── 아스타로스의 항복을 확인, 수탁하였습니다. 최종 시련이 종료되었습니다. 위압만으로 토벌하였기에 특별 클리어 특전── 아스타로스가 권속으로 카이 하이네만에게 주어집니다.』

익숙한 여성의 어딘가 체념한 듯한, 그리고 자포자기한 듯한 목소리가 머릿속에 울렸다.

"기, 기, 기다리시오! 이런 진짜 괴물의 권속이라니 너무 심한 것 아니오!"

울 것 같은 얼굴로, 아니, 실제로 눈가에 눈물을 그렁그렁 매달고 아스타로스가 하늘을 향해 절규하는 와중에 눈앞에 예의 투명한 판이 나타났다.

『아스타로스의 권속 효과로 칭호── [겁쟁이 마인의 주인]을 획득하였습니다.』

겁쟁이 마인이라. 이 던전의 관리자는 아스타로스를 꽤나 싫어하나보다.

『[겁쟁이 마인의 주인] 칭호의 효과── 스킬 융합이 발동.

──[독 흡수] [마비 흡수] [석화 흡수] [열 흡수] [빙결 흡수]

[토사 흡수] [바람 흡수] [물 흡수] [전기 흡수] [빛 흡수] [어둠 흡수]는 [모든 속성 상태 이상 흡수]로 융합됩니다.』

이어서 화살표를 건드리자 이런 내용이 나타났다.

감정 결과 '겁쟁이 마인의 주인'이란 겁쟁이 마인을 지배하는 자에게 주어지는 영예이자, 독자적인 스킬 개발과 융합이 가능한 효과가 있는 칭호인 듯하다.

음, 이름과는 대조적으로 무척 유용한 칭호가 아닌가. 이 칭호를 획득한 것만으로도 아스타로스를 권속으로 삼은 의미가 있다고 할 수 있겠다.

다시 투명 판의 기록이 이어졌다——.

『[신들의 시련]이 클리어되었습니다. 축하합니다! 시련 클리어로 [토벌 도감]의 대상이 인간종을 제외한 일정 레벨 이상의 존재로 확충되었습니다. 동시에 시련 클리어 특전으로 카이 하이네만의 기억을 본 시련 직전의 것으로 강제 접속합니다·················· 기억이 무사히 회귀되었습니다.』

나의 머리에 선명하게 떠오르는 그리운 기억……이어야 하겠지만, 내가 이렇게 연약했던가. 솔직히 객관적으로 보니 거북하다. 지금의 나와 너무 달라서 위화감이 크다. 뭐, 조만간 익숙해질 것이다.

멍하니 그런 생각을 하는 동안, 우리 발밑에 마법진이 나타나더니 어느새 그리운 폭포 안쪽에 있었다. 이곳의 벽에 있었을 터인 '신들의 시련'으로 가는 동굴은 완전히 사라졌다.

폭포 안쪽에서 나가 숨을 깊이 들이마시고 내뱉었다. 적절히

폐를 시원하게 해주어 기분이 매우 좋다. 이것이 밤의 서늘한 공기라는 것인가. 기억에는 있지만, 체감은 10만 년 만이라 아주 오래전에 잊어버린 그리움이라는 것일지도 모르겠다.

일단 앞으로의 행동 방침을 정해야 한다.

나의 기프트는 고작 '이 세상 제일의 무능'에 불과하다. 조금 전까지 자신이 강자라고 어느 정도 자부하였으나, 카이 하이네만의 기억이 돌아온 지금, 그것이 환상이라는 것은 의심할 여지가 없다.

무엇보다 망상 속에서 승리했을 뿐인데 세계 최고의 검호가 될 수 있을 리가 없지 않나. 그야말로 우물 안 개구리. 무모하게 달려들어 죽을 뻔했다. '신들의 시련'이라는 거창한 이름의 던전도 지금 돌이켜보면 대단할 게 없었다. 그야 무능한 내가 클리어했을 정도니 던전 중에서는 가장 난도가 낮은 곳일 것이다.

음. 이 세상은 저 던전만큼 쉽지 않겠지. 4대 마왕, 용사에 S랭크 헌터, 이 세상은 엄청난 강자들로 넘쳐난다. 기억이 돌아오기 전의 나라면 싸우고 싶다고 생각했겠지만, 이제는 그럴 마음이 전혀 없다. 그보다 왜 얼마 전까지 목숨을 걸고 싸우는 것을 꺼림칙할 정도로 갈망했을까? 솔직히 스스로 식겁했다.

어쨌든 신중하게 행동하는 것이 최고다. 그럼 앞으로 어떻게 할까. 염원하던 헌터 자격이라도 따서 그냥 세계를 돌아다니는 여행이라도 떠나볼까?

아니, 그 전에 이 위기를 벗어나는 것이 먼저인가. 우리를 둘러싼 짐승 무리를 쭉 둘러보았다.

"이제 도망치는 건 끝이려나. 뭐, 너 같이 나약한 녀석치고는 잘했어. 실제로 안개가 자욱하게 끼기 시작했을 때에는 진짜 당황했으니까."

나무 사이에서 짐승들에게 보호를 받으며 검은색 로브를 입은 곱상한 남자가 모습을 드러냈다.

응? 전혀 강해 보이지 않는데. 카이 하이네만의 기억에서는 상당히 강했을 터인데……. 뭐, 실제로 싸워보면 알 수 있겠지.

"어라? 너 그런 차림이었던가? 게다가 동료가 있었던가? 둘 다 제법 괜찮은 여자인데."

입맛을 다시며 아스타로스와 파프에게 핥는 듯한 시선을 보내는 빨간 머리 남자.

"죽인다……."

아스타로스가 이마에 굵은 핏대를 세우고 양손을 뚝뚝 울렸다. 뭐, 여성 취급을 당한 데다 남자에게 욕망이 가득한 시선을 받았으니 이해는 가지만.

"특히 너는 어린애 취향인 변태들에게 큰 인기를 끌겠어. 노예상에게 비싸게 팔리겠는걸."

그가 턱에 손을 대고 파프를 끈적한 시선으로 바라보자, 파프는 얼굴을 혐오로 물들었다.

"주인님, 파프, 이 녀석 기분 나빠요. 죽이고 싶어요!"

두 주먹을 불끈 쥐고, 나에게 호소한다.

"기다려, 아직 이 녀석에게 묻고 싶은 게 있어."

아스타로스는 차치하고, 파프는 분명 진심이다. 평소처럼 파프의 머리를 살며시 쓰다듬어 기분을 달래면서 말했다.

이 남자, 확실히 계획이 어쩌고 했었으니 알아내는 노력 정도는 해야 한다. 게다가 파프는 지금 나에게 가족이나 마찬가지다. 그런 위험한 짓을 시킬까 보냐.

"그럼 본인이 하겠소. 인간 주제에 다소 우쭐해진 것 같군. 뭐, 안 죽이면 되는 것 아니오?"

겁쟁이 마인—— 아스타로스가 새하얀 장갑을 낀 양손을 뚜득 울리며 한 걸음 앞으로 나섰다. 마음은 이해가 간다. 이해가 가지만, 넌 약하니까 무턱대고 돌진하지 마.

"아니, 내가 할게. 이 녀석들이 어느 정도인지 알고 싶으니까."

"어느 정도인지 알고 싶다니, 마스터…… 이런 잔챙이들을 말이오?"

아스타로스가 무슨 이상한 생물이라도 보는 듯한 시선을 보내며 물었다.

무례한 녀석이다. 그나저나 잔챙이인가. 확실히 저 던전의 마물과 마찬가지로 전혀 위협적으로 느껴지지 않는다. 아무래도 요즘 적의 강함을 판단하는 능력이 둔해졌다. 능력 향상을 위해 최근에는 항상 '봉신 장갑'으로 자신의 능력을 제한하며 수행하였다. 그런 생활을 수만 년이나 해온 탓일 것이다. 지금 나는 상대의 강함을 재는 능력이 전과 비교하여 눈에 띄게 저하된 경향이 있다.

물론 대략적인 강약은 판단이 된다. 구체적으로는 약함, 조금 약함, 무척 약함, 볼 것도 없을 만큼 약함, 날파리처럼 약함 같은 식이다. 그러나 그것도 마물이면 몰라도 인간을 상대로는 전혀 자신이 없다. 그아 약 10만 년 가까이 인간과 만난 적이 없기 때문이다. 모르는 것은 알아낼 수가 없는 법. 아무튼 얕보고 덤빌 상대가 아니라는 점은 확실하다. 최선을 다하도록 하자.

'라이키리'를 아이템 박스에서 칼집째로 꺼냈다.

"너희들 이 상황이 이해가 안 가나?! 아니면 무서워서 머리가 이상해진 거냐?"

주위를 포위한 검은색 짐승들은 모두 40마리가 넘는다. 던전 전의 내 기억을 보면, 완전히 절체절명의 상황일 것이다. 그러나 마찬가지다. 전혀 위협적으로 느껴지지 않는다. 시험 삼아 간을 보기로 하자.

"'진계류 검술 일도류' 제1형, 사선."

이것은 나에게 가장 친숙하여 숨을 쉬는 것이나 마찬가지인 기본 기술이다. 나의 언령에 호응하듯이 검은색 짐승들에게 선이 그어졌다. 그리고 직후, 조각조각 잘린 고깃덩어리가 땅으로 떨어졌다.

"엥?"

빨간 머리 남자가 눈을 크게 뜨고, 조각난 고기가 된 검은색 짐승들을 멍하니 바라보았다.

아스타로스의 말대로 잔챙이였나. 그래도 이 세계는 위험하다. 방심은 금물이다. 특히 저 던전에 들어가기 전까지 나는 어설픈 부분이 많았으니.

"그럼 너, 계획이 어쩌고 말했었지? 말해주도록 할까?"

획득한 책 중에는 정성껏 고문하는 책도 있었지만, 내가 읽은 책은 파프도 읽으려고 하는 경향이 있어서 파프의 교육을 생각해 읽지 않았다. 그러나 앞으로 그런 종류의 책도 적극적으로 읽어두어야 할지도 모른다.

아무튼 말이다. 고문 방식은 모르지만, 철저하게 고통을 주면 토해낼 것이다. 나에게는 몇 가지 회복 수단이 있다. '초재생'은 나에게만 사용할 수 있지만, 그 외에도 미궁에서 발굴한 초고성능 포션 등 여러 가지가 있다. 여러 가지로.

"오, 오지 마!! 괴물 자식아!!"

단검을 뽑아 떨리는 손으로 붕붕 휘두르는 빨간 머리 남자의 양팔을 '라이키리'의 칼등으로 쳐냈다.

뼈가 피부를 뚫고, 저 멀리 날아가는 양팔에 빨간 머리 남자가 비단을 찢는 듯한 비명을 질렀다. 그 비명을 신호로 나는 고문을 시작했다.

빨간 머리 남자는 고문을 시작하자 금세 모든 것을 폭로했다.

놀랍게도 아멜리아 왕국의 프랭크턴이라는 귀족이 제국과 내통하여 아멜리아 왕국 제1왕녀 로제마리 로트 아멜리아를 납치하려고 했다고 한다. 그 여자, 용사를 소환한 성녀였나. 하지만 뭐, 다시 생각해보니 확실히 의심할 여지가 없다. 그보다 눈치채지 못했던 과거의 내가 이상하다.

아무튼 공주님의 납치 주모자인 프랭크턴이란 그 콧수염에 컬을 넣고 바가지 머리에 거만해 보이던 귀족을 말하는 것이리라. 무능하다느니, 배신자라느니 실컷 괴롭힘을 받은 기억밖에 없다. 그리고 엔즈라는 소환사와 검제—— 지그닐 가스트레아 두 사람이 제국에서 파견되었다나 보다.

소환술—— 다양한 이세계의 생물을 불러내는 술법. 던전에 들어가기 전, 카이의 지식으로는 소환술이란 고대 마법과 쌍벽을 이루는 대단한 마법이었다. 게다가 엔즈는 정령왕이라는 강력한 괴물을 소환할 수 있는 술사라고 한다.

'토벌 도감'은 나의 마력으로 영혼의 정보에 따라 육체를 생성하여, 그 육체를 책이 만들어내 독자적인 세계에 수납하는 구조다. 따라서 아마 소환술과 비슷하지 않을까 생각한다. 그러나 저 낮은 수준의 던전에 있던 마물이니 소환왕이 소환하는 것에 쉽게 승리할 수 있을 만큼 현실은 녹록지 않다. 덤으로 성가신 현검제 지그닐 가스트레아까지 있으니 불리한 싸움이 될 것이 눈에 선하다. 전략적으로 보면 후퇴도 충분히 취할 수 있는 선택이지만—— 안 된다. 그것만은 안 된다. 분명 난 굳이 나서서 강자와 싸우고 싶다고는 생각하지 않지만, 이것은 과거의 카이 하이네만의 마음일 것이다. 나는 로제라는 소녀의 보호에 강하게 집착하고 있다. 분명히 이 강한 마음의 원천은 내가 던전에 삼켜지기 직전, 로제와의 대화로 그녀가 나의 소중한 소꿉친구인 레나와 절친한 친구라고 들었기 때문이다. 나는 레나가 슬퍼하는 모습은 보고 싶지 않다. 아니, 아마 그것만은 아니려나…….

아무튼 패배할 가능성이라는 애매한 이유만으로 강자에게 등을 돌리고 꼬리를 말고 도망치는 것은 지금 나의 성미에 반한다. 그것만은 절대 고를 수 없는 선택이다.

게다가 구 검제 애쉬번 가스트레아, 그 노인의 검술만은 던전 안에서 정신이 아득해지는 시간이 흘러도 기억난다. 그만큼 훌륭한 검술은 많지 않다. 전성기의, 심지어 나의 열화된 기억이 아닌 본인의 검술. 그것을 생각하면 솔직히 짜릿해진다. 그리고 지그닐 가스트레아는 그 대검호 애쉬번이 마음을 맡긴 인물. 큰일이다. 위험하기 짝이 없는 상대인데 꼭 한번 검을 맞대고 싶다. 그런 생각이 들고 말았다.

이 세상은 강자로 넘쳐나며 지그닐 가스트레아가 그중에서도 최상위에 위치하는 검사인 것은 일단 틀림없다. 무의미하고 생산성이 없는 싸움을 원하다니, 정말 구제 불능이다. 하지만 그것도 지금은 카이 하이네만의 본질 중 하나다.

자, 매우 급한 사태다. 얼른 행동을 개시하자. 먼저 적의 전력을 교란시켜야 하는데, 그러기에는 너무 머릿수가 많다. 내키지 않지만 토벌 도감의 유쾌한 동료들에게 협력을 요청하자.

'토벌 도감'을 아이템 박스에서 꺼내 1페이지의 '메뚜기맨' 페이지를 펼쳤다.

'메뚜기맨' 페이지에는 9999명이라 표시되어 있다. 이 '토벌 도감'은 마물의 강함에 따라 등록 개체 수의 최대 수치가 정해져 있는데, 강해질수록 등록 개체 수가 점점 줄어드는 구조다. 즉, 가장 많이 등록할 수 있는 '메뚜기맨'이 9999라는 뜻이다. 지금 생각해도 잘도 이만한 숫자를 모았다. 나는 기본적으로 끝장을 보는 성격이다.

처음에는 상황을 보기 위해 100명쯤 꺼내 볼까.

"'메뚜기맨'—— 100명, '릴리스'."

나의 언령으로 눈앞에 나타난 100명의 메뚜기 남자들.

"기기가가.(주인님, 명령을.)"

메뚜기맨들이 왼쪽 손바닥을 오른쪽 주먹에 대며 인사했다.

"이건 던전 최상층의 마물? 아니, 그러기엔 다소 강한 느낌이 드는데. 마스터, 이것은 무엇이오?"

"음, 특별 클리어 특전이라면서 던전 안에 있는 마물의 영혼을 수납하여, 그 뒤에 육체를 만들어 사역할 수 있는 책을 입수했거든. 이게 그 책이야."

아스타로스는 '토벌 도감'에 모노클을 맞추더니, 구슬 같은 땀을 폭포처럼 줄줄 흘렸다. 그리고 몸을 웅크리더니 양손으로 머리를 감쌌다.

"이 녀석에게 무슨 물건을 건네고 말았단 말이오!"

울먹이며 알 수 없는 말을 혼자 중얼중얼 떠들어대기 시작했는데, 이상 행동을 보이는 겁쟁이 마인은 그냥 놔두도록 하자. 그것보다도——.

나는 메뚜기맨들 앞에 서서 엄명을 내렸다.

"이 주변에 검은색 로브를 입은 인간들과 그 녀석들이 사역하는 흑표라는 짐승, 그리고 오거라는 괴물이 있는 것 같아. 그 녀석들을 교란시켜. 우리가 문제없이 목적지에 도착하기만 하면 돼. 다만 너무 깊이 쫓지는 마. 모두 무사히 돌아와야 해. 이건 절대적인 명령이야."

메뚜기맨들은 어쨌든 나의 부하다. 괜히 죽을 법한 어리석은 짓은 시키고 싶지 않다.

"그기기가기기가가?(죽일 수 있으면 죽여도 괜찮겠습니까?)"

"음, 너무 무리하지 않는 선에서 해. 전혀 상관없어."

"가가그기기!!(황송합니다!!)"

우는 흉내를 내는 메뚜기맨들을 보며 무어라 형용할 수 없는 표정을 짓는 아스타로스. 파프는 만족스럽게 환한 미소를 지으며 고개를 끄덕였다.

"그럼 슬슬 행동 개시다! 가라!"

"기기!(넵!)"

다시 인사를 하고 흩어져 숲으로 가는 메뚜기맨들.

"그럼 그들이 노력해주는 동안 우리도 가볼까."

"어서 가요!"

오른쪽 주먹을 하늘로 쳐드는 파프닐을 힐끗 보며 아스타로스가 내게 물었다. 아스타로스는 오른쪽 손바닥으로 얼굴을 가리고 있었다.

"다소 묻고 싶은 것이 있소만, 마스터는 저들이 진심으로 질 것이라 생각하는가?"

"응? 뭐, 원래는 저 쉬운 던전의 최상층에 있는 마물이니까. 제대로 싸우면 승리는 어렵겠지. 하지만 그들도 상당히 단련했어. 교란 임무라면 충분히 해낼 수 있을 거야."

내가 등록한 마물들은 모두 수만 년 단위로 매일 훈련을 시켜서 제법 강해졌다. 그들이라면 이 임무도 무사히 수행할 수 있을 것이다.

"그냥 마음대로 하시오."

아스타로스가 진심으로 지친 듯이 어깨를 늘어뜨리고, 체념한 태도로 그렇게 말했다.

***

처음으로 위대한 주인의 명령을 받은 메뚜기맨들은 가슴이 터질 듯한 환희에 몸을 떨며, 전장인 어두운 숲을 질주했다. 교란하라고 말씀하셨으나, 위대한 주인의 앞을 가로막는 어리석은 자가 갈 길은 하나뿐이다. 설령 상대가 아무리 강하더라도, 반드시 황천으로 보내도록 하겠다. 그것이야말로 위대한 분을 위한 충성심의 증거가 될 테니까.

강렬한 환희와 결의 속에 메뚜기맨들은 입에서 키치키치 하는 소리를 내면서, 적을 멸살하기 위해 땅과 나무들을 고속으로 도약했다.

──실케 대삼림의 포위망 서쪽 소환부대── 흑표대.

"한가롭네. 애초에 전투도 제대로 모르는 평범한 여자 하나를 잡는 데 왜 제국에서도 최강이라 불리는 우리 소환부대가 나서야 하는 거야."

"어쩔 수 없지. 평범한 여자라고 해도, 세계에서 유일하게 용사 소환이 가능한 여자니까."

"용사라. 그렇게 대단한가? 엔즈 님이 훨씬 더 강할 텐데."

"그건 나도 동의하지만. 역시 마왕을 대적하기 위한 비장의 수단을 원하는 거 아냐? 본래 용사란 마왕과 싸울 때 가장 힘을 발휘한다고 일컬어지니까."

"그래서? 우리에게 좋은 점이 있나?"

"글쎄. 하지만 용사 소환술의 개요를 알아낸다면, 나머지는 연구든 뭐든 우리 마음대로 해도 된대."

"정말로? 마음대로 해도 된다는 건, 안아도 된다는 말이지?!"

"응. 아마도. 뭐, 나는 연구 쪽으로 쓸 생각이지만. 그야 세계에서 유일하게 용사를 부를 수 있는 여자니까. 여러모로 조사하고 싶어."

"좋아! 좋은걸! 굳이 이런 왕국 구석탱이까지 왔잖아. 낮에는 너희의 실험동물, 밤에는 우리의 장난감으로 열심히 일하도록 해보자고."

"그래."

"한 번이라도 좋으니 공주님을 안아보고 싶었거든!"

금색 머리를 단정하게 자른 남자는 얼굴을 추악하게 일그러뜨리며 맞장구를 치고, 검은색 머리를 짧게 자른 남자가 얼굴을 욕망으로 가득 물들인 채 열변을 토했다. 그때.

"어라, 네 얼굴, 이상하네."

금발 남자가 가리키는 곳에 있는 것은 어긋나기 시작하는 흑발 남자의 얼굴.

"아니, 너야말로——."

그것이 두 사람의 마지막 대화가 되었다. 두 사람은 온몸에 금이 가더니, 깔끔하게 토막 나 땅에 떨어지고 말았다.

——실케 대삼림 포위망 중앙 소환부대—— 본진.

"뭐, 뭐야?! 무슨 일이 일어난 거냐?!"

소환부대의 총대장이 차례차례 일어나는 이상 사태에 히스테릭한 비명을 질렀다.

녹색 그림자가 움직일 때마다, 부대를 지키기 위해 소환한 흑표들이 슬라이스되어 바닥에 장기를 흩뿌렸다. 전투의 핵심인 오거들도 머리가 산산이 분쇄되었다.

"샐러맨더 소환에 들어간다! 원호를 부탁해!"

옆의 부하에게 외쳤으나 대답이 없다. 눈만 돌리자 머리의 위쪽 절반이 소실된 부하의 모습이 보였다.

"으아아아아아아악————!"

필사적이었다. 있는 힘껏 비명을 질러 이 악몽 같은 장소에서 벗어나려고 했지만, 자신의 시야에 금이 가기 시작했다.

"어라?"

얼빠진 소리를 내며 총대장은 조각조각 고깃덩어리로 분해되고 말았다.

——실케 대삼림 동쪽 소환부대—— 오거대.

"본진과의 연락이 완전히 끊겼습니다."

"왕국 놈들이 배신했구나! 젠장! 그 자식, 실수나 하고! 그러니까 내가 총대장을 해야 했어!"

민머리에 덥수룩하게 수염을 기른 오거대 대장 사임은 관자놀이에 두꺼운 핏대를 세우고, 발을 굴렀다.

사임은 소환부대 중에서는 엔즈 다음가는 강력한 소환 마수를 사역하고 있다. 본래는 총대장에 임명되는 것은 사임이었어야 한다. 그런데 행실이 나쁘다는 강함과는 전혀 상관없는 것을 이유로 부대장에 머물고 있다.

"뭐, 됐어. 이번 실패로 어차피 녀석은 실각이야. 다음 총대장은 당연히 나겠지."

"어떻게 하시겠습니까? 이대로는……."

입꼬리를 올리자, 부하인 금발 부대장이 얼굴을 굳히고 당연한 일을 물었다.

"흥! 얕보인 채로 그냥 넘어갈까 보냐! 이봐, 트롤!"

어깨 너머로 돌아보자, 머리가 벗겨진 거인이 슥 모습을 드러냈다.

그 빨간색 몸은 마치 전신이 근육으로 이루어진 듯이 불끈불끈하고, 오른손에는 거대한 철제 곤봉을 들고 있다.

"이, 이, 일인가?"

주위에 울리는 어눌한 목소리에 다른 부대원들이 얼굴을 찡그리는 가운데, 사임이 정해진 계약을 입에 담았다.

"그래, 이 중에 적당히 세 개쯤 마나(생명력)를 먹어도 돼. 그리고 우리를 공격하는 주제도 모르는 자들을 모두 죽여!"

소환사가 행사하는 소환 마법에는 두 종류가 있다.

하나는 소환 마법으로 소환하여 일시적으로 사역하는 술법. 이 마법은 소환과 사역을 같은 마법으로 행하므로, 다소 한계가 있어서 강력한 존재는 부를 수 없다.

다른 하나는 '혼사(魂使) 계약'이다. 소환한, 혹은 이미 존재하는 것들을 자신의 대가를 지불하여 사역하기 위한 계약이다. 대가라는 특수한 제물이 필요하지만, 소환에만 집중할 수 있으므로 더욱 강력한 존재를 부릴 수 있다. 그리고 이 '혼사 계약'을 쓸 수 있는 것은 특별한 기프트를 지닌 사람뿐이다.

사임은 물론 후자이고, 지금 트롤에게 명령한 것은 대가를 이용한 계약 수행이다.

"자, 잠깐만 기다려 주십시오, 대장님! 그건——."

"그럼, 너부터."

젊은 부대장이 안색을 바꾸고 이의를 제기하려고 하자, 사임이 웃으며 집게손가락으로 가리켰다. 순간 젊은 부대장은 실이 끊어진 인형처럼 힘이 쑥 빠지고 말았다.

"맛있다."

트롤은 잠시 만족스러운 듯 황홀한 표정으로 얼굴을 붉히며 우물거렸으나, 곧 젊은 부대장에게 다가가 그 몸을 대충 집었다.

"고기도 맛있다."

그리고 으득으득 씹기 시작했다.

"으악……."

"히익!"

무심코 뒷걸음질 치는 부대원들.

"너랑 너."

왼손과 오른손으로 각각 가리키자, 그 부대원들도 역시 눈을 뒤집고 쓰러졌다.

"너희도 어서 오거를 꺼내!"

덜덜 몸을 떠는 소환부대의 대원들을 질타하자, 부대원들은 허둥지둥 오거 소환을 시작했다.

"이봐, 언제까지 먹을 거야! 식사는 일이 끝난 다음에 해!"

"알겠다. 나, 일한다."

사임의 외침에 트롤이 씹고 있던 부대장이었던 고기를 내던지고 걸어가려고 했다. 그때──.

"대, 대장님!"

부대원 중 한 사람이 숲 안쪽을 손으로 가리키며 새파랗게 질린 입술로 외쳤다.

"응? 저게 뭐야?"

사임도 놀란 소리를 냈다. 그럴 만도 하다. 나무들 사이로 간신히 새어 들어온 달빛이 비추는 것은 머리가 메뚜기인 남자였으니까.

"포, 포위해!"

공포 때문인가 부대원의 지시에 소환사들은 오거를 움직여 메뚜기맨을 둘러쌌다.

"이 녀석이 왕국 소환사들의 무기인가. 전혀 강해 보이지 않

아. 나 참, 트롤에게 대가까지 치르고 손해 봤네. 고기 벽 정도로는 쓸 수 있었는데."

사임이 흥미를 잃고 그루터기에 앉아, 대충 지시를 내렸다.

"얼른 죽여."

메뚜기맨은 중심을 낮추고 오른쪽 팔꿈치를 당기며, 왼손을 살짝 앞으로 내밀었다. 그러한 마치 인간이 할 법한 무술 자세.

"크하하! 저거 봐. 메뚜기 한 마리가 무술 자세를 취했네!"

사임이 배를 잡고 웃음을 터뜨렸다.

사임의 여유로운 모습에 약간 긴장이 완화되었는지 메마른 미소가 부대원들 사이에 퍼졌다.

"가라, 오거!"

한 부대원의 지시로 오거가 그 통나무 같은 주먹을 메뚜기맨을 향해 휘둘렀다.

폭풍을 휘감고 나아가는 오거의 오른쪽 주먹을 메뚜기맨은 왼쪽 손바닥으로 튕겨내고, 느긋하게 걸어가 오른쪽 주먹을 오거의 배에 꽂아 넣었다.

살이 찢어지며 뼈가 부서지는 소리와 함께 오거의 상반신이 거짓말처럼 날아갔다.

"헉?"

"아니?"

부대원들이 당황한 소리를 낸 직후, 처음으로 메뚜기맨의 모습이 흐릿해졌다. 이어서—— 메뚜기맨을 포위한 오거들, 그리고 그들을 소환한 부대원들의 몸에 몇 개의 선이 생기더니 조각

조각 고깃덩어리가 되어 땅으로 무너졌다.

"뭐라고?!"

그루터기에서 벌떡 일어난 사임은 새된 소리로 지시를 내렸다.

"트롤! 저 녀석을 죽여!"

"알겠다."

트롤이 피 웅덩이 속에 선 메뚜기맨에게 어슬렁어슬렁 다가가 거대한 곤봉을 들어 내리쳤다.

"어라?"

자신이 휘두른 오른팔을 든 메뚜기맨을 향해 의아한 듯 고개를 갸웃하는 트롤. 그리고 다시 메뚜기맨의 모습이 사라지자, 트롤의 온몸이 파열되며 산산이 부서져 사방팔방 튀었다.

"거짓말이지……?"

사임은 지금 처한 현실을 믿을 수 없어 뒷걸음질을 치려고 하였으나, 무언가 벽과 같은 것에 부딪혀 바닥에 넘어지고 말았다.

"뭐가── 힉?!"

고개를 들자 눈에 보인 것은── 사임을 둘러싼 무수한 메뚜기맨.

"아아……."

사임의 입에서 새어 나오는 두려움을 듬뿍 담은 목소리. 그것은 점차 커지며, 밤의 서늘한 공기에 녹아들었다.

유린하라── 우리 주인님의 바람을 이루기 위해!

유린하라── 우리의 충성심을 주인님께 보이기 위해!

유린하라── 위대한 주인님께 대적하는 어리석은 자들을 이 세상에서 한 마리 남기지 않고 말살하기 위해!

메뚜기맨들은 자신의 주인을 위해 밤의 숲을 달려 적을 모두 살육해댔다.

*＊＊

바깥의 소란에 아멜리아 왕국 제1왕녀, 로제마리 로트 아멜리아가 벌떡 일어나 머리맡에 놓아둔 단검을 들고 경계하는 사이, 호위를 맡은 여성 기사── 안나가 텐트로 급하게 들어왔다.

"공주님, 적습입니다! 어서 준비를!!"

"저, 적습?!"

놀란 소리를 내는 로제에게 안나가 씁쓸한 얼굴로, 절망에 가까운 말을 내뱉었다.

"제국의 인물입니다! 내통자가 있었습니다!"

"누가?!"

"프랭크턴 경입니다! 그 외에도 몇 명의 기사가 배반하여 전투 상태입니다!!"

프랭크턴 경은 전통적인 귀족 지상주의를 주장하는 길버트파의 필두이며, 본래 로제의 파벌과는 정면으로 대립하고 있다. 그리고 이번 여행의 호위 멤버를 결정한 것은 추밀원. 추밀원은 왕의 자문기관이기는 하지만, 사실상 고위 귀족이 독점하고 있어서 현재 대부분이 길버트파로 채워져 있다. 그 당연한 결과로 로제파의 호위 기사들은 모두 실전 경험이 없는 신입 기사들뿐이다. 아버지인 국왕이 자신의 로열가드인 아르놀트를 로제의 호위로 붙인 것은 만에 하나를 생각했기 때문인 것이다.

울 것 같은 목소리로 말하는 안나를 진정시키기 위해 그 머리를 쓰다듬고, 로제는 지금 가장 중요한 자신의 생명선에 대해 물었다.

"괜찮아. 이곳을 이탈하겠어요. 아르놀트는?!"

아르놀트는 왕국의 기사장이자, 현 국왕의 로열가드다. 동행한 기사 정도라면 순식간에 제압할 수 있을 것이다.

"그, 그것이 인근 민가가 마수의 습격을 받았다는 보고를 받고……"

그런 것이었나. 이번에 로제파의 호위는 실전 경험이 없는 신입 기사들뿐이므로, 마수의 토벌이 가능할 리가 없다. 반면 베테랑 기사들은 모두 길버트파이고, 일반 평민을 구하기 위해 목숨을 거는 것은 설령 로제가 명령하더라도 단호히 거절할 것이다. 따라서 무고한 백성이 습격을 받고 있다면 아르놀트 혼자 그쪽으로 향했을 것이다.

하지만 아르놀트를 책망할 수는 없다. 당초 국왕의 우려도, 도적이나 마수에게 습격당했을 때 베테랑 기사들의 호위 태도를 의심한 것에 불과하다. 설마 모반을 일으키는 자가 섞여 있을 거라고는 생각하지 않았을 것이다. 그보다──.

'길, 이렇게까지 한다고?!'

지금 조국인 아멜리아 왕국에서는 모든 왕자와 왕녀가 차기 왕위 계승을 두고 수면 아래에서 겨루고 있다. 그중 가장 유력한 후보가 제1왕녀 로제마리와 제1왕자 길버트다.

하지만 그것은 어디까지나 정쟁이라 왕실 내에서의 이야기에 지나지 않았다. 설마 길버트 측이 적국인 제국과 내통할 줄이야…….

"바로 이곳을 이탈하여 아르놀트와 합류하겠습니다. 카이를 어서 데려오세요!"

텐트에서 나가자, 밖에는 피를 흘리며 바닥에 쓰러진 무수한 기사들이 보였다.

"안 됩니다. 도망칠 수 없다고요."

금발 기사가 바닥에 엎어진 기사를 짓밟으며 로제에게 칼끝을 겨누었다.

"프랭크턴 경, 당신들은 조국을 배반한 것인가!!"

안나가 신음하듯이 따지며, 동료 기사들과 그 옆에서 의기양양한 미소를 짓고 있는 프랭크턴을 노려보았다.

'최악이네…….'

주위는 이미 검은색 로브들로 포위되어 있다. 그들만이라면 안나도 프랭크턴이 고용한 용병이라고 판단했을 것이다. 안나가 제국병이라 단언한 이유는 저 두 사람이다. 더욱 정확하게 말하자면, 머리를 시원하게 깎은 중년의 거한과 야성미가 있는 검은 머리 청년. 그 둘의 군복에 새겨진 쌍두 신조의 문장 때문이다. 저것은 그리트닐 제국의 국장이며, 그것은 즉 그들이 제국의 군인이라는 뜻이다.

텐트는 모두 파괴되었다. 둘러보았으나, 카이는 보이지 않는다. 쓰러져 있지도 않았으니 숲으로 도망쳤을지도 모른다. 그럼 됐다. 지금은 로제의 곁에 있는 쪽이 훨씬 위험하니까.

"모반이라니 섭섭한 말이군요. 오히려 배신한 쪽은 로제 왕녀, 그쪽이지."

"내가 배신했다? 그 근거는?"

이자들의 주장은 알고 있다. 자신들의 이권이며 특권을 지키기 위해서라면 나라조차 팔아버린다. 그런 자들이다. 어떤 의미로는 들을 것도 없을지도 모르지만.

"당신은 우리 왕국 귀족의 전통을——."

"아, 그런 것이라면 됐습니다. 그것은 나와 여러분 사이의 신념 차이지, 제가 왕국을 배신했다는 근거는 아닙니다. 제국과 내통해서까지 나를 제거하려는 근거를 가르쳐주시죠."

한 치의 오차도 없이 예상대로인 프랭크턴의 말을 가로막고, 다시 같은 질문을 던졌다.

프랭크턴은 잠시 로제를 노려보았으나, 바로 작게 한숨을 쉬고 미소를 꾸며냈다.

"당신이 제국의 제3황자와 결혼하면, 왕국과 제국 사이의 불필요한 싸움도 끝납니다. 덤으로 길버트 왕자가 즉위하여 우리 조국의 전통과 질서도 지킬 수 있습니다!"

그는 두 팔을 벌리고 당당하게 선언한다.

"그렇다면 회의 자리에서 당당히 주장하면 되지 않겠어요? 아닙니까?"

"그것은 당신이 받아들이지 않으니까──."

"내가 받아들이지 않으니 적국과 내통했다고? 그래서야 단순히 반역자의 사고방식 아닐까요."

"…………."

조용히 이를 가는 프랭크턴.

"아멜리아 왕국 국민을 다치게 한 시점부터, 당신은 무슨 말을 하더라도 그저 더러운 반역자입니다! 수치스러운 줄 아시죠!!"

그를 거세게 비난하던 그때, 숲 안쪽에서 하얀 덩어리가 튀어나와 피를 흘리며 쓰러진 신입 기사를 짓밟고 있는 배반자 기사와 격돌했다. 배반한 기사는 몸을 앞으로 숙인 상태로 뒤에 있는 나무에 부딪혀 쓰러지더니 꿈쩍도 하지 않게 되었다.

"아르놀트!"

빈틈없이 대검을 쥔 옅은 푸른 머리에 덥수룩하게 수염을 기른 남성이 보이자, 저절로 눈가에 눈물이 고였다. 당연하다. 지금 가장 와주기를 바라던, 로제의 어린 시절부터의 영웅이 나타났으니까.

"아, 아르놀트! 어떻게 네가 이곳에 있지?!"

"일단 마을이 있다고 해도 그 주변은 너무 외진 곳이었으니까. 그리고 앞장섰던 그는 일개 사냥꾼치고는 기척을 지우는 것이 너무 능숙했어. 따라서 중간에 기절시키고 돌아왔는데 아무래도 정답이었던 모양이군."

아르놀트는 그렇게 대답하고 로제의 앞으로 나와 대검을 든다. 아르놀트 한 사람의 출현으로, 조금 전까지 여유로운 표정으로 바라보던 제국의 검은 로브들이 방심하지 않고 무기를 쥐었다.

"어떻게 된 거야? 이곳은 흑표와 오거들의 포위가 완료된 것 아니었나?"

검은 머리에 야성미가 있는 청년이 옆에 있는 스킨헤드 거한에게 물었다.

"나도 놀랐어. 돌파——한 것으로는 보이지 않아. 그럼 복병이 있었나?"

"어, 없어! 내가 알기론 없다고!"

스킨헤드 거한이 꿰뚫어 보는 듯한 시선을 보내자, 프랭크턴이 황급히 고개를 가로저었다.

"흥! 대충 네가 아끼는 그 소환부대가 실수했겠지?"

"부정은 하지 않아. 철저히 조사해서 제국으로 귀환한 뒤, 제대로 숙청해야겠어. 그보다 지금은——."

스킨헤드 거한이 검은 머리 청년에게 의미심장한 시선을 보냈다.

"알고 있어. 아무튼 그래야지."

검은 머리 청년이 가볍게 고개를 끄덕이고, 한 걸음 앞으로 나와 허리에 찬 장검을 뽑았다.

"설마 왕국 제일의 검사와 싸울 줄이야. 시시한 임무 중에 뜻밖의 행운을 만났네. 난 지그닐 가스트레아. 즐겁게 영혼이 떨리는 싸움을 해보자고!"

"현 검제인가…… 거부는 가능할 것…… 같지 않군."

아르놀트도 대검을 들고 중심을 낮췄다.

"정정당당하게 겨뤄보자!"

"싸워보자고!"

그 말을 주고받으며, 곧 두 검사는 검을 맞부딪쳤다.

"굉장해……."

입에서 새어 나온 것은 로제마리의 거짓 없는 솔직한 감상이었다.

아멜리아 왕국은 여성이라도 왕이 될 사람은 유소년기부터 무술과 마법을 철저하게 배운다. 백성만 전장에 세우지 마라. 어떤 곤경이 있을지라도 스스로 검과 지팡이를 들고 백성을 위해 나서라. 그것이 초대 국왕이 남긴 훈시이자, 오래도록 계승해온 전통이다. 그렇기에 무술을 보는 눈은 확실하다. 그렇게 자부한다. 그런데 두 사람의 검술은 로제의 상식을 훨씬 뛰어넘은 수준이었다.

아르놀트가 날린 예리한 참격이 다가오는 지그닐을 덮쳤지만, 그는 코앞에서 피해냈다. 그리고 품으로 파고든 지그닐의 두 무기를 아르놀트는 대검을 힘껏 휘둘러 뒤로 날려버렸다.

지그닐이 특기인 민첩성을 살려 바닥, 나무줄기를 고속으로 이동하여 사각에서 다양한 난격을 가하면, 아르놀트는 그것들을 모두 대검으로 막아냈다. 달빛에 비친 격렬하게 부딪히는 장검과 대검의 춤은 더할 나위 없이 아름다웠다.

"이것이 사자왕과 검제의 싸움……."

옆에 있는 안나가 넋이 나긴 얼굴로 그런 소박한 감상을 입에 담았다.

"네, 저도 진정한 달인끼리 목숨을 건 전투를 보는 것은 처음이에요. 이 정도일 줄이야."

두 사람의 검술은 인류가 도달할 수 있는 최고의 경지에 있다. 그리고 알게 된 것은 두 사람의 검술 기량이 완전히 동격이라는 것이다. 덧붙여 아르놀트는 지그닐의 공격을 모두 대검으로 받아내고 있다. 이것은 즉──.

"기사장님, 이길 수 있을까요?"

안나가 짙은 불안으로 물든 표정으로 지금 막 로제가 결론을 내린 사항을 물었다.

"검제는 아르놀트에게 이기지 못합니다."

"네? 하지만 호각으로 보이는데요?"

"호각이니 이기지 못하는 거예요."

"으음, 그러니까……."

고개를 갸웃하며 고민하는 안나에게 쓴웃음을 지으면서도,

"아르놀트는 검제의 저 고속 공격을 대검만으로 막아내고 있어요. 그리고 대검과 장검, 위력은 압도적으로 대검이 위입니다. 게다가 검제도 저 운동량을 계속 유지할 수는 없겠죠."

로제가 곱씹듯이 자신이 이끌어 낸 결론을 설명했다. 마침 허점이 보이기 시작했다.

아르놀트의 대검이 거센 바람을 휘감으며 지그닐의 몸을 가로로 끊으려 했다. 지그닐은 그것을 위로 도약하여 피하려고 하였

으나, 한 박자 늦고 말았다.

"우오오오오오오오——!!"

아르놀트가 짐승처럼 으르렁거리며 대검의 궤도를 바꾸어 지그닐이 도약한 곳을 향해 휘둘렀다.

대검이 정통으로 들어가, 지그닐은 검으로 막은 상태로 몇 번 회전하며 날아가고 말았다. 낙법을 써서 바로 일어났지만 지그닐을 향해 대검을 높이 든 아르놀트가 질주하고 있었다.

틀렸다. 이미 늦었다. 승부가 났다. 아르놀트의 승리다. 아르놀트는 멀쩡하다. 저 검제가 쓰러지면 도망치는 것 정도는 가능할 터.

그러나 그런 로제마리의 작은 기대는——.

"큭!"

아르놀트의 오른발을 깨무는 한 마리 뱀에 의해 산산이 부서졌다.

부자연스럽게 움직임이 멈춘 아르놀트. 지그닐은 대각선으로 검을 휘둘러 그를 쓰러트렸다.

지그닐은 잠시 숨을 헐떡이면서 쓰러진 아르놀트를 내려다보았으나, 그 오른발을 지금도 깨물고 있는 뱀을 발견하고 이마에 굵은 핏대를 세웠다.

"엔즈!! 왜 우리 결투를 방해했어!"

그 화는 스킨헤드 거한을 향하고 있었다.

"이건 황제 폐하의 칙명에 따른 전쟁의 일환이야. 여기서 네가 쓰러지면 왕녀가 도망칠지도 몰라. 물론 그럴 가능성은 작지만, 만약을 대비해야지. 너의 괜한 자존심 따위는 그에 비하면 사소한 일이고."

"사소하다고? 이 자식, 나의 검사로서의 자긍심을 우롱하는 거냐————?"

지그닐이 충혈된 눈으로 엔즈에게 칼끝을 겨누며 중심을 낮췄다.

"그럴 의도는 없었는데. 하지만 공격한다면 전력으로 대항하도록 하지."

엔즈도 양손으로 뚝뚝 소리를 내며 자세를 취했다.

검은 로브들의 주의가 로제와 안나에게서 두 사람으로 옮겨갔다. 지금이라면 아르놀트를 데리고 숲으로 도망쳐서 따돌린 다음 회복마법을 걸 수 있다. 그것밖에 방법이 없다.

'지금이야!'

아르놀트를 향해 달려가려는 순간, 누군가가 손쉽게 겨드랑이 밑으로 팔을 넣어 몸을 꽉 얽맸다.

"안 되지, 놓치지 않겠다고요."

뒤를 돌아보자, 황홀한 표정으로 길버트파의 기사 한 명이 로제를 내려다보고 있었다.

"이, 이거 놔!!"

안나의 호통이 고막을 흔들었다. 유일하게 움직일 수 있는 얼굴만으로 목소리가 들린 쪽을 향하자, 안나를 짓누르고 있는 수염 난 얼굴에 통통한 중년 기사가 보였다.

"이봐, 이 여자는 우리가 가져도 되지?"

"상관없어. 마음대로 해."

통통한 기사의 끔찍한 물음에, 시선조차 마주치지 않고 엔즈가 허락했다.

"얘들아, 마음대로 해도 된대. 먼저 하는 사람이 승리다!"

"하, 하지 말아요!"

필사적으로 외쳐도 아무도 들어주지 않았다.

"공주님, 안나가 여자가 되는 순간을 봐주셔야지요."

통통한 기사의 동료 중 한 사람이 반항하는 안나의 양팔을 잡았고, 몸 위로 올라탄 통통한 기사가 안나의 갑옷을 벗겼다.

"싫어! 이거 놔! 놓으라니까!!"

이미 안나의 목소리에는 눈물이 섞여 있었다.

"안나에게서 떨어져요!! 당신들은 부끄러움이란 것을 모른단 말입니까!"

"물론 알고 있지요. 하지만 말이죠, 패자가 승자에게 따르는 것도 싸움의 순리잖아요."

통통한 기사가 안나의 상의를 찢자, 두 개의 커다란 언덕이 밤하늘의 공기에 드러났다.

"안 돼애애애애!!"

안나의 비명이 울려 퍼졌다.

지그닐은 위기에 처한 안나를 곁눈질로 힐끗 보고는 혀를 차고 검을 넣은 다음 숲으로 걸어갔다. 스킨헤드 거한도 어깨를 으쓱하고 공격 자세를 풀고, 검은 로브들에게 눈으로 신호를 보냈다.

검은 로브들 몇 명이 천천히 로제에게 다가왔다.

이 얼마나 끔찍한가! 너무 끔찍해! 길버트는 피를 나눈 동생임에도, 로제를 제국에 아무렇지도 않게 팔아버렸다. 그리고 길버트의 부하 기사들은 로제의 소중한 동생이나 마찬가지인 소녀에게 이런 비인간적인 행위를 하려고 한다. 로제가 제국으로 가면, 분명 이자들은 태연한 얼굴로 원래 생활을 이어나갈 것이다. 아니, 분명히 이 어리석은 짓으로 인한 공적으로 길버트에게 중용될 것이다.

──안나를 능욕해놓고!

──로제를 제국에 팔아놓고!

이들은 이 아멜리아 왕국을 극한까지 더럽힐 것이다.

용서할 수 없다! 용서할 수 있을 리가 없다! 이런 철면피들 따위 모두 죽어야 마땅하다!

신, 아니, 악마라도 좋다. 누구라도 좋다! 이 철면피들로부터 안나를 지켜줘!!

"누가── 도와줘어어어어──!!"

목이 찢어지도록 절규했다.

──갑자기 안나를 덮치며 당장이라도 그 몸을 만지려던 통통한 기사의 몸이 허공에 떴다. 더욱 정확하게 말하자면, 이국의 검은 옷을 입은 남성의 오른손으로 머리를 잡혀 들린 상태다. 이쪽에서는 등밖에 보이지 않는다. 그래서 알 수 있는 것은 평균적인 키와 몸을 지닌 애쉬그레이색 머리의 남자라는 것뿐이다.

"으악!! 아야! 갸아아악!"

비명이 절규로, 그리고 언어조차 되지 않는 괴성으로 변했다. 로제가 눈을 한 번 깜박인 순간, 중년 기사의 머리는 과실처럼 터지고 말았다. 바닥으로 떨어지는 중년 기사의 몸.

"이 정도로 부서지는구나. 역시나. 미궁의 가장 약한 마물보다도 내구력이 없어. 현실 세계의 강자와 약자의 차이는 상당히 심하게 날지도 몰라."

방금 사람을 죽였는데도 그 남자로부터는 전혀 그에 대한 기피감 같은 것이 느껴지지 않는다. 마치 과일이라도 딴 것처럼. 그에게는 그 정도의 느낌밖에 없는 모양이다.

"히이아아악!!"

동료 기사가 살해당하자 안나의 두 팔을 잡고 있던 남자가 새된 비명을 질렀지만.

"시끄러워."

애쉬그레이색 머리의 남자는 장갑에 묻은 피를 닦아내며, 비명을 지른 기사의 머리를 걷어찼다.

역시 머리가 터지며 분수처럼 피가 뿜어져 나왔다.

상황을 파악할 수가 없다. 저렇게 단순한 공격으로 두 명의 기사가 죽고 말았다. 심지어 방금 벌레라도 짓밟는 것처럼 살해당한 두 사람은 왕국에서도 나름대로 실력이 있는 기사였다. 아멜리아 왕국은 누구나 인정하는 대국이며, 그중에서 상급기사란 그야말로 세계에서도 손꼽는 무력을 지녔다고 할 수 있다. 그런 사람이 저렇게 쉽게…….

애쉬그레이색 머리의 남자가 처음으로 주위를 둘러보았다. 그 얼굴을 본 순간, 로제의 심장이 격하게 뛰었다. 그는 무능하다고 무시당하던 카이 하이네만이었다.

***

메뚜기맨들의 양동 작전이 잘되었는지, 실로 무난하게 목적지까지 도달할 수 있었다.

"이런······."

당장이라도 여자가 범해지려는 순간이었다. 위기에 처한 것은 로제의 심복인 안나라는 이름의 기사다. 심지어 덮치는 쪽은 전에 나를 건드리고 더러워졌다는 둥 불평하던 쓰레기 기사가 아닌가. 뭐가 더러워진다는 거냐. 그렇게 따지자면, 여러 사람 앞에서 수치심도 없이 여자를 범하려는 너희야말로 더럽다.

그렇다. 안나에게는 한 번 도움을 받은 적이 있다. 여기서 은혜를 갚아야겠다. 게다가 파프의 교육에도 좋지 않으니, 얼른 이 해충들을 박멸하자.

"누가— 도와줘어어어어——!!"

로제의 절규를 신호로 나는 땅을 박차고, 중년의 통통한 기사의 뒤에 서서 그 머리를 붙잡아 들어 올렸다. 자, 어느 정도로 죽는지 실험해야겠다. 모처럼이니 유효하게 활용하도록 하자.

"으악!! 아야! 갸아아악!"

아주 조금 힘을 주었을 뿐인데 두개골이 산산이 부서지고 말았다. 큰일이다. 이렇게까지 무를 줄은 몰랐다.

"이 정도로 부서지는구나. 역시나. 미궁의 가장 약한 마물보다도 내구력이 없어. 현실 세계의 강자와 약자의 차이는 상당히 심하게 날지도 몰라."

내가 그랬듯이 이자도 제대로 된 기프트를 지니지 못한 모양이다. 어쩌면 그것에 열등감을 느끼고 과거의 나에게 필요 이상으로 시비를 걸었을지도 모르지. 뭐, 동정할 마음은 전혀 없지만.

아무튼 평소에는 '봉신 장갑'을 더 강하게 사용해야겠다. 그렇지 않으면 악수하려다 손을 박살 낼 수도 있다.

바닥에 풀썩 낙하하는 머리가 없어진 사체를 보며, 안나의 두 팔을 잡고 있던 민머리 기사가 괴조처럼 비명을 질렀다.

바보인가, 이 녀석. 자신의 주인을 배신하고, 나라를 배신하고, 무력한 여성을 범하려던 녀석이 이제 와서 자신의 죽음에 두려움을 느끼는가. 죽고 싶지 않으면 얌전히 있으면 되었다. 비윤리적인 짓에 발을 들이지 않으면 되었다. 한마디로 이자들에겐 전혀 없다는 뜻이다. 우리 전사에게 반드시 없어서는 안 될 각오가.

그럼, 이제는——.

로제를 잡고 있는 검은 머리 창술사와 시선이 마주쳤기에 환하게 웃어주자, 그는 작은 비명을 지르며 일어났다.

땅을 박차고 뒤로 돌아가 그의 목을 뒤에서 오른손으로 잡아들었다.

지금 나는 '봉신 장갑'으로 힘을 상당히 제한하고 있다. 그래도 반응조차 하지 못하다니, 역시 이 세계에서도 약한 녀석은 약한 듯하다.

"나, 나는 아직 아무것도 안 했어! 정말이야! 저 녀석이 날 꼬드긴 거야!!"

그가 이 허튼짓의 주모자인 고위 귀족, 프랭크턴을 보며 필사적으로 외친다.

"네, 네 이놈!!"

프랭크턴이 관자놀이에 핏대를 세우며 검은 머리 창술사에게 화를 냈다.

"아직이라는 건 너도 함께할 생각이었겠지?"

과거의 카이 하이네만의 기억에 의하면, 방금 죽인 두 사람과 이 녀석은 항상 행동을 같이했다. 이 피비린내 나는 장소에서 여자를 범하려고 할 정도다. 이 어리석은 짓 자체가 처음일 리가 없고, 저런 헛소리는 검토할 것도 없다. 무엇보다──.

"아, 아니──."

"게다가 꼬드겼다고? 너는 동료를 배신하고 죽으려고 했다. 그것이 네가 선택한 길. 그 책임은 져야지. 일명 인과응보라는 거야."

검은 머리 창술사를 허공으로 던지고.

"그만──."

비명을 지르며 낙하하는 그 몸 중심에 오른쪽 주먹을 꽂았다. 순식간에 새빨간 과실처럼 파열되는 기사.

"…………."

이쪽을 공격할 것이라 생각했으나, 주위의 검은색 로브들은 모두 핏기가 가신 얼굴로 나를 지켜볼 뿐이다.

움직이지 않는다면 오히려 좋다. 그동안 다친 사람을 회복시키기로 하자.

'토벌 도감'을 아이템 박스에서 꺼내 '힐링 슬라임'을 인원수만큼 해방하여 로제의 부하 전원의 회복을 명했다. 슬라임들은 죽기 직전인 기사들을 감싸고 순식간에 그 상처를 치유한 다음, 내 주위를 빙글빙글 돌았다. 칭찬해달라는 뜻인 모양이다.

"잘했어. 얘들아."

귀여운 녀석, 귀여운 녀석. 그 탱글탱글한 몸을 쓰다듬자, 기쁜 듯이 부들부들 몸을 떤다.

"너무해요! 파프도 쓰다듬어 주세요!!"

등에서 튀어나와 불평하는 응석꾸러기 드래곤에게 쓴웃음을 지으면서 지시를 내렸다.

"위험하니까 들어가 있어."

지시를 받은 슬라임들이 순식간에 도감 안으로 빨려 들어갔다.

빈사 상태였을 터인 기사들이 일어나는 모습을 보며 로제는 잠시 놀란 눈을 하였으나, 아직도 기절한 상태인 아르에게 달려가 몸을 일으켰다.

"나는⋯⋯."

빨간 머리 남자의 말로 보아도, 아마 이 남자의 본명은 사자왕 아르놀트. 현 국왕의 로열가드이자, 틀림없이 현 왕국 최고의 기사다. 이분은 공식 대회에서 검을 휘두르는 일이 없었기에 아직 그의 실력을 본 적이 없다. 그러나 할아버지에게 상당히 뛰어나므로, 내가 장래에 목표로 삼아야 한다고 들었다. 설마 그가 저 아르놀트였을 줄이야.

아무튼 아르놀트가 패배했다는 것은 저 검제가 그 이상의 실력자이거나, 아니면 로제가 인질이 되는 바람에 제대로 싸우지 못했거나 둘 중 하나일 것이다.

"공주님?"

여전히 의식이 혼탁한지 아르놀트가 멍하니 중얼거렸다.

"너, 방금 그건 소환술인가?"

스킨헤드의 거한이 우리 속의 맹수를 들여다보는 듯한 강렬한 경계심을 보이며 나를 관찰하는 눈으로 물었다.

"조금 다른데. 뭐, 마물을 부를 수 있으니까. 그 점에서는 다를 바 없네."

"후하! 크하하하하!!"

갑자기 크게 웃는 거한에게 제국병으로 보이는 다른 검은 로브들이 기이한 눈길을 보냈다.

"그 경이적인 신체 능력에 아주 희소한 마물 소환의 스킬 홀더. 우리 동포가 되기에 적합해. 우리와 함께 가자! 대신 저 여자들에겐 절대 손대지 않겠다. 어때, 나쁜 이야기는 아니지?"

"엔즈 님, 그래서는 황제 폐하의 명령을 위반하게 됩니다!"

옆에 부관으로 보이는 검은 로브 남자가 즉시 이의를 제기했다.

"홍! 저 남자는 우리와 동등하거나 그 이상의 힘을 지녔어. 폐하께서도 소환할 수 있는지 의심스러운 용사 같은 속물보다 훨씬 반기실 거다."

"하지만——."

"어이! 이 자식, 내 말에 거스를 셈이냐?"

그는 여전히 입을 열려고 하는 부관의 멱살을 잡더니, 위협적인 목소리로 말했다.

"아, 아니요, 실례했습니다!"

아니, 내 의사는 무시하고 멋대로 이야기를 끝내지 마.

"아, 안 돼요! 카이!"

로제가 초조한 목소리로 만류하고.

"엔즈 공, 그것은 약속이 다릅니다! 로제마리 왕녀가 제국의 제3황자와 결혼하여 우리나라와 화평을 맺는다. 그 약정을 깰 셈입니까?!"

프랭크턴이 안색을 바꾸고 항의했다.

"왕국과 화평? 제3황자와 결혼? 그건 그쪽이 멋대로 주장하는 것 아닌가. 우리 제국엔 그럴 의사가 없어. 그 여자는 기껏해야 우리나라의 용사 소환을 위한 실험동물에 불과해. 그 이상도, 그 이하도 아니야."

"그럴 수가……."

얼굴을 절망으로 물들이고 고개를 숙이는 프랭크턴. 어느 쪽이든 로제를 판 이상, 이 남자는 파멸할 것이다.

"마음대로 정하지 마. 나는 너희를 따라갈 마음이 없어."

지금 나는 결코 선인이 아니다. 오히려 감각이 이 세계의 윤리에서 크게 벗어난 이상, 악인이라고 말하는 쪽이 옳을 것이다. 그러나 무력한 여성을 실험동물로 삼겠다고 부끄러움도 없이 말하는 자들과 한패가 될 정도로 타락하지도 않았다. 왜냐하면 나도 무력했으니까. 이러한 강자의 논리에는 반감이 든다.

"물론 왕국인인 네가 순순히 따라올 거라고는 생각하지 않아. 지그닐, 가자. 나는 후방 지원에 전념할게."

분위기가 달라졌다. 음, 제국의 육기장 중 두 사람을 동시에 상대하기는 어렵겠지만, 뭐, 이럴 가능성도 충분히 고려해두었다. 어쩔 수 없다.

"헛소리하지 마라! 이제 끼어들지 마! 또 허튼짓했다간 진짜 죽인다!"

볼에 상처가 있는 남자, 지그닐이 허리에 찬 검을 뽑아 나에게 겨누며 엔즈를 죽일 듯한 시선으로 노려보았다.

"바보냐, 너?! 상대는 소환사야! 검술만으로 이길 수 있겠냐!"

엔즈의 첫 격노에 검은 로브들이 목을 움츠렸다.

"아니, 나는 소환사가 아니야. 검사다."

실망스럽다. 너무 실망스럽다. 지그닐의 저 자세와 태도, 저 것은 검을 한계까지 단련한 자의 것이 아니다. 그저 자신이 강하다고 믿어 의심치 않는 애송이의 모습이다. 그런 실력으로는 도저히 천하의 사자왕에게 이길 수 있을 리가 없다. 아무래도 아르놀트는 정정당당하게 싸우지 못했던 모양이다.

그나저나 왜 저 구 검제 애쉬번 가스트레아 정도의 남자가 저런 미숙한 애송이에게 검제의 이름을 양도했을까? 저 정도 실력이라면 제국에는 차고 넘칠 텐데. 이상하다. 너무 이상하다.

"너는 애쉬번 가스트레아의 가족이야?"

"애쉬번 가스트레아는 나의 할아버지다."

그러면 혈통만으로 계승을 허락한 건가? 애쉬번 가스트레아를 너무 높이 평가했었나? 아니, 애쉬번 가스트레아의 저 순수하지만 전혀 빈틈이 없는 검술은 진짜다. 손자가 귀엽다는 이유만으로 우리의 검의 길에 먹칠을 할 법한 남자는 아니다.

그렇다면 이자에게 어느 정도의 가치를 발견했기 때문인가. 뭐, 됐다. 이자는 미숙하다. 그렇다면 칼을 쓸 가치가 없다.

나는 가까이에 있는 창을 주워 '라이키리'로 그 뾰족한 부분을 절단했다. '라이키리'를 집어넣고, 창의 나무 자루 부분을 쥐며 자세를 취했다.

"지금 장난하는 거야?"

나의 의도를 파악한 지그닐이 얼굴을 악귀처럼 바꾸고 물었다.

"흠. 지금의 너에겐 칼을 쓸 가치가 없어. 덤벼라. 훈련시켜줄 테니."

"좋아! 그 거만함, 두 번 다시 내뱉지 못하게 해주마!!"

몇 개나 굵은 핏대를 이마에 세우며, 지그닐이 나를 베려고 달려들었다.

나는 창의 자루 부분인 나무 봉으로 그것을 막아내고, 위대한 구 검제 애쉬번 가스트레아의 의도를 파악하기 위해 훈련을 개시했다.

***

기본적으로 지그닐의 전술은 일격 후 이탈이다. 다만 지그닐의 강한 각력에 의한 민첩성과 단련된 검의 예리함은 사각에서 상대에게 일격필살의 공격을 가능하게 하고, 그 결과 상대는 방어전에만 내몰리게 된다. 실제로 왕국 제일의 기사인 아르놀트조차 방어에 전념하며 빈틈을 노리는 것이 최선이었으니까. 그런데 눈앞에서 펼쳐진 것은 전혀 예상도 하지 못한 일이었다.

지그닐은 땅을 질주하여 등 뒤에서 장검을 옆으로 휘둘렀으나, 카이는 오른손에 든 나무 봉으로 돌아보지도 않고 튕겨냈다.

지그닐이 오른쪽 대각선 뒤에서 날린 로제에게는 잔상조차 보이지 않던 공격도 카이의 물 흐르는 듯한 나무 봉의 궤도로 막히고 말았다.

왼쪽 전방에서 목을 노리고 가로로 휘두른 참격. 그것이 막힐 것이라 예상한 지그닐은 품으로 파고들어 허리에 찬 단검으로 복부를 찌르려고 했다. 그러나 그 단검마저 나무 봉으로 가로막혔다.

'어떻게 된 일이지?'

솔직히 로제에게는 아까 지그닐과 아르놀트의 싸움이 훨씬 대단하게 느껴졌다.

이 싸움에는 격렬함이 없다. 오히려 카이의 움직임은 로제조차 눈으로 좇을 수 있었다. 이 정도 움직임이라면, 지그닐의 재빠른 일격으로 금세 승패가 정해져야 한다. 그런데 전혀 맞을 기미가 보이지 않는다.

"아르놀트, 지그닐의 공격은 왜 카이에게 맞지 않는 건가요?"

그 강렬한 의구심에 지금도 로제의 곁에서 두 사람의 싸움을 멍하니 바라보는 아르놀트에게 물었다.

"…………."

"아르놀트?"

"아, 네. 음, 그것은…… 아마 검술 실력이 너무 다르기 때문이라고 생각합니다."

"검술 실력이 다르다?"

"예, 마치 어느 날, 검을 막 들어본 신입 검사와 수십 년간 검을 휘둘러온 역전의 검사. 그 이상의 기량 차이가 두 사람에게 있어요."

"하, 하지만 카이에게는 재능이……."

"아니, 아닙니다! 이것은 재능 같은 것이 아닙니다! **그 정도의 것**으로 이만한 차이는 나지 않아! 이 절망적일 정도의 차이는 분명 경험의 차이입니다!"

정말 크게 동요한 모양이다. 평소 냉정 침착한 아르놀트라고는 생각할 수 없는 험악한 말투에 표정도 무서웠다.

"경험의 차이?"

점점 영문을 모르겠다. 카이가 나이든 검사라면 그나마 이해가 간다. 그러나 카이는 지그닐보다 훨씬 어린데.

"네, 저의 검술 스승이 늘 말씀하셨습니다. 인간은 모두 명성, 즐거움, 자존심 등을 잊고 검을 휘두를 수 없다. 그것들을 모두 버리고 무심하게 휘두를 수 있는 자야말로 진정한 검의 정상에 오를 수 있다, 라고. 아마 그는 계속 휘둘러왔을 겁니다. 그리고 정신이 아득해질 만큼 수련한 끝에 결국 도달하고 만 것입니다."

"하, 하지만 카이는 아직 열다섯 살이에요!"

"그건 무언가의 착각입니다. 그는 저희보다 훨씬 오랜 세월을 살았어요. 무엇보다 그의 검술이 그 사실을 증명합니다."

아르놀트가 강하게 단언했다.

카이가 훨씬 오랜 세월을 살았다고? 엘프라는 뜻일까. 하이엘프는 엘프 중에서도 특히 장수하며, 천 년까지 살기도 한다고 들었다. 그렇게 생각하면 그나마 납득은 가지만── 카이의 출신은 확실히 알려졌다. 그는 인간이다. 그것은 틀림없다.

"슬슬 끝날 듯합니다."

아르놀트의 말에 억지로 현실로 돌아왔다.

막 카이의 나무 봉에 오른손을 맞아 지그닐이 검을 바닥에 떨어뜨리는 참이었다.

*　*　*

그런가. 그런 것이었나. 애쉬번 가스트레아가 왜 검제의 칭호를 지그닐에게 주었는지 알겠다. 그것은 나에게는 없었던 것. 즉, 검의 재능이다. 바꾸어 말하면, 압도적인 검의 센스라고 해야 할까. 검을 계속 휘둘렀기에 안다. 나와 달리 이 남자는 누구보다 검에 사랑받고 있다.

결국 지그닐은 엉엉 울고 말았다. 딱히 한심하다고는 생각하지 않는다. 그만큼 지그닐에게 검술은 자신의 가치 그 자체였다는 뜻이니까.

"이제 이런 쓸데없는 짓을 돕는 건 그만둬. 너에게는 그럴 시간이 없어. 애쉬번 가스트레아가 왜 검제의 이름을 너에게 맡겼는지, 다시 한번 차분히 생각해 봐."

아이처럼 소리를 내어 우는 지그닐에게 그렇게 전하고, 스킨헤드의 거한—— 엔즈에게로 시선을 옮겼다.

"검제를 데리고 제국으로 돌아가. 검제의 재능을 봐서 이번만 너희를 보내주겠어."

이것은 나의 고집이다. 그러나 본래 나는 내 마음대로 하는 성격이니, 마지막까지 나답게 하기로 하자.

"검으로 검제를 이기는 소환사인가. 위험하군. 넌 너무 위험해."

엔즈가 턱을 당기고, 몸에 힘을 주어 경계 태세에 들어갔다.

다른 의미로 귀찮아질 듯하다.

"위험하면 어떻게 할 건데? 말해두겠는데 내가 인정한 것은 지그닐뿐이야. 너희 속물의 생존을 내가 허락한 것은 어떤 의미로는 기적이라고도 말할 수 있을걸?"

"멋대로 떠들어보시지! 다만 이제 알겠어. 넌 애초에 누가 길들일 수 있는 만만한 존재가 아니야. 여기서 죽이지 않으면 아마, 아니, 반드시 우리 제국의 위협이 될 거다. 그렇다면—— 여기서 죽어줘야겠어!"

엔즈가 뒤로 도약하여 영창을 시작했다. 이어서 나타나는 마법진. 긴 수염을 기른 근육질에 빨간색 피부의 마인이 그 마법진에서 화염을 두르고 천천히 나타났다.

상당한 열량인 듯하다. 마인은 부유하고 있어서 직접 접촉은 하지 않는데도 바닥이 마그마처럼 새빨갛게 부글부글 끓고 있다.

"명약에 따라 찾아왔다. 나에게 무엇을 원하는가?"

"저 인간을 죽여!"

화염 마인은 팔짱을 끼고 눈썹을 찡그린 채 나를 잠시 품평하였다가, 순서대로 파프닐, 아스타로스에게 시선을 옮겼다.

"저 세 마리는 꽤 하는데. 상당한 대가가 필요하다만?"

눈만 엔즈를 향하며 그렇게 말한다.

그 말에 인상을 쓰고 이를 가는 아스타로스와 아무 생각도 없는지 멍하니 있는 파프닐.

그나저나 이 녀석도 전혀 강함이 느껴지지 않는다. 이 감각, 메뚜기맨보다 더욱 아래라서 날벌레에게도 미치지 못한다. 하지만 그것은 이상하다. 아마 육기장의 비장의 카드, 예의 정령왕일 터이기 때문이다. 물론 그 던전에도 강함을 속이는 마물은 있었으니 드물지만 불가능하다고는 단언할 수 없다.

다만 그렇게 따지면 녀석의 지금 발언은 이해가 안 된다. 방금 발언으로 보아 녀석은 타인의 강함을 일정 한도로 측정할 수 있다고 여겨진다. 지금 나의 평균 스테이터스는 '봉신 장갑'으로 100 정도로 제한하고 있다. 그것은 아스타로스와 파프닐도 마찬가지다. 은폐계 아이템을 장비하여 스테이터스를 평균 100 정도로 가장한 것이다. 이유는 간단하다. 괜히 경계당하는 것보다는 방심하도록 만드는 쪽이 움직이기 쉽기 때문이다. 그런데 지금 이 녀석은 우리에게 꽤 한다고 말했다. 고작 100 정도로?

즉, 그것은——.

"알고 있어. 부하들의 마나를 주마. 대가는 그것으로 충분할 거다."

"자, 잠시만 기다리십시오!"

엔즈의 부하 중 한 사람이 필사적으로 애원하였으나.

"조국을 위한 일이야. 받아들여."

엔즈는 아무렇지도 않게 부하를 버리고, 그 죽음을 선언했다.

검은 로브들은 눈에 절망의 빛을 띠며 두 무릎을 꿇었다.

"아스타로스, 우리가 하고 있는 아이템은 제대로 발동 중인 거지?"

"그럴 것이오. 적어도 이 얼간이들에게 우리의 힘은 간파되지 않았을 터라오."

후하하! 그런가! 그런 것이었나! 이 엔즈라는 남자는 육기장이 아니라 검제를 따라온 평범한 종자였던 거다. 저 스킨헤드 거한이 자꾸 거만하게 구니까 육기장이라고 착각하고 말았으나, 저 화염 마물(?)은 정령왕이 아닌 그냥 조무래기다. 감각적으로는 약한 느낌밖에 안 들고, 무엇보다 현재 우리의 스테이터스 100 정도를 강하다고 인식하는 것 같으니까.

확실히 내가 아는 정보는 제국병에게 얻은 것이다. 놈들이 쉽게 입을 열 리가 없고, 애초에 신뢰성이 크게 떨어진다. 정보를 그대로 믿고 받아들인 내가 어리석었다.

그렇다면 저것도 정령왕이 아니라 단순한 악령에 불과한 것일까. 그렇겠지. 천하의 정령왕이 인간의 생명력을 요구할 리가 없다.

"대가 따위는 필요 없어. 너는 놓치지 않을 거니까."

화염 악령을 향해 나는 나무 봉을 들었다.

"나를 놓치지 않겠다고? 대단하게 나오시는군, 인간?"

입꼬리를 히죽 올리며 화염 악령이 나를 내려다보고 물었다. 얼굴은 웃고 있지만, 눈은 정반대다. 상당히 화가 났다.

"음. 당연하지. 너 같은 악령을 방치해두면 주위에 계속 피해만 끼칠 거 아니야. 여기서 확실히 제거해둬야겠어."

"내, 내가 악령이라고?"

목소리가 떨리는 것으로 보아 크게 화가 난 모양이다. 음, 좋은 느낌이다. 놓치지 않겠다고 말한 것은 좋지만, 특별한 수단이 있는 것은 아니니까.

"오호라, 그럼 아닌가? 그렇다면 무엇이려나. 마물인가? 아니, 그 약자 전용 던전의 최상층에 있던 화염계 마물 정도로는 압박이 느껴져. 역시 악령이지?"

아까 쓰러뜨린 검은색 짐승과 마찬가지로, 주위를 붕붕 날아다니는 날파리와 구별이 안 되는데.

"나는 정령왕 이프리트다!!"

"그래, 그래. 그렇겠지. 악령은 모두 그렇게 말하더라. 생전에 인정받고 싶었던 거지?"

실제로 악령과 만난 적은 없으므로 설득력은 전혀 없지만.

결국 자칭 정령왕은 미간에 굵은 핏대를 세우고 온몸을 부들부들 잘게 떨기 시작했다.

"좋다! 이번만은 대가 따위 필요 없다! 저 녀석들의 육체를 쫙 쫙 찢어주는 것으로 선물을 삼키고――."

"아, 그런 말은 딱히 안 해도 돼. 애초에 악령의 허튼 망상일 뿐이니까, 당황스럽기만 하지 전혀 의미가 없――."

자칭 정령왕이 숨을 들이마시고, 의기양양하게 말하는 나에게 작열하는 불꽃을 날렸다. 본래 화염이나 열에 흡수 능력을 지닌 나에게는 당연히 효과가 없다. 참고로 옷과 장신구도 나의 흡수 능력의 효과로 타지 않는다.

"어, 어째서 무사한 거냐?!"

불타지 않는 것이 너무 의외였는지, 악령이 경악한 눈으로 나에게 쓸데없는 질문을 한다.

"너의 미지근한 불로는 나를 태울 수 없어."

"어떻게 그럴 수가!! 이 정령왕 이프리트의 불꽃이!! 너 같은 인간 따위, 뼈도 남기지 않고 재로 만들었어야 하는데!!"

또 그 소린가. 이 자칭 정령왕! 그러고 보니, 전에도 비슷한 일이 있었다. 아, 그렇지. 자칭이라고 하면 기리메칼라다. '토벌 도감'에서 막 소환했을 당시에는 괜히 반항하곤 했기에 철저하게 그 근성을 고쳐주었다. 같은 자칭끼리 잘 통할지도 모르니 녀석에게 조교를 맡기기로 하자.

'토벌 도감'을 아이템 박스에서 꺼내 기리메칼라의 페이지를 펼쳤다.

"너의 화염이 안 통한다니, 저 녀석은 보통이 아니다! 이프리트, 진지하게 가자!"

나에게 화염이 통하지 않는 것을 알고 엔즈가 초조함으로 가득한 목소리로 외쳤으나, 나는 개의치 않고 기리메칼라를 불렀다.

"아, 알고 있다! 나의 가장 큰 화염으로…… 힉?"

자칭 정령왕인 악령의 입에서 나온 어쩐지 얼빠지고 한심한 의문문. 그 시선의 끝에는 코가 굉장히 길고 이족보행을 하는 거대한 자칭 사신이 무릎을 꿇고 있었다.

"오오! 나의 위대하고 존경하는 주인님이시여! 저와 같은 먼지벌레를 소환해주셔서 황송하옵니다!"

한쪽 무릎을 꿇고, 나에게 고개를 숙이는 자칭 사신. 뭐, 교육이 너무 잘 되어 자칭 먼지벌레가 되고 말았지만.

"저기 악령을 교육시켜줘. 자기가 정령왕이라는 이상한 소리를 해서 거슬리거든."

지금도 뭍으로 올라와 파닥거리는 물고기처럼 입을 움직이는 자칭 정령왕에게 자칭 사신인 마물 기리메칼라가 세 개의 눈을 슥 돌렸다. 자칭 정령왕은 단지 그것만으로도 마치 아기 토끼처럼 움찔하며 온몸을 떨었다.

"악령…… 따위가 우리 존귀한 분의 말씀을 부정하다니 이 무슨 무례함이란 말인가!! 너무나 괘씸하도다! 용서할 수 없다! 용서할 수 없다! 도저히 넘어갈 수가 없구나아아아아!!"

그렇게 화낼 일인가? 기리메칼라는 세 개의 눈을 피처럼 붉게 물들이며 하늘을 향해 포효하고는, 이미 전의를 완전히 상실하여 덜덜 떠는 자칭 정령왕을 향해 돌진한다.

결론부터 말하자면 기리메칼라의 압승이었다. 그보다 승부조차 되지 않았다.

기리메칼라는 돔 형태의 검은색 안개 같은 것으로 감싸 도망칠 길을 막은 다음, 자칭 정령왕인 악령을 마구 혼내줬다. 그 혼내주는 행위가 보통 사람에게는 너무 악질적이라, 로제의 호위기사 중 일부 마음이 섬세한 사람들은 기절하고 말았다.

"너는 구더기다. 맞지?"

머리를 덥석 잡고, 기리메칼라가 화염 악령에게 물었다.

"네. 저는 미천하고 비루한 구더기입니다!!"

울면서 용서를 구하는 자칭 정령왕인 악령에게 기리메칼라가 만족스럽게 고개를 끄덕이더니 나를 향해 무릎을 꿇었다.

"이 구더기를 저 먼지벌레에게 맡겨주시지 않겠습니까? 더 많은 교육을 하고 싶습니다."

기리메칼라에게 맡겨야 할까. 나로서는 인간을 양분으로 삼는 쓰레기 악령 따위 어서 없애버리고 싶지만, '토벌 도감'의 성능 확장 효과를 확인해보는 것도 좋을 듯하다.

"알겠어. 그 썩은 근성을 철저히 고쳐주도록 해."

있는 힘껏 절규하는 악령의 뒷덜미를 잡은 기리메칼라가 '토벌 도감' 안으로 사라졌다.

'토벌 도감'을 확인하자, 기리메칼라의 '권속' 항목 마지막에 이프리트라 기재되어 있었다. 이름까지 정령왕과 똑같은가. 정말 이름이 같다고 해서 강함까지 같을 리가 없는데. 어디에나 있기는 하다. 강해 보이는 이름이라며 허세를 부리는 녀석이.

아무튼 남은 건 저 검제의 종자인 엔즈뿐이다. 이런 잔챙이가 육기장을 사칭하다니. 완전히 속고 말았다.

"기, 기, 기다, 기다려줘! 아니, 기다려 주십시오! 분명 당신을—."

두 무릎을 바닥에 대고, 필사적으로 애원하는 엔즈.

"됐어. 넌 너무 지나쳤어."

나는 나무 봉을 들어 녀석의 목을 날려버리는 것으로 말을 차단했다. 그리고 검은 로브들에게 시선을 보내자, 모두 작게 비명을 지르며 떨기 시작했다.

"검제를 데리고 제국으로 돌아가. 그게 너희가 할 일이다. 만약 그러지 않는다면—."

나무 봉을 향하자마자, 부관 같은 사람이 기절한 검제를 안고 쏜살같이 도망치기 시작했다. 이어서 검은 로브들도 죽어라 도망쳤다.

***

프랭크턴과 살아남은 기사 나부랭이들은 아르놀트에 의해 이미 구속되었다. 굳이 내가 나설 필요는 없겠지.

이것으로 로제와 안나에 대한 의리는 지켰으니 이제 메뚜기맨들을 회수하면 된다.

그건 그렇고, 앞으로 어떻게 해야 할까. 일단 기억에서는 어머니에게 가기로 되어 있지만, 모처럼 가문의 속박으로부터 해방되었으니 이 세계를 자유롭게 돌아다니고 싶다.

여행을 하려면 돈이 필요하다. 이참에 헌터 자격증이라도 따서 여비를 벌까. 그렇다면 가까이에 있는 바르세가 최적일 듯하다. 그곳에는 실케 수해라는 마물의 소굴이 있으니까. 그래. 그렇게 하자.

숲으로 걸어가려고 하는데——.

"기, 기다려!"

프랭크턴이 불러세웠다.

"나, 나는 차기 국왕이 될 길버트 왕자님의 검이자 방패다! 우리 쪽으로 붙어라! 너 정도의 힘이 있으면, 설령 무능한 기프트 홀더라도 왕자님은 반드시 중용해주실 거다!"

"이 자식, 이 상황에도 그런 헛소리를 지껄이는가!!"

아르놀트가 멱살을 잡고 격앙했다. 동료 기사가 다치고, 범해질 뻔했던 상황에 이런 황당무계한 말까지. 화를 내고 싶은 마음도 이해가 간다.

"닥쳐라, 평민! 나는 백작, 그래 백작이야! 너희 같은 평민 따위와는 인간으로서의 가치가 다르단 말이다!"

정말 추악하군. 이 사람이야말로 가장 악질적이며 구원의 여지가 없다. 이런 살아갈 가치가 없는 쓰레기가 득세하는 나라 따위는 그냥 멸망하는 게 낫다.

"너는 나를 무능한 배신자라고 실컷 욕하고 괴롭히지 않았던가? 그런 일을 당한 내가 왜 너희 쪽에 붙어야 하지?"

그것만은 절대 있을 수 없는 선택일 텐데.

"그, 그것은…… 왕자님의 힘으로 기프트의 결과는 어떻게든 무마할 수 있어! 돈도, 여자도 원하는 대로 얻을 거다!"

"그렇게 이 멍청한 기사들을 구슬린 거야?"

아르놀트에게 사로잡힌 기사들에게 시선을 보내자, 작은 비명을 지르며 떨기 시작했다.

시시하다. 정말 시시한 자들이다.

"이제 곧 길버트 전하가 왕위에 오르실 거다. 그러면——."

나는 그에게 다가가 얼굴을 덥석 잡았다.

"그만해. 가정은 이제 됐어. 누가 왕위에 오르든 나는 전혀 관심이 없어. 어차피 너희 같은 해충들 중 누가 다스리든 마찬가지니까."

"로제 님까지 해충 취급을 하는 거냐?!"

안나가 시끄럽게 항의했다. 옷을 입고 평소의 성가신 여자로 돌아간 모양이다. 뭐, 다른 기사들의 표정으로 보아 모두 같은 의견인 것 같지만. 유일하게 아르놀트만이 나에게 부정하는 표정을 보이지 않고, 매우 흥미로운 듯 방관하는 자세다.

"음, 물론이지. 더욱 알기 쉽게 구체적으로 표현할게. 왕후 귀족은 백성에게 들러붙어 피를 빠는 기생충이야."

애초에 이 녀석들도 기프트라는 정체를 알 수 없는 것으로 사람을 선별하고 그것을 지니지 않은 종족을 박해해왔다. 결국 저 프랭크턴과 크게 다를 바 없으며, 이 나라에 사는 해충에 불과하다.

"네 이놈!!"

격앙하는 안나. 거기에 호응하듯이 다른 기사들도 허리에 찬 검에 손을 대고 있다.

이것 봐라. 이것이 이 녀석들의 본질이다. 자신의 생각대로 되지 않으면, 바로 실력행사에 나서려고 한다. 그리고 상대는 항상 무력하게 가만히 시키는 대로 해야 한다고 진심으로 믿는다.

"흐음, 나랑 해보려고? 나는 괜찮아. 한쪽이 없어질 때까지 철저하게 해볼까?"

내가 프랭크턴에게서 손을 떼고 그들을 바라보자, 파프닐이 중심을 낮추고 으르렁거렸다. 아스타로스는 크게 한숨을 쉬고는 사냥감을 노리는 짐승 같은 얼굴로 손가락을 뚝뚝 울렸다.

상대는 아멜리아 왕국, 대국이다. 심지어 미숙한 검제나 그 종자와는 수준이 다를 전설의 용사도 있다. 예전의 나라면 망설였겠지. 하지만 지금은 다르다. 이 내가 그런 사소한 이유로 무릎을 꿇을 일은 절대 없다.

설령 상대가 아무리 강자라고 해도, 나에게 적대한다면 철저하게 물리쳐주겠다!

"그만하세요!"

기품 있는 목소리에 서둘러 자세를 바로잡는 안나와 기사들. 아르놀트도 따라서 인사했다.

"허! 대장의 등장인가. 그래서? 어떡할래? 널 모욕한 나를 사형이라도 시킬 셈이야?"

이 나라의 왕후 귀족은 옛날부터 그렇게 해왔다. 혈통이라는 형태도 가치도 없는 개념을 위해 많은 목숨을 빼앗고, 영혼을 능욕해왔다. 기프트에 따른 차별도 사실 피차별 계급을 고의로 만들어내, 본래라면 왕후 귀족에게 향할 터인 민중의 불만을 그자들에게 향하도록 유도하려는 위정자들의 교활한 수단에 지나지 않는다. 이런 왕족이 위에 있는 한, 분명 그것은 반복될 것이다.

"설마요. 그보다 저는 기쁩니다."

"뭐? 정신 나갔어?"

이 여자, 갑자기 무슨 말을 꺼내는 거지?

"무, 무례한——."

"그만하세요! 제가 말했을 텐데요!!"

예상대로 안나가 나에게 따지려고 하였으나, 로제라고는 생각할 수 없는 엄격한 어조로 혼나는 바람에 안나는 몸을 움츠렸다.

"처음이에요."

"엥?"

"이 나라에서 처음으로 같은 감성을 지닌 사람과 만났습니다."

"내 얘기 못 들었어? 나는 너희 왕족과 귀족이 이 나라를 썩게 만든 원흉이라고 말했는데?"

"그래서 저도 그 말에 동의한다고 했습니다. 이 나라는 썩었어요. 빈곤과 역병, 범죄가 만연한데 왕국은 아무 대책도 세우지 않고 자신의 이익만 추구하기 위해 힘쓰고 있습니다. 이대로 지금의 체제가 이어지면, 조만간 이 나라는 확실히 무너질 겁니다."

"그렇겠지. 하지만 그게 어쨌는데? 너라면 선정을 베풀 수 있다고 말할 셈이야? 그건 근본적인 해결책이 아닐 텐데?"

"네, 맞아요. 저 개인의 힘이나 발상에는 한계가 있어요. 하지만 백성 한 사람, 한 사람이 정치에 참여할 수 있다면?"

놀랍다. 백성이 자신의 손으로 자신을 위해 정치를 행한다는 발상은 이 현실 세계에서는 확실히 이질적이다. 나도 저 미궁 안에서 획득한 책을 읽지 않았다면 도달하지 못했을 생각이다. 흠, 조금 이 여자에게 흥미가 생겼다.

"그 발상은 어디서 얻었지?"

"헌터였던 숙부님께 어린 시절에 받은 책이에요. 거기에 쓰인 다른 세계의 이야기에 나오더군요."

"다른 세계의 이야기?"

"네, 그곳은 과학이라는 우리 세계와는 다른 개념이 지배하는 세계예요. 그곳은 귀천의 구별이 없고, 사람들이 자신의 나아갈 길을 자신의 의사로 결정하여 걸어갈 수 있는 사회였어요."

아마 내가 본 '과학'과 같을 것이다. 미궁의 책에서 빈번하게 나온 말이므로 틀림없다. 그렇다면 그 책은 이계의 책이겠군. 물론 어디까지나 꾸며낸 이야기인 듯하니, 내가 읽은 책과는 다를 것 같지만.

"그건 공상의 이야기야. 이상향이 아니라고."

책 속에는 그 이세계의 문제가 질릴 정도로 묘사되어 있었다. 일에는 반드시 장단점이 존재한다. 로제가 읽은 책이 이야기인 이상, 쓰여 있는 것은 장점뿐일 가능성이 크다.

"말하려는 바는 아주 잘 알고 있습니다. 그래도 그 세계를 보고 싶어졌거든요. 그러니 이것은 저의 꿈이에요."

로제는 가슴에 두 손을 대고 눈을 꼭 감았다.

이 공주님, 범상치 않다. 애초에 보통 사람은 아무리 멋들어지게 묘사되어 있어도 이야기 속 세상을 실현하려고는 생각하지 않는다. 게다가 그 대가로 바치는 것은 자신의 왕족 지위. 평범한 사고방식이 아니다. 귀족들에게 인신 공양될 뻔한 이유를 알겠다.

"너, 진짜 정신 나갔구나."

"네 이놈, 또 로제 님께——."

"안나!"

나의 진심으로 어이가 없는 소박한 감상에 다시 안나가 격앙하였으나, 끼어드는 것을 허락하지 않는 로제의 목소리에 서둘러 입을 다물었다.

로제는 표정을 완전히 지우고 프랭크턴을 돌아보며 저들에게 파멸에 가까운 선언을 했다.

"프랭크턴, 그리고 그에게 가담한 기사들. 이 건은 국왕 폐하께 보고하겠습니다. 특히 이번 건은 제국과 내통했다는 최악의 사태. 극형은 면하지 못할 것이라 생각하십시오."

"그럴 리가 없어! 길버트 전하는——."

"제 동생이 제국과 내통한 용의가 걸린 자를 목숨을 걸고 구하려고 할 만큼 배려심이 있는 인물입니까?"

그제야 자신이 돌이킬 수 없는 실수를 범했다고 인식한 걸까. 프랭크턴이 핏기가 가신 얼굴로 떨기 시작했다.

그런 프랭크턴을 곁눈질하며, 로제는 멍청하고 독선적인 선언을 해댔다.

"오늘 이 시점을 기준으로 카이 하이네만을 저, 아멜리아 왕국 제1왕녀 로제마리 로트 아멜리아의 로열가드로 임명하겠습니다!"

로열가드라. 이곳 아멜리아 왕국에서 무술을 단련한 사람에게 최고의 영광인 것은 안다. 왕위 계승권을 지닌 사람이 내릴 수 있는 최고위 기사 칭호였던가.

로열가드는 왕위 계승자의 수호자이자, 무력과 권위의 상징이다. 모멸의 대상인 무능력한 나를 그런 자리에 올리다니, 평범한 사고방식이 아니다. 역시 이 녀석은 온갖 의미로 위험하다.

"자, 자, 잠시만 기다리십시오! 그 녀석은 무능한 배신자입니다! 그런데 하필이면 로열가드에 임명하다니 용납될 리가——."

"조용히 하세요! 그럼 반대로 묻겠습니다만, 안나, 당신은 누가 걸맞다고 생각하죠?"

예상대로 안나가 안색을 바꾸고 반론하려고 하였으나, 로제가 강한 어조로 가로막으며 되물었다.

"그, 그것은 전통과 격식 있는 왕궁 근위기사들 아니겠습니까? 지금까지는 늘 그렇게 해왔지 않습니까!"

"그 왕국 권력의 필두인 프랭크턴이 이번에 배신했는데요? 추가로 말하자면, 왕궁의 정치를 결정하는 추밀원이 고용한 기사들에게 당신은 험한 짓을 당할 뻔했어요. 그들은 넓은 의미로 동생 길의 신하입니다. 미안하지만, 나는 왕궁 자체를 더는 믿을 수 없어요."

"그렇다고 저런 배신자를 로열가드로 임명하실 필요는……."

안나가 아랫입술을 깨물고 중얼거렸다.

"배신자? 바보 같군요! 당신은 검제조차 뛰어넘은 카이의 검술을 보지 못했습니까? 여러분이 좋아하는 표면적인 재능으로는 절대 도달하지 못할 영역에 있었잖아요."

"그것은——."

"냉엄한 말이기는 합니다만, 만약 내가 신이라면 당신보다도 능력이 넘치는 그를 축복하겠습니다. 전지전능한 신이라면 더욱 그렇게 하겠지요."

"앗——?!"

나보다도 신에게 축복받지 못한다. 그런 진심으로 아무래도 좋은 지적이 너무 충격적이었는지, 안나는 고개를 숙이고 입을 다물고 말았다. 인간이란 자기 가치관의 범주에서 거절당하는 게 가장 상처라더니, 그 본보기일지도 모른다. 아무튼 됐고, 모처럼 세계를 돌아다니는 여행을 떠나려고 한 참이다. 시작부터 발목을 잡히는 것은 사양이다.

"나의 의사를 무시하고 멋대로 임명하지 마. 애초에 나는 받아들일 생각이 없어."

나의 거절 의사에 주위 기사들로부터 안도하는 한숨이 새어 나왔다.

"아니요, 당신은 반드시 저의 로열가드가 되어 주셔야겠어요!"

이 여자, 이렇게 억지를 부리는 사람은 아니었던 것 같은데. 지금 이 녀석에게서는 집착과 같은 것마저 느껴진다.

"로열가드는 왕위를 지닌 자의 얼굴 아닌가?"

"네, 종종 꽃을 꽂는 꽃병으로 비유되어요."

"그럼 꽃이 아름답게 빛나려면 그에 어울리는 꽃병이 필요하잖아? 나는 무능해. 그 꽃병의 역할에서는 가장 먼 사람이야. 다른 사람을 찾아봐."

"당신 외에 적임자는 없어요!"

"적임자라. 왕국의 용사님은 어때? 상당히 강하다고 하고, 이 왕국에서는 누구보다 인기인 아닌가?"

"용사는 마왕군을 상대하기 위한 주 전력이에요. 만약 제가 용사를 로열가드로 삼았다간, 다른 세력이 폭발하여 자칫하면 내란이 일어날 겁니다. 무엇보다 저는 그 용사님을 그 정도까지 신뢰하지 않습니다."

"그럼 저기 왕국 기사장님에게 국왕이 은퇴하면 이어서 해달라고 부탁하면 되잖아? 실력도, 인간성도 그야말로 적임자일 텐데."

"로열가드는 생애 오직 한 사람의 왕족만 따르도록 정해져 있습니다. 현 국왕 폐하가 왕위를 양도하여도, 아르놀트는 아버님의 로열가드예요."

"그럼 네 부하에게 맡겨. 나를 끌어들이지 마."

"로열가드는 최고위 기사의 칭호이기에 왕위 계승권자를 수호할 절대적인 강함이 요구됩니다. 매우 유감스러운 일입니다만, 아직 제 부하 중에는 맡길 만한 기량을 가진 인물이 없습니다."

"…………."

로제의 어떤 의미로는 무정한 지적에 안나는 물론, 주위 기사들까지 조용히 분한 표정을 취했다.

"무엇보다, 당신이 나의 로열가드가 되었으면 좋겠어요!"

로제는 주위 기사들을 곁눈질로 힐끗 보고는 단호하게 선언했다.

"그건 그쪽 생각이고. 나와는 아무 상관이 없어. 다른 사람을 찾으라니까."

"아니요, 나의 로열가드는 당신 외에는 불가능합니다."

"단호하게 거부하겠어."

"괜찮으시겠어요?"

미소를 짓는 로제의 모습이 다소 섬뜩해, 그 언동의 근거를 물었다.

"무슨 뜻이지?"

"당신이 받아들이지 않는다면, 난 로열가드로 레나 그로트를 지명할 생각이거든요."

"뭐? 그 녀석은 제대로 싸워본 적도 없는 초보인데?"

이번 일로 확실히 깨달았다. 적은 쓰레기지만 교활하다. 마물을 쓰러뜨리는 것과 차원이 다르며, 검술 실력만으로 지킬 수 있을 거라고는 도저히 생각할 수 없다. 무른 성격의 레나에게 로열가드는 그리 적합하지 않다. 그 사실은 로제가 가장 잘 알고 있을 텐데.

"그래도 검성입니다. 검술만이라면 이미 저 용사조차도 뛰어넘을 정도예요. 무엇보다 몇 번이나 왕국을 구한 검성 기프트 홀더가 저의 로열가드가 되는 거죠. 그 사실은 이 나라에서는 무엇보다 무거운 것이에요. 다른 왕위 계승권자들에게 절호의 견제 재료가 되겠죠."

"그 녀석의 의사는?"

아무리 그 오지랖이 넓은 레나라도 왕실이라는 지극히 성가시고 썩어빠진 조직에 얽히고 싶다고는 생각하지 않을 텐데.

"그녀는 제가 바란다면 흔쾌히 받아줄 거예요. 그렇게 말해주었습니다."

바보 같기는! 그리고 보니 그 녀석은 친구의 부탁을 거절하지 않는 귀찮은 성격이었다.

"로열가드를 받아들이지 않을 경우 레나의 위치는?"

"왕국에서 용사와 검성은 마왕군을 대적할 상징으로서의 의미가 강하므로 절대 잃을 수는 없어요. 중요한 전투 외에는 후방지원이 메인이 되겠지요. 그러나——."

"이제 됐어. 이해했어. 레나가 로열가드를 받아들이면, 위험도가 훨씬 높아진다는 말을 하고 싶은 거지?"

"네."

로제의 말대로 길버트라는 어리석은 인간은 제정신이 아니다. 친누나를 제국에 팔아넘기려고 했을 정도니까. 레나가 로제의 로열가드가 되면, 집요하게 목숨을 노릴 것이 눈에 선하다. 그리고 지금 나에게는 유년 시절의 기억도 또렷하다. 그래서일까. 적어도 나는 레나라는 이름의 소꿉친구가 불행해지는 것만은 참을 수가 없는 모양이다.

하지만 그렇다고 해서—— 지금의 내가 이런 인질과 같은 협박에 굴복할 것이라 생각하면 큰 착각이다.

"한마디로, 너는 나를 협박하고 있다는 거군?"

분노를 담아 로제에게 따지자 단지 그것만으로 직접 적의를 받지도 않은 주위 기사들이 작은 비명을 지르며 엉덩방아를 찧었다. 안나도 새파래진 얼굴로 떨고 있었다. 태연한 사람은 아르놀트와 실제로 적의를 받고 있는 로제뿐이다.

"이런 방식이 되고 만 점에는 진심으로 사죄드립니다. 그러나 내가 하고 싶은 것은 당신과의 대등한 계약입니다."

"대등한 계약? 나의 선택지를 일방적으로 뺏어놓고, 이게 대등하다고 진심으로 생각하는 건가?"

그것은 너무나 거만한 발상이다. 뭐, 왕족답다고 말할 수도 있겠지만. 이 왕녀는 실수로라도 이런 짓은 하지 못하는 녀석이라고 생각했었는데, 결국 인생 경험이 적은 카이 하이네만일 때의 인상이었다. 오류가 있었던 거겠지.

"저는 당신의 의사를 빼앗았어요. 그렇다면 저의 의사를 당신이 쥐면 대등해지겠죠. 그렇지 않습니까?"

"뭐? 너, 무슨 말을 하는 거야?"

"이것을 쓰겠습니다."

로제가 치마 주머니에서 금색 보석이 박힌 반지를 꺼내 나에게 건넸다. 감정을 해보자——.

★[예속의 반지]: 금색 보석의 반지를 장착한 자는 붉은색 보석 반지를 낀 자를 사역할 수 있다. 다만, 자신의 '마력'보다도 '마력 내성'이 크게 강한 존재에게는 효과가 없다.

· 아이템 랭크: 중급

　타인의 의사를 빼앗는 반지. 그리고 로제의 왼손 집게손가락에는 붉은색 반지가 장착되어 있다. 로제의 의사를 내가 쥔다는 것은 이런 뜻인가. 자신의 이상을 이루기 위해서라면, 자신조차 제물로 바친다. 자기희생의 정신을 발휘할 생각이겠지만, 이 여자는 전혀 모른다. 자신을 희생하는 데에도 각오가 필요하며, 그 각오는 자신의 내면에서 짜내는 것이다. 이런 수상한 아이템에 의지하여 성립되는 것이 결코 아니라는 거다. 게다가 방식도 전혀 논리적이지 않다. 솔직히 엉망진창이다.

　"이것은 왕가에 대대로 전해지는 예속의 반지. 배반을 방지하기 위해 각 왕족에게 여러 개가 양도되어 있습니다. 그 구체적인 사용법은——."

　"이 반지의 효과는 대체로 이해하고 있으니 해설은 필요 없어. 그보다 말이야. 혹시 내가 이 반지로 너를 조종해서, 왕국을 망가뜨리려고 하면 어떻게 할 생각이야?"

　의기양양하게 설명하는 로제의 말을 가로막고, 반쯤 한심해하는 마음이 섞인 의문을 입에 담았다.

　"당신은 그런 일이 가능한 분이 아닙니다."

　로제가 자신만만하게 전혀 근거가 없는 말을 내뱉었다.

　"바보냐. 인간이란 원래 욕망으로 가득한 생물이야. 네가 본 것은 모두 표면적인 환상에 지나지 않아."

왠지 모두 우스워졌다. 한마디로 이 여자는 저 검제와 마찬가지로 미숙한 아이에 불과하다는 뜻인가. 그러나 그 정도로 어설픈 인식이라면, 다음에야말로 확실히 죽는다. 적이 교활하고 어리석다면 이쪽도 전혀 망설이지 않고 놈들을 파멸시키기 위한 책략을 세울 필요가 있지만, 지금 이 여자의 유치한 언동으로 보아 불가능할 테니까. 대항책을 세울 수 없다면 길버트라는 명칭이로부터 구체적으로 몸을 지킬 방법이라도 생각해야 한다. 그러나 아르놀트가 로제의 직속 기사가 아닌 이상, 언제까지고 호위할 수는 없다. 즉, 이 여자는 조만간 완전히 무방비 상태가 된다는 뜻이다. 지금의 이 어리석은 행동도 초조함 때문일지도 모른다.

"레나의 이름을 꺼낸 것은 진심으로 죄송하게 생각합니다. 하지만——."

"이제 됐어."

나는 깊고 깊은 한숨을 내뱉고, 로제에게 받은 금색 반지를 꽉 쥐어 망가뜨렸다.

"무, 무슨——."

안색을 바꾸고 질문하려고 하는 로제의 붉은색 반지도 산산이 부쉈다. 그리고 팔짱을 끼고 우리의 대화를 바라보던 아르놀트에게 말했다.

"아르, 지금 넌 이 말괄량이의 보호자지?"

"그렇게 되는군."

고개를 끄덕이는 아르놀트.

"그럼 이 바보에게 설교라도 해줘. 이야기는 그다음부터야."

이 아이, 아무래도 위태로워서 그냥 놔둘 수가 없다. 로제는 레나와 키스의 친구. 특히 레나와 절친한 사이라고 하니, 여기서 이 아이를 모른 척하면 잠자리가 뒤숭숭해진다. 일단 당장 이뤄야 할 명확한 목표가 있는 것도 아니다. 로제의 몸을 지킬 수 있는 로열가드를 찾을 때까지 만이라면, 이 촌극에 어울려줘도 괜찮겠다.

"그래, 그렇게 하지."

"아, 아르놀트, 하지만 아직 카이와 이야기가 끝나지 않──."

"공주님, 이미 끝났습니다."

"그게 무슨──."

"그보다 공주님. 아까 그 언동, 저와 차분히 대화를 하셔야 할 일입니다."

아르놀트가 한눈에 봐도 꾸며낸 미소와 함께 대답하고는 로제를 질질 끌고 텐트 안으로 들어갔다.

"마스터, 귀찮은 일이 너무 많은 것 같소."

"내버려 둬."

어이가 없는 듯한 아스타로스의 말에, 나도 어깨를 으쓱하고 메뚜기맨들을 회수하러 숲으로 들어갔다.

제4장 파프라의 음모

프랭크턴 일당을 넘겨주기 위해 아르놀트는 먼저 가까운 대도시 바르세로 향했다. 이 일은 대국에서 현재 적대관계인 그리트닐 제국 최강이라 일컬어지는 육기장이 국내 귀족과 내통하여 아멜리아 왕국의 왕녀 로제마리를 유괴하려고 한 사건이다. 일명 내란 선동이라는 큰 죄다. 국왕의 기사들의 장이자, 로열가드이기도 한 아르놀트가 서둘러 국왕에게 보고하고, 프랭크턴 일당을 인도할 필요성이 있다고 한다.

그래도 본래는 왕녀인 로제의 보호를 최우선으로 생각해야 하고, 아르놀트라면 마땅히 그랬을 것이다. 그런데 그는 내가 여기 존재한다는 것을 이유로 자신의 책무를 다하기 위해 프랭크턴과 일부 기사들을 데리고 바르세를 향해 먼저 떠나고 말았다.

그런 연유로 최근 몇 주일 동안 나는 실케 대삼림의 기슭에 있는 마을, 파프라에 머물며 말괄량이 공주님을 지키는 처지가 되었다. 왜 로제도 곧장 바르세로 향하지 않았는가 하면──.

"바르세에서 안전이 확보될 때까지 현장에서 대기하라니……. 로제, 너 얼마나 동료 귀족들에게 미움받는 거야?"

아버지인 아멜리아 왕국 국왕에게 인근 마을에 머물라는 지시를 받았기 때문이다. 아무래도 국왕은 반역한 프랭크턴의 배후에 있는 길버트 왕자 세력에 의해 로제가 다시 위험에 처할 가능성을 우려하는 듯했다.

"로제 님께 그 무례한 태도를 삼가라!"

안나가 예상 그대로의 반응을 보이는 반면.

"그렇게 말하면 서글프지만, 사실 그래요. 그렇기에 당신이 나의 로열가드가 되어주신 것이 가장 큰 행운이었고요."

로제는 씁쓸하게 웃으면서도 살짝 고개를 끄덕이고, 나에게는 민폐일 뿐인 대답을 했다.

"아니, 받아들인 건 다음 적임자가 발견될 때까지야. 어디까지나 임시라고 말했을 텐데?"

"네, 알아요. 당신은 적임자를 선정할 때까지 로열가드입니다."

환한 미소를 지으며 고개를 끄덕인다. 정말 알기는 하는 걸까.

참고로 로제는 아르놀트에게 단단히 혼났을 터인데 다음 날 꺼림칙할 정도로 기분이 좋아져 있었다. 뭐, 반대로 로제의 호위 기사들은 마치 이 세상이 끝난 것처럼 가라앉아 있었지만.

그로부터 당분간 행동을 함께하게 되어, 로제 측에 몇 가지 조건을 붙였다.

하나, 우리에 대해 캐내려는 행동은 절대 하지 말 것.

둘, 우리에게 명령 및 일절의 간섭을 하지 말 것.

셋, 로제의 로열가드는 대리로 맡음. 적임자를 찾을 때까지의 잠정적인 조치일 것.

이후로 로제는 적어도 조사 금지와 간섭 금지, 두 가지는 엄수하고 있다.

"그래서? 왜 이번에 놈들이 이런 강행수단에 나선 거지?"

사정을 말하도록 재촉하자, 로제는 어흠 하고 한 번 헛기침을 하더니 진지한 표정을 지었다.

"아마 동생 길버트파의 자들이 절 제거하려고 한 건 곧 시작되는 왕위 계승전 때문이에요. 제가 레나를 로열가드로 임명할 가능성을 우려했기 때문일 겁니다."

"그 왕위 계승전인지 뭔지에서, 검성 기프트 홀더에 의한 로제마리파의 세력 확대를 염려했다는 건가."

"아니요, 검성 기프트는 물론입니다만, 레나 자체가 가장 큰 원인이겠죠. 지금 레나는 왕국 중진과 고위 귀족들에게도 큰 인기를 끌고 있으니까요."

레나가 왕국 귀족들에게 인기라니. 아무래도 과거 카이 하이네만의 기억과 너무 괴리되어 있다. 그 녀석은 과거의 나보다 더 서민의 대표 같은 녀석이었는데.

그러나 레나가 그만큼 고위 귀족에게 인기가 많다면, 일련의 불명확했던 사실도 확실해진다.

"그렇군. 어떤 식이든 레나는 위험했다는 건가."

"아마도."

예상대로 로제가 동의했다. 로제는 레나를 절친한 친구라고 했다. 과거 카이 하이네만의 기억에서도 그때 로제가 거짓말을 했다고는 생각할 수 없다. 그 레나를 쉽게 로열가드로 임명하려던 점에 위화감이 들었는데, 오히려 레나를 지키기 위함이었던가.

길버트라는 자에게 위험시되고 있는 이상, 로제가 왕국에 존재하면 레나는 제거 대상이 된다. 로제와 레나가 매우 사이가 좋은 것은 널리 알려진 사실인 모양이니, 아마 틀림없을 것이다.

그렇다면 아예 로제의 로열가드로 임명해버리는 쪽이 놈들도 쉽게 행동에 나서지 못하게 되므로, 암살 등의 위험성도 낮출 수 있어서 논리적이기는 한가.

그리고 여기서 로제가 나의 로열가드 취임을 선언하면, 이후 레나가 로제의 로열가드가 되지 않는 것을 공식적으로 인정하는 것이 된다. 즉, 레나는 전처럼 공적으로는 중립인 채 있을 수 있고, 길버트파가 직접 위험을 무릅쓰고 귀족에게 인기 있는 레나를 제거할 이유가 없어진다. 그런 거였군.

그래도 이번에 로제가 선택한 방법은 하급의 하급이므로 절대 칭찬할 마음은 들지 않지만.

"프랭크턴의 뒤에 있던 이번 흑막까지 도달할 수 있겠어?"

로제가 분한 듯이 아랫입술을 깨물고 고개를 가로젓더니, 예상대로 부정하는 말을 늘어놓는다.

"프랭크턴은 겨우 실행범에 불과해요. 왕위 계승전에 대해서는 당연히 중요한 내용은 아무것도 알려주지 않았을 가능성이 큽니다. 길까지 추궁할 수 있을 가능성은 작지 않을까요."

"그렇겠지."

이미 그들은 제국과 교섭하여 왕녀인 로제를 실제로 팔아치우는 데 성공하였다. 이번에 로제가 무사한 것은 그저 운이다. 있을 수 없는 우연이 일어난 것에 불과하다. 즉 그들은 악행에 관해서는 교활하므로, 적어도 바보는 아니다. 그런 확실한 증거를 남겨두었을 리가 없다.

"어쨌든 그 왕위 계승전이라는 게 시작되지 않는 한 움직일 수가 없는 거지?"

"맞습니다. 지금은 왕위 계승전에 대비하여 우리의 세력을 확대하는 데 힘을 쏟아야 할 때입니다."

"알겠어."

로제가 말하는 세력 확대란 귀족과 거상들에게 협력을 요청하는 온화한 수단일 것이다. 그렇다면 내가 나설 일은 없다. 그녀도 그 점은 잘 알 것이라 생각한다. 그렇다면——.

"주인님…… 졸려요."

마침 나의 옆자리에서 가물가물한 눈을 비비며, 파프가 나의 소매를 잡아당겼다.

"응, 그래. 방으로 돌아가자."

의자에서 일어나 이미 반쯤 꿈나라로 떠난 파프를 등에 업고 방으로 걸어가려던 순간.

"카이."

"응? 왜 그래?"

나를 부르는 소리에 어깨너머로 돌아보았다.

로제가 자리에서 일어나 깊숙이 머리를 숙였다. 그리고——.

"로열가드를 맡아주셔서, 감사드립니다."

왕족이라고는 생각할 수 없는 말을 하였다.

아스타 녀석, 요 며칠간 방에서 한 걸음도 나오지 않는다. 아스타가 말하기를 마인은 대기의 마력을 흡수하는 것만으로 영양 보급이 가능하므로, 굳이 외부에서 섭취할 필요는 없다고 한다. 아무리 그래도 그렇지. 일에는 한도가 있다. 파프라에서 묵고 있는 숙소의 주인이 걱정한 것도 있어서 지금 생존 확인을 하기로 했다.

문을 열고 방으로 들어갔다.

옷은 바닥에 아무렇게나 벗어 널브러졌고, 테이블에는 내가 준 책이 산처럼 쌓여 있다. 그리고 침대에는 속옷 차림의 키가 큰 미녀가 대자로 누워 자고 있었다.

"이 녀석…… 여자였나."

지금도 자기주장을 하고 있는 두 언덕을 보면 일목요연하다. 항상 로브를 입고 있어서 몸매까지는 판단할 방법이 없었다. 뭐, 이제 보니 여자 같은 얼굴이고, 목소리도 남자치고는 높아서 약간 위화감은 들었었다. 정말 여자였을 줄이야. 확실히 의외이긴 하지만 별 상관은 없는 일이다.

나는 창가로 다가가 나무 창문을 벌컥 열고, 방구석에 있던 나무 양동이와 빗자루를 들어 자루 부분으로 양동이를 두드리기 시작했다.

"자, 일어나! 지금부터 마을을 구경하러 나갈 거니까!"

햇빛이 눈 부신 듯 아스타가 눈을 가늘게 뜨고 침대에서 상반신을 일으키며, 크게 하품하면서 주위를 둘러보다 나와 시선이 마주쳤다. 바로 고개를 숙여 반라 상태인 자신을 확인한 아스타의 온몸이 새빨간 과일처럼 붉게 물들었다. 아스타는 괴조 같은 비명을 지르며 담요로 몸을 감쌌다.

음, 마인 주제에 내 소꿉친구들과 매우 비슷한 반응이군.

"나, 나가시오!"

"음, 앞으로 규칙적인 생활을 한다면."

"하겠소!"

"알겠어. 믿을게."

본인이 이렇게 말하니 믿어야 한다. 이러고 또 방에만 틀어박히한다면 억지로 깨우면 되니까. 정말 무슨 게으름뱅이도 아니고, 자기일 정도는 스스로 해주었으면 좋겠다.

"숙소 1층에서 기다릴게. 얼른 내려와."

그 말을 남기고, 나는 방에서 나가 1층으로 내려갔다. 가끔은 바깥 공기를 마시지 않으면 아스타 녀석은 영원히 방에 틀어박힐 테니까.

그 뒤 네메아에게 던전에서 얻은 아이템으로 모습을 감춘 상태로 로제를 호위하도록 지시하고, 파프와 펜과 함께 숙소 1층 입구에서 기다리자 아스타가 살짝 볼을 붉히며 내려왔다.

아스타는 평소에 입던 답답한 로브 대신 보라색 슬릿이 들어간 보라색 바지와 보라색 상의를 입고 있다. 게다가 모자도 보라색이군. 이렇게 보면 누가 어떻게 보아도 여성이다. 처음부터 이런 차림이었다면 남자로 착각할 일도 없었을 텐데. 그건 그렇고——.

"오늘은 왜 그런 차림이야?"

아스타는 나로부터 고개를 돌린 채, 무뚝뚝하게 대답한다.

"그냥 기분전환이오."

기분전환이라. 뭐, 나의 소꿉친구들도 비슷한 상황에 그런 말을 자주 했었다. 여자란 그런 법인가보다.

"그럼, 가자!"

그렇게 외치고 우리는 파프라 마을로 나갔다.

숙소 바로 앞에 있는 큰길에는 여러 사람이 오가고 있다. 당연하지만, 꽤 큰 인파다. 이곳 역참 마을 파프라는 실케 대삼림의 남단에 있는 바르세로 가기 위한 중간 지점이라는 성격이 강하다.

바르세는 아멜리아 왕국에서도 다섯 손가락 안에 드는 규모의 도시다. 가까이에 실케 수해라는 마물의 소굴이 있기 때문이다. 이 실케 수해는 실케 대삼림의 남서쪽에 펼쳐진 광대한 밀림 지대인데, 이곳에 나타나는 고레벨 마물을 노리고 전 세계의 헌터가 이 도시를 찾는다.

반면 파프라는 어디까지나 실케 대삼림 안에 있는 역참 마을로, 주위에는 주로 야생동물과 슬라임, 무리에서 떨어진 고블린이 서식하는 수준이라 주로 신입 헌터가 중점적으로 활동하고 있다. 그럼 왜 이러한 마을이 활기찬가 하면── 저 빨간색 과실 때문이다. 저 과실, 파프라의 열매를 원하는 왕국 내의 상인들이 이 마을로 거래를 하러 온다.

또한 이 마을의 특징을 꼽자면, 지금도 가게 앞에서 손님들과 대화를 나누는 짐승 귀를 단 주민들이 있다. 그렇다. 이곳은 전쟁고아인 수인족이나 수인족과 아멜리아인의 혼혈이 많이 사는 마을이다. 물론 많다고 해도 기껏해야 백 명 단위에 지나지 않고 마을 대부분은 인간족이지만, 기본적으로 기프트를 지니지 않은 수인족이 박해의 대상이 되는 이 아멜리아 왕국에서 수인족이 다른 인간족과 같은 권리를 누리는 마을은 이곳 외에는 없다고 해도 좋다. 특히 이곳은 헌터의 영웅, 울프맨의 고향이라고도 하여 저 미궁에 헤매어 들어가기 전까지는 나도 언젠가 이곳을 한번 방문하고 싶어 했다.

"저 고기, 맛있어 보여요!"

폴짝폴짝 뛰어다니는 파프와.

"고기, 고기, 고기!"

파프의 머리 위에 앉아 침을 흘리며 작은 두 손을 위아래로 바쁘게 움직이는 펜.

다양한 음식이 놓여 있는 활기 넘치는 장소는 처음인 탓인가 아까부터 평소보다 잔뜩 들뜬 상태다. 파프는 빙글빙글 돌며 포장마차를 차례로 이동하여 내가 준 돈으로 쇼핑을 하고는, 펜과 함께 맛있게 먹고 있다.

할아버지에게 여비로 받은 돈은 무한하지 않다. 조금씩 돈을 벌 수단을 진지하게 생각해야겠다. 일단 10만 년 동안 미궁 안에서 발굴한 무기와 아이템이 썩을 만큼 있지만, 무능한 내가 매각하면 아마 틀림없이 안 좋게 보일 것이다. 날아드는 불똥은 털어내야겠지만, 나서서 불똥을 만들 생각은 없다. 내가 바라는 것은 느긋한 생활이니까. 그렇다면 헌터 등록을 하여 퀘스트를 받아 돈을 버는 것이 제일 빠른 길일지도 모른다.

그런 고민을 하는 동안 마을 중앙 광장에 사람이 몰려 있는 것을 발견했다. 조금 관심이 생긴다. 가보도록 할까.

인파의 중심에 있는 의자에 당당하게 앉은 사람은 호화롭지만 촌스러운 옷을 입은 중년 남자였다. 오른팔에는 왕관을 쓴 용 문장. 저것은 아멜리아 왕국의 국기이고, 그것이 들어간 옷을 입을 수 있는 사람은 일부 고위 귀족뿐이다. 그 옆에 몇 사람이 마른 침을 삼키며 지켜보고 있다.

"이것이 올해 이 마을에서 채집한 파프라의 열매입니다."

빨간색의 아름다운 과일이 담긴 새하얀 접시를 심하게 긴장한 채 양손으로 내미는, 큰 몸집에 머리를 바싹 깎은 곰 귀가 달린 남자. 중년 귀족은 딱 보아도 불쾌하다는 표정으로 종자 같은 검은 로브를 입은 남자에게 눈짓을 보냈다.

검은 로브의 남자 발밑에 순간 작은 마법진이 나타나더니, 금세 곰 귀가 달린 남자 발밑으로 이동하여 살짝 빛나고는 사라지고 말았다.

마법진이 작고, 그 출현 시간도 찰나였기에 주위 주민들 누구도 눈치채지 못한 모양이지만, 분명 저것은 어떤 마법이 발동된 증거다. 아스타는 마도사처럼 보이니 이런 마법은 잘 알 듯하다. 물어볼까.

"아스타, 방금 그거 뭐야?"

"글쎄? 신진대사를 촉진하는 결함 마법이 아닐까 하오. 다만 불쾌할 정도로 조악한 구성이라 마법이라고 부를 만한 것도 아니지만."

방금 마법에 생각하는 바가 있는지, 아스타가 진심으로 불쾌한 듯 얼굴을 찌푸리고 대답했다.

"백작님?"

구불거리는 금발에 통통한 귀족이 좀처럼 손을 뻗지 않자, 곰 귀가 달린 남자가 조심스럽게 물었다.

"알고 있어!"

중년 귀족은 기분이 상한 듯 거칠게 외치고는 작은 접시에 놓인 파프라의 열매로 보이는 새빨간 과일을 오른손으로 덥석 집어 한 입 깨물었다. 그리고 모두가 침을 삼키는 가운데 몇 번 씹더니 자리에서 벌떡 일어나, 바닥에 과일을 뱉고는 오른손에 든 과일을 땅으로 던졌다.

"완전히 썩은 것 아니냐! 이런 건 먹을 수가 없어! 네 이놈, 나를 우롱하는 게냐!"

호통을 치는 이마에는 굵은 핏대가 서 있다.

"네? 아니? 그럴 리가 없는데!"

깜짝 놀란 곰 귀 남자가 바닥에 떨어진 과일을 주워 입에 넣더니, 점점 온몸의 핏기가 가셨다.

"아, 아니……."

귀족은 그 남자에서 초로의 인간족 남자에게 시선을 옮겼다.

"이봐, 이장. 나, 게디는 이번에 길버트 전하의 상담(商談)을 위한 사자로 이 땅에 왔다. 계약이 성립되면, 이 파프라의 열매는 길버트 전하께 정기적으로 진상될 예정이라는 거지. 이 나에게 썩은 것을 먹인 것은 길버트 전하가 드신 것이나 마찬가지. 네 놈은 지금, 우리 혈맹 연합 전체를 적으로 돌린 거다. 그렇게 알아두어라!"

손가락으로 가리키며 시끄럽게 큰 소리로 떠들어댄다.

"죄송합니다! 무언가 착오가 있었던 모양입니다!"

이장이라 불린 초로의 남자는 두 무릎을 바닥에 꿇고 이마가 땅에 닿을 정도로 숙여 사죄하였다. 한 박자 늦게 방관하던 마을 주민들도 서둘러 이장을 따라 했다.

"착오라고?! 길버트 전하께 썩은 것을 헌상하려고 했으면서 착오라는 한 마디로 용서될 것이라고, 진심으로 그렇게 생각한 거냐?!"

"전혀 그렇지 않습니다! 부디 용서를!"

필사적으로 용서를 구하는 이장을 비롯한 파프라의 주민들.

"전하께 이 얼마나 큰 불경을 저질렀단 말이냐! 이 마을 주민 모두 참수형을 면하지 못할 것이다!"

"그것만은 모쪼록 용서를."

차례로 자비를 구하는 목소리를 내는 파프라의 주민들.

"그럼 바라는 대로 자비를 베풀어주마. 그래── 이번에는 특별히 배상금 5천만 올로 용서해주지."

게디 백작은 두 손바닥으로 무릎을 치며, 그런 망언을 태연하게 입에 담았다.

"5천만 올?! 그런 큰돈, 무슨 짓을 해도 이 마을에서 마련하기란 불가능합니다!"

"그럼 3천만 올. 이 이상 은혜를 베풀 생각은 없다. 1올도 남기지 말고 지불해라!"

"세상에⋯⋯."

절망하는 이장을 힐끗 보며, 게디가 흐뭇한 표정을 지었다. 그 쾌락으로 일그러진 추악한 표정을 한 번이라도 본다면, 이 백작의 의도는 더 생각할 것도 없을 것이다.

나 참, 이래서는 도적과 다를 바가 없다. 지금이라면 왕족 로제가 귀족 제도에 혐오감을 느낀 이유를 알겠다. 아멜리아 왕국의 귀족은 구제할 수 없을 정도로 썩었다. 이런 바보를 없애더라도 아멜리아 왕국에 뿌리 박힌 정세는 달라지지 않는다. 그러나 저 바보 귀족은 나를 불쾌하게 만들었다. 내가 개입할 이유로 충분하다. 이것이 원인이 되어 아멜리아 왕국과 전쟁을 치르게 되더라도 그때 생각할 일이고, 그것이 지금 나를 망설이게할 이유는 되지 않는다.

막 한 걸음 나서려고 한순간──.

"게디 백작! 그래서는 안 되지!"

등에 매우 크게 휜 두 자루의 가는 검을 멘 보라색 머리를 뾰족하게 세운 남자가 목소리를 높이며 모습을 드러냈다.

"맞습니다. 그들이 고의로 썩은 것을 낼 이유가 없죠. 착오라는 말은 사실일 겁니다."

그 뒤로 움직이기 편해 보이는 가벼운 옷차림에 녹색 머리의 잘생긴 청년이 나타나 주민들을 감쌌다.

"네놈들은 누구냐?"

눈썹을 찡그리고 묻는 게디 백작에게, 뾰족 머리 남자가 가슴을 펴고 선언했다.

"나는 용사 마시로 님께 선택받은 사성(四星) 길드 중 하나, '코인'의 리더, '가시검' 사이더!

이 녀석은 나와 같은 '코인'의 서브 리더, '현인' 카바!"

뾰족 머리 남자 사이더 옆에서 잘생긴 청년 카바도 오른손을 가슴에 대고 정중하게 인사했다.

"앞으로 잘 부탁드립니다."

게디 백작은 눈을 크게 떴다.

"그 마시로 님의 사성 길드인가! 그러나 이자들은 길버트 전하의 정식 사자인 나에게 썩은 과일을 먹인 중죄를 범했어! 이 것은 전하의 체면이 걸린 일이야! 그리 쉽게 용서할 수는 없지!"

오른쪽 주먹을 강하게 쥐고 뜨겁게 열변을 토한다.

"길버트 전하는 다른 왕족과는 비교도 안 될 만큼 관대한 분. 백성이 착오를 저질렀다면, 분명히 용서해 주시겠지요."

"그럴지도 모르지만, 그래서는 나의 충성심이 용납하지 않아!"

끈질긴 얼굴로 눈을 질끈 감으며 거창하게 말하는 게디 백작에게 카바는 몇 번이나 고개를 끄덕였다.

"우리 '코인'에게도 길버트 전하는 경애해야 할 분. 백작님의 마음도 충분히 이해가 갑니다. 그러나 본인 때문에 백성이 괴로워하는 모습을 보면, 다정하신 길버트 전하는 분명 괴로워하실 겁니다. 이곳은 저희 '코인'의 체면을 세워주신다고 생각하고, 그 귀한 마음을 가라앉히지 않으시겠습니까?"

잠시 게디 백작은 팔짱을 끼고 생각에 잠겼으나, 이내 입을 열었다.

"알겠다. 이번엔 너희 '코인'의 체면을 세워주도록 할까. 이봐,

다음에야말로 제대로 된 과일을 가져와!"

"네! 바로 가져오겠습니다!"

이장이 반색하며 주위 주민들과 끌어안고 기뻐하면서 입을 모아 길버트 전하와 '코인'을 찬양하기 시작했다.

"아스타, 넌 저거 어떻게 생각해?"

"유치한 연기로군."

솔직히 전혀 관심이 없는 듯하다. 그녀는 차가운 시선을 우습지만 불쌍한 봉들에게 향하며, 하품을 하면서도 내가 지금 느낀 것과 같은 감상을 말한다.

"너도 그렇게 생각해?"

"물론이오. 애초에 길버트라는 원숭이가 원인이 되어 자신들이 궁지에 빠졌는데 그것을 찬양하다니 제정신으로 할 짓이 아니군."

"맞아."

십중팔구, 저 게디 백작과 '코인'은 한패다. 이대로 가면 먼저 이 마을 주민은 골수까지 빨아 먹힐 것이다. 그러나 짧은 고민조차 하지 않고, 레밍 무리처럼 스스로 파멸을 향해 행진하는 어리석은 자들에게는 관심 없다. 나는 용사나 영웅이 아니다. 그리고 그런 위선자들을 동경할 만큼 어리지도 않다. 스스로 저항하기를 포기한 자들에게 손을 내밀 의리 따위는 없다. 앞으로의 일은 저들의 문제다.

"가자."

모두에게 제안하고, 걸음을 옮겼다.

***

——실케 수해 북서쪽 끝.

마물들의 낙원 속에 두 명의 남녀가 얼굴을 마주하고 있었다.

한 사람은 검은색 일색의 상·하의를 입은 금발의 아름다운 여성. 여성의 얼굴은 그야말로 운명과 싸우는 듯한 복잡한 표정을 짓고 있었다. 한 사람은 그와는 대조적으로 온몸에 문신을 한 마른 몸에 선글라스를 낀 남성.

"흐음, 확실히 여긴 고대 유적이야. 이것과 같은 클래스가 이런 잔챙이들이 모이는 곳에 하나가 더 있다는 건가?"

두 손을 주머니에 넣으며 긴장감이라고는 전혀 없는 명랑한 태도로, 남성은 옆의 금발 여성에게 묻는다.

"아니, 이곳과는 달리 실케 수해의 가장 안쪽에 있는 마물은 훨씬 강력해."

"그건 인식의 차이지. 너희 같은 약해빠진 마족에게는 강자. 우리 '흉'에는 약자. 단지 그것뿐이잖아."

대놓고 도발하며 얕보는 어투와 내용에도 금발 여성은 아름다운 눈썹을 움찔할 뿐이었다.

"그런 거로 해두자. 아무튼 이 장소에는 전설의 마수 토우테츠가 잠들어 있어. 그것을 부활시켜 혼란을 일으키는 것이 이번 의뢰. 할 거야? 말 거야?"

여성은 어깨를 으쓱하더니, 진지한 얼굴로 남성에게 확인한다.

"할게. 그냥 부활시켜서 혼란을 일으키는 것뿐인데 1억 올은 파격적이야. 게다가 벌레가 웃기게 비명을 지르며 도망치는 모습을 보는 건 엔터테인먼트로써 최고니까."

황홀한 표정으로 선글라스를 낀 남자가 눈앞의 동굴 안쪽을 바라보며 중얼거렸다.

"악취미네."

"그런가? 하지만 타인의 불행은 나의 행복이라는 말도 있잖아? 약자의 비명과 공포와 절망하는 표정을 보는 것은 강자의 특권이라는 거야. 너희 마족도 좀 그런 편 아니야?"

'똑같이 취급하지 마!'

금발 여성의 입에서 살짝 새어 나온 목소리에, 선글라스 남성은 낄낄 조소했다.

"응? 아닌가? 아, 그런가. 너희는 강자가 아니라 약자였지. 그럼 우리의 즐거움을 모르는 것도 당연하네."

나무 안쪽에서 참지 못하고 몇 명의 검은 옷을 입은 사람들이 튀어나와, 남성을 향해 창과 검을 겨누었다. 그들이 분노한 얼굴로 목소리를 높였다.

"네일 님, 더는 못 참겠습니다! 이런 도적 따위에게 이 이상 우롱당하는 것은——."

"그만둬! 당장 무기를 내려놔!"

호통이 울려 퍼졌다.

"하지만……."

"잔말 말고 어서 내려놔!"

"네!"

평소 냉정한 주인의 짐승 같은 형상에 조금 위압 당하며, 검은 옷을 입은 자들은 각자 무기를 치우고 선글라스를 낀 남성에게서 멀어지려고 했다.

"부하가 폭주한 건 미안해. 내가 사죄할게. 이렇게."

네일은 어둠의 마왕 애쉬메디아의 세 명의 측근 중 한 사람이며, 자존심이 누구보다 강하다. 그 네일이 어떤 의미로는 굴욕적인 태도를 취하는 바람에 부하들이 동요하는 가운데, 남성은 네일에게서 등을 돌리고 목적지인 동굴 안으로 걸어간다.

"좋아. 난 지금 기분이 좋아. 이번만 봐줄게."

"고마워."

"그럴 필요는 없어. 그야── 이 나에게 적의를 드러낸 바보는 빼고 말한 거니까. 나, '지르마'의 이름으로 명한다. 저 녀석들, 녹여버려."

머리를 숙이는 네일에게 선글라스를 낀 남성은 동굴 앞에 멈춰서 어깨 너머로 돌아보며, 신나는 어조로 선언한다.

"크헉?!"

"으악!"

갑자기 아까 나무 사이에서 튀어나와 선글라스를 낀 남성에게 무기를 들었던 검은 옷 남성들의 온몸이 부글부글 끓더니, 순식간에 뼈도 남기지 않고 흐물흐물 용해되고 말았다.

"헉?!"

순간 네일은 선글라스를 낀 남성으로부터 거리를 벌렸으나.

"걱정하지 마. 너희는 살려둘 테니까. 그야 소중한 스폰서님이기도 하고. 아, 맞아. 그 마물이라는 것도 가까운 마을로 유도해줄게. 일명 특별 추가 서비스라는 거지. 난 이래 봬도 일은 확실히 하는 타입이거든."

남성은 한쪽 팔을 들고 동굴 안으로 사라졌다.

네일은 휘청거리는 발걸음으로 부하들의 흐물흐물 녹은 시신으로 다가가 두 무릎을 꿇고 끌어안았다.

"미안해…… 얘들아…….."

힘겹게 참회의 말을 꺼내는 목소리엔 울음이 섞여 있었다.

잠시 뒤, 소매로 눈물을 닦고 벌떡 일어난 네일이 주위를 빙글 돌아보았다.

"지금부터 이 자리를 이탈하여 바르세로 퇴각해! 이후, 무슨 일이 있어도 실케 수해로의 침입을 금지하겠어! 물론 감시도 불필요해!"

오른손을 들어 강한 어조로 지시를 내린다. 나무 안쪽에 몸을 숨기고 있던 나머지 부하들이 일제히 움직였다.

***

──파프라의 과일 가게.

"돌아가!"

파프라에서 사는 소년, 시라 자르바는 지금도 성가신 듯이 오른손을 흔들어 떨쳐내려고 하는 과일 가게 주인에게 매달려 간

237

절하게 호소했다.

"그러지 말고, 부탁이니까 사줘!"

"너희들 자르바 가와는 거래가 금지되었을 텐데."

"거래 금지가 된 건 파프라의 열매뿐이야! 이건 파프라 밖에서 난 과일이야!"

천 주머니의 끈을 풀어 화사한 색의 과일을 보여주려고 하였지만, 과일 가게 주인은 힐끗 보지도 않고 거친 목소리로 외쳤다.

"앞으로 내 가게에서는 너희 자르바 가와 절대 거래하지 않을 거다!"

"그럼 우리는 어떻게 먹고살라는 말이야!"

"그건 내가 알 바 아니지! 너희 아버지가 썩은 과일을 백작님께 내놓은 탓에 이 마을은 파멸할 뻔했어! 마을에 살게 해준 것만으로도 감사하게 여겨!"

멱살을 잡혀 가게 밖으로 쫓겨났다. 바닥에 무참히 구르는 바람에 천 주머니에서 매각용 과일이 튀어나왔다. 통행인들의 차가운 시선을 피부로 느끼며, 시라는 주머니 안에 과일을 넣고 터벅터벅 걸어갔다.

그날부터 2주간, 시라네는 쭉 이런 식이다. 주요 자금원이었던 파프라의 열매는 길버트 전하에 대한 불경을 이유로 모두 몰수되었고, 수확한 다른 과일은 마을의 어느 상인도 구입하기를 거절했다.

본래 시라네 자르바 가는 이 마을에서 대대로 파프라의 열매로 생계를 꾸려나갔다.

파프라의 열매── 이 마을의 창설자인 파프라가 개발한 새빨간 과실로, 이 마을의 특수한 환경에서만 재배가 가능한 식물이다. 입에서 사르르 녹을 만큼 달콤하고 맛있어서 아멜리아 왕국에서도 굴지의 특산품이 되었다. 자르바 가는 파프라의 자손으로 그 열매 재배 방법을 비전으로 전수받아 이어가고 있다.

다만 할아버지가 비전이었던 파프라의 열매 재배법을 이 마을에 제공하여, 자르바 가가 독점하는 일은 없어졌다. 즉, 자르바 가문이 파프라의 열매를 만들지 않게 되더라도 마을 전체로서는 크게 곤란하지 않은 것이다. 본래 수인족과의 혼혈인 자르바 가를 좋게 생각하지 않았던 이장이었기에 이번 일은 트집을 잡힐 기회를 제공했다고도 할 수 있다.

"이건 너무해……."

그 다정했던 할아버지가 바란 것은 이 마을에 사는 수인 전쟁 고아나 인간족과의 혼혈인 자의 지위 향상이었다. 따라서 할아버지는 병으로 쓰러질 때까지 이 마을의 파프라 사업을 위해 최선을 다했다. 그 덕분에 수인족과 혼혈에 대해 냉엄했던 마을의 태도는 크게 완화되어 모든 사람이 살기 편한 곳이 되고, 나아가 다수의 신입 헌터들이 방문하게 되면서 마을은 막대한 이익을 얻게 되었다.

그러나. 순조롭게 나아가던 차에 갑작스러운 이번 사건으로 자르바 가에 대해서는 물론이고, 수인족과 혼혈에 대한 마을의 태도도 완전히 예전으로 돌아가는 바람에 전과 동등하거나 그 이상의 몇몇 제약이 부과되었다. 그 결과 아버지는 이번 사태를 불러일으켰다며 동료일 터인 수인족과 혼혈로부터도 비난받게 되어 후회와 자책으로 자리에 드러눕고 말았다. 이에 어른인 어머니가 힘쓰는 일인 과일 수확을 맡고, 시라가 파프라의 성문 부근에서 여행객에게 과일을 팔아 얻은 적은 돈으로 생활하고 있다.

그렇게 평소처럼 마을의 돌 성벽 앞에서 과일을 팔고 있는데, 관자놀이에 굵은 핏대를 세운 거구의 남자들이 시라를 둘러쌌다.

"야, 꼬맹이, 누구 허락을 받고 여기서 파는 거냐?!"

파프라의 거리가 커지면서 이런 건달도 정착하여 멋대로 행동하고 있다. 이 녀석들은 파프라 마을의 동쪽을 거점으로 삼아 활동하는 폭력 집단 '패러자이트'. 부당한 자릿세를 요구하고, 강제로 부당한 거래를 강요하는 등 빈번하게 문제를 일으키고 있다. 보통은 이장이 관리해야 할 일이지만, 온갖 핑계를 대며 좀처럼 움직이려고 하지 않아 이런 건달이 활개를 치게 되었다. 이 성문 부근은 마을 위병 대기소가 가까워서 '패러자이트' 멤버 도 좀처럼 찾지 않는 곳인데.

"여, 여기서 파는 데 허가 같은 건 필요 없을 텐데?!"

위병이 알아채도록 큰 소리로 외쳤다. 예상대로 무슨 일인가 하여 마을의 젊은 위병 한 사람이 나왔으나, 시라를 언뜻 보더니 마치 아무 일도 없었던 양 건물 안으로 들어가 버렸다.

"어엉?! 여기서 장사하고 싶으면, 당연히 우리 허가를 받아야지!"

기분 나쁜 미소를 지으며 오른발로 걷어찬다. 배에 정통으로 맞아 바닥을 몇 번이나 굴렀다. 숨쉬기 어려운 와중에 얼굴만 들자, 건달들은 주머니로 손을 뻗어 내용물을 확인하고는, 과일을 바닥에 흩뿌리며 낄낄 웃는다.

"뭐야, 이 맛없어 보이는 과일! 이런 걸 사는 놈이 이해가 안 되네."

"그야 다 썩었으니까."

다른 사람이 비웃으며 과일을 짓밟았다.

안 된다! 저것만은 용서할 수 없다! 저것은 아빠가 소중하게 기르고, 엄마가 수확한 과일이다. 저 과일을 수확하기까지 부모님이 매일같이 땀범벅이 되어 돌본 것을 시라는 자신의 눈으로 쭉 보았다. 저런 행위만은 절대 용납해서는 안 된다. 따라서 극심한 두려움 속에서 몸을 일으켜 주먹을 꽉 쥐고, 놈들을 향해 달려가며 짐승처럼 소리를 질렀다.

몇 번이나 맞고, 차이는 바람에 더는 온몸에 감각조차 없다.

"과일을 돌려줘!"

눈물과 콧물로 엉망이 된 얼굴로 일어나 목청이 터져라 외쳤다.

"짜증 나게 굴지 마!"

시라는 턱을 얻어맞아 의식이 날아갈 뻔했지만, 간신히 버텨냈다.

"이제 그만해, 아직 어린애잖아!"

그때 구경꾼들 사이에서 들린 뜻밖의 목소리. 시라에게 폭력을 가하던 검은 머리를 짧게 자른 남자가 구경꾼을 쭉 둘러보면서 외쳤다.

"누구냐! 지금 말한 녀석?!"

"'패러자이트'는 이 마을에서 나가!"

"맞아, 위병은 뭘 하는 거야?!"

차례차례 터지는 비난하는 목소리.

"이 자식들——."

검은 머리 남자가 데친 문어처럼 새빨개져서 욕설을 퍼부으려는 순간, 시라가 검은 머리 남자의 오른발에 매달려 온 힘을 다해 장딴지를 깨물었다.

"아야! 떨어져!"

바위 같은 주먹으로 맞았지만, 그래도 치아에 힘을 주자 남자가 절규했다. 다시 맞아 뒤로 날아갔지만 간신히 버티며, 장딴지의 고통에 괴로워하는 남자에게 다가가 고간을 힘껏 걷어찼다.

"크윽!"

절규하며 거품을 내뿜고 바닥에 쓰러진 검은 머리 남자를 향해 주위 구경꾼들이 일제히 환호성을 질렀다.

"감히 누굴 얕봐."

지금까지 슬쩍 미소만 짓고 방관하던, 머리를 깔끔하게 밀어버린 건달들의 리더 같은 남자가 오른쪽 주먹을 성벽을 향해 뻗어 몇 글자 영창했다. 그 순간 대머리 남자의 오른쪽 주먹에서 화염 구슬이 나타나 성문 바로 옆의 성벽과 충돌하여 굉음을 냈다.

흙먼지가 일며 조금 전까지 환호성을 지르던 사람들이 순식간에 조용해졌다.

"지금 입을 연 자식이 누구지?"

위협적인 목소리로 주위를 확인한다.

"너냐?"

"아니, 나는——."

황급히 두 손을 젓는 금발 청년에게 대머리 남자가 다가가 배를 걷어찼다. 괴로워하는 청년.

"각오도 안 되어 있으면서 우리 장사에 끼어들지 마!"

남자는 그 얼굴에 침을 뱉고는 그렇게 쏘아붙인다. 그리고 시라를 내려다보며 말한다.

"이 녀석에게 본때를 보여야겠어. 두 팔을 잘라라."

"예."

아무 망설임도 없이 받아들이더니, 아랫입술에 상처가 있는 금발 건달이 곡도를 뽑으며 시라에게 다가가 휘두르려고 했다. 그러나 그 몸이 뒷덜미를 잡혀 들어 올려졌다. 그곳에는 금발 건달의 거대한 몸을 한 손으로 가볍게 들어 올린 이국의 검은색 옷을 입은 젊은 형이 서 있었다.

"아이의 두 팔을 잘라내려고 하다니. 그럼 비슷한 짓을 당해도 불평은 못 하겠네."

오싹해지는 말과 함께 금발 건달의 두 팔이 콰직 부서졌다.

"어라? 내 팔?"

멍하니 부자연스럽게 꺾인 자신의 두 팔을 바라보던 건달이 비명을 질렀다.

이국의 옷을 입은 형은 마치 쓰레기라도 버리는 것처럼 바닥에 건달을 내던졌다. 그리고 지금도 울부짖는 건달을 내려다보며, 엄명을 내렸다.

"시끄러워. 닥쳐."

단지 그것만으로 건달은 눈물을 흘리며 입을 다물었다.

그 형은 어디선가 책과 같은 것을 꺼내더니 한 마리 슬라임을 출현시켰다.

"이 아이를 치료해줘."

형이 그렇게 명령하자 슬라임이 시라를 감쌌다. 이어서 거짓말처럼 아픔이 사라지더니, 모든 상처가 다 나았다.

"…………."

큰 상처를 순식간에 고친 기적과 연기처럼 사라진 슬라임 때문에 경악하는 동안, 이국의 옷을 입은 형이 어디선가 나무 봉을 꺼내 들고 건달들을 둘러보다 대머리 남자에게 시선을 고정시켰다. 대머리 남자는 한 번 움찔 경련하더니, 한 걸음 물러났다.

"포, 포위해라! 이 녀석, 소환사야! 조심해!"

아까와 달리 명령이 필사적이었다. 건달들은 당황하면서도 일제히 나무 봉을 든 형을 포위하고 각자 무기를 꺼냈다.

"나에게서 도망치지 않고 덤비다니. 뭐, 밑바닥 기량치고는 제법인데."

"아니, 마스터, 그저 무모하고 주제를 모르는 바보잖소."

형의 옆에서 보라색 머리에 모자를 쓰고, 오른쪽 눈에 투명한 것을 부착한 여성이 오른손을 좌우로 흔들며 그 말을 부정했다.

"얕보지 마라!"

"끼에에엑!"

이국의 옷을 입은 형을 향해 장검을 쥐고 두 명의 건달이 돌격하였으나, 형에게 닿기 직전에 두 팔이 저 멀리 향하며 검이 허공을 날았다. 형은 자신이 든 목도를 바닥에 세우고, 양손으로 두 검을 잡아 그대로 건달들의 볼에 각각 검을 꽂아 바닥에 고정시켰다.

괴조와 같은 절규가 울려 퍼졌다. 형은 땅에서 자신의 목도를 뽑아 도망치려고 뒷걸음질 치는 건달 한 사람에게 다가갔다.

"엥?"

놀란 얼굴이 된 건달의 명치를 대충 걷어찬다. 농담처럼 빙글빙글 고속도로 회전하여 성벽에 부딪히더니 움찔움찔 경련하는 건달.

"파이어 볼!"

"워터 불릿!"

마법을 영창하던 두 건달의 손바닥에서 각자 화염과 물의 구체가 쏘아져 형에게 일직선으로 날아갔다. 형은 오른손에 쥔 목도로 그것들을 받아낸 다음, 한 번 휘둘렀다. 마치 시간을 역행한 것처럼 화염과 물 구체가 그것을 쏜 술사에게로 돌아가는 바람에 두 사람은 그대로 그걸 맞고 쓰러졌다.

"괴, 괴물……."

대머리 남자가 이 자리의 모두가 느낀 감상을 간신히 입에 담았다.

"자, 남은 건 너뿐이네. 뭐 해? 와야지?"

떨리는 손으로 지팡이를 쥔 대머리 남자에게 이국의 옷을 입은 형이 목도 끝을 향하며 도발했다.

"기, 기다려줘! 난 이제 너와 싸울 마음이 없어!"

무기인 지팡이를 바닥에 버리고, 두 손을 들어 항복 선언을 하는 대머리 남자에게 형은 처음으로 불쾌한 듯 인상을 찌푸렸다.

"아니, 이건 아니지? 넌 방금 저기 청년에게 각오가 어쩌고 말했었잖아."

"그건 일반인 주제에 우리 세계에 참견하니까——."

"아니지. 아니야. 애송이! 완전히 반대야. 자신의 손을 피로 물들이지 않은 하늘 아래 사는 그들에게는 우리 전사의 각오 따위는 필요 없어. 반대로 말하면, 우리 전사에게는 일정한 각오가 필요하다는 소리야."

"가, 각오?"

"그래, 나의 몸이 무참하게, 어쩔 도리가 없이 무력하게 죽을 수도 있다는 각오다."

"그런 게 있을 리가——."

대머리 남자의 말은 마지막까지 이어지지 않았다. 그야말로 눈 깜박하는 찰나, 온몸이 뒤틀려 찌부러진 것이다. 보라색 머리에 온통 보라색의 독특한 옷을 입은 여성이 살짝 경련하는 대머리 남자에게 다가가 긴장감이 없는 감상을 드러낸다.

"숨통이 끊어지기 직전이지만, 아직 살아 있군. 제법 조절이 뛰어나시오."

"뭐, 이런 것만 10만 년 가까이 해왔으니까."

"마스터, 당신은 역시 무서운 분이오."

보라색 머리 여성이 진심을 담아 말하는 사이, 안색을 바꾸고 대기소에서 나오는 위병들. 마스터라 불린 형은 위병들을 보고 작게 혀를 차더니, 오른손에 신기하게도 새빨간 물이 든 병을 꺼내 건달들에게 뿌렸다. 건달들이 마치 시간을 되돌린 것처럼 회복되었다.

"이봐, 이게 어떻게 된 일이냐?!"

바닥에서 지금도 앓는 소리를 내는 건달들을 둘러보며, 형에게 다가가 젊은 위병이 화를 냈다.

"글쎄. 체력이 남아도는 것 같아서 조금 연습을 시켜준 참이야. 얘들아, 그렇지?"

형이 건달들에게 동의를 구했다. 그 순간 건달들의 얼굴에서 핏기가 싹 가시더니 몇 번이고 크게 고개를 끄덕였다.

"그렇다는데?"

"이봐, 외부인이 이 마을에서 멋대로——."

형은 납득이 가지 않는 듯 얼굴을 찡그리면서도 반론하려고 하는 위병의 멱살을 잡아 끌어당겼다. 그리고——.

"너는 이 마을을 지키는 위병이지? 그럼 최소한 자기 책임은 다해야지. 자기 역할조차도 수행하지 않고 힘을 휘두르기만 하면, 저기 벌레들과 다를 바 없잖아?"

등줄기가 오싹해지는 목소리로 그런 충고를 하고 멱살을 잡은 손을 놓았다.

"이 자식——."

형의 모욕으로 가득 찬 말에 젊은 위병이 화를 내려고 하였으나, 나이 든 위병이 팔로 제지하였다.

"그만둬! 이 형씨는 너무 위험해!"

"하, 하지만——."

"됐으니까 죽고 싶지 않으면 거스르지 마!"

나이 든 위병의 깨진 종 같은 목소리에 젊은 위병은 몸을 슬쩍 움츠리더니 입을 삐죽거린 채 한 걸음 물러났다. 나이 든 위병의 얼굴에는 구슬 같은 땀이 몇 개나 맺혀 있었다.

"가도 될까?"

"네. 저희는 아무것도 보지 못했고, 다친 사람도 없습니다. 아무 문제 없습니다."

나이 든 위병은 다른 젊은 동료의 오른팔을 잡고, 마치 도망치듯이 대기소로 돌아가 버렸다.

"아스타, 저 소년을 로제에게 데려가 사정을 설명해줘."

"예스, 마이 마제스티! 그럼 마스터는?"

보라색 머리의 여성, 아스타는 오른손을 가슴에 대고 정중하게 인사한 다음 그 의도를 물었다.

"나는 저 녀석들에게 잠깐 볼일이 있어. 바로 합류할게."

"마스터가 직접 나서는가…… 진심으로 불쌍한 자들이군."

아스타가 연민 어린 표정으로 건달들을 힐끗 보자, 그들은 몇 가지 목숨을 구걸하는 말을 늘어놓았다. 마스터라 불린 형은 그런 건달들에게 오른손에 쥔 목도를 들고.

"닥쳐. 잘 들어, 이 이상 나를 불쾌하게 만들지 마. 혹시 앞으로 한 마디라도 더 쓸데없는 말을 입에 담으면, 알지?"

얼음처럼 차가운 눈으로 위협한다.

"네, 네에!"

울먹이며 몇 번이나 고개를 끄덕이는 건달들.

"그럼 너희 보스에게 안내해줘."

"이, 이쪽으로 오십시오."

건달들이 형을 안내하기 위해 걸음을 옮겼다.

"그럼, 자네도 따라오시오."

의욕 없이 그 말만 한 아스타도 시라의 대답을 듣지 않고 앞서 나갔다.

***

게디 백작의 사기 행위를 목격한 지 2주일이 지났다. 이 파프라 마을에 완전히 흥미를 잃은 나는 파프가 조를 때 외에는 되도록 외출을 삼가고 숙소 안에서 시간을 보냈다. 이 숙소는 로제가 임대한 상태라, 밖의 불쾌한 주민들의 추태를 보지 않아도 되기 때문이다.

로제로부터 몇 번이나 게디 백작 일로 상담을 요청받았지만, 그것을 무시하고 지금에 이르렀다.

파프가 숙소에서 잠들었기에 독서라도 하려고 의자에 앉은 순간 노크 소리가 들렸다.

어차피 로제겠지. 로제의 입장에서는 이 마을이 처한 사태를 절대 간과할 수 없을지도 모르지만, 그것은 어디까지나 로제의 사정이다. 나와는 상관없다. 나는 스스로 생각하는 것조차 포기하고, 자멸로 달려가는 어리석은 자들을 도울 마음이라고는 조금도 없다.

평소처럼 무시하고 책을 읽으려고 하였지만, 문을 두드리는 소리는 그칠 기미가 보이지 않았다.

"음냐…… 더는 먹을 수 없어요."

파프가 그런 한가한 잠꼬대를 하며 몸을 뒤척였다.

흠. 이대로는 파프가 일어나고 만다. 아이의 낮잠을 방해하는 것은 내키지 않으니 나갈 수밖에 없나. 무거운 몸을 일으켜 문을 열자, 예상대로 문 앞에 로제가 억지 미소를 지으며 서 있었다.

"과자를 만드는 중이라, 심부름을 부탁드리고 싶은데 괜찮을까요?"

과자라. 전에 파프가 졸라 숙소 주방을 빌려 시폰 케이크를 만든 적이 있다. 로제가 크게 관심을 보이며 만드는 법을 알려달라고 부탁했기에 초급 과자 레시피 책을 건네주었지. 그 이후, 주방을 빌려 매일같이 만들고 있는 모양이다.

"안나에게 부탁하면 되잖아?"

"지금 이 상황에 안나를 밖에 내보내면, 다툼이 벌어지지 않을 것이라 생각하나요?"

"그건…… 불가능하겠네."

요 몇 주간 함께 지내며 알게 된 사실인데 그 여자애, 입으로는 배신자가 어쩌고 자꾸 입을 놀려대길래 완전히 아멜리아 왕국 귀족들의 썩은 사고방식에 푹 절어졌다고 생각했더니 실제로는 정반대였다. 배신자라 깎아내리는 것은 나뿐이고, 이 마을의 수인족과 혼혈에 대한 취급을 보면 매번 격노하여 따지려고 한 것이다. 지금 그 애를 밖에 내보내면 틀림없이 큰 소동으로 발전되겠지.

"아시는 바와 같이, 다른 기사들도 현재 모두 나가 있거든요."

내가 있으니 일단 호위는 불필요하다며 로제는 안나 이외의 기사들에게 바르세에서 휴가를 즐기라고 지시했다. 물론 기사들은 처음에 크게 반발하였으나, 로제가 완고하게 주장을 꺾지 않는 바람에 결국 이 마을에는 우리만 남게 되었다. 뭐, 이 상황에서는 로제 가까이에 있는 쪽이 훨씬 위험하니 적절한 판단일 것이다.

자존심이 강한 아스타는 로제의 지시로 심부름하러 가는 걸 절대 받아들이지 않을 것이다. 아스타 녀석, 기본적으로 내 지시밖에 따르지 않으니까. 그렇다고 호위 대상인 로제를 보내는 것은 무엇보다 어리석은 짓이다. 결국 내가 갈 수밖에 없나.

"알겠어. 뭘 사 오면 되지?"

"이 마을의 성문 근처에서 소년이 파는 과일이 무척 맛있다고 소문이 나서, 부디 그 과일을 사다 주셨으면 좋겠어요."

그제야 억지 미소를 지우고, 로제가 얼굴을 환하게 빛내며 머리를 숙였다.

"알겠어."

사실 로제가 과자를 만드는 목적은 파프 때문이다. 나는 파프의 부모 대신이므로, 내가 사 오는 것이 이치에 맞다. 기꺼이 다녀와야겠다.

밖으로 나가자 1층에서 책을 읽던 아스타가 뒤를 따라왔다. 내가 방에 난입한 이후로, 1층 식당이 아스타의 독서 장소가 되었다. 그 이후 무슨 연유인가 내가 외출할 때마다 아스타가 동행하고 있다.

성문 앞 광장까지 가자, 사람들이 몰려 있었다. 그리고——.

"과일을 돌려줘!"

아이가 외치는 소리. 그곳에는 온몸에 상처를 입었으면서도 강인한 건달에게 저항하는 수인족의 피를 이은 아이가 있었다.

솔직히 지금도 모른 척하고 있는 저 대기소의 위병들과 마찬가지로 같은 인간족인 건달들을 응원하는 줄 알았으나, 마을 주민들에게서 나오는 말은 건달들을 비난하는 내용이었다.

의외로 구경하던 인간족 주민들은 건달들이 저 수인 소년에게 불합리한 폭력을 행사하는 것을 참을 수 없는 모양이다. 심지어 그 때문에 자신들이 다소 위험해질 가능성이 있음에도 말이다. 그렇지 않으면 저 상황에 건달들을 비난할 리가 없다. 애초에 마을 주민들은 일반인이며 우리 전사의 각오 따위는 지니지 않았다. 그렇다면 목숨을 걸 이유는 없을 터인데 말이다. 이런 현상은 다른 마을에서는 절대 일어나지 않을 것이다.

아무래도 나는 이 마을의 주민들에게 큰 오해를 했던 것일지도 모른다. 분명 표면상으로는 어떻게 보이든, 이 마을 주민에게 수인족은 마을의 엄연한 구성원이었던 모양이다.

어째서일까. 그렇게 인식하고 나니, 나는 정말 자연스럽게 그리고 아무 거부감도 없이 움직였다. 그 부분에는 솔직히 나도 놀랐다. 나는 용사나 영웅을 동경할 만큼 젊지 않다. 오히려 나의 사고 패턴은 세상의 윤리관으로부터 크게 벗어나 있고, 악이라 표현하는 쪽이 더 적절할 것이다. 따라서 아이를 구하는 행위는 본래 시간 낭비인 일이다. 한번 흥미를 잃은 이상, 그리 쉽게 구해야겠다는 마음이 일 리가 없을 터이니까.

그런데 나는 이렇게 건달들을 혼내주고, 그들의 아지트로 안내를 시키고 있다. 분명 건달들에게 뒷사정을 들으면, 나는 이 사건에 개입하고 만다. 그것은——.

뭐, 됐다. 어차피 할 일도 없다. 그러나 일단 개입하기로 결심한 이상, 어중간하게 해서는 안 된다. 반드시 철저하게 해야 한다!

건달들의 아지트 정문을 날려버리고, 저택 안으로 난입했다.

"주, 죽여라!"

불, 바람, 물, 토양 등 다양한 마법이 나를 덮쳤으나, 그것들을 모두 라이키리로 튕겨냈다.

엄청난 열풍이 동심원 형태로 휘몰아쳐 저택을 날려버렸다. 화염이 기와에 옮겨붙는 가운데, 곳곳에서 신음과 비명이 터졌다.

"아파! 아프다고!"

이 정도 일로 약한 소리를 한다. 역시 내 생각대로다. 이 녀석들에게는 전사로서의 각오가 없다. 그저 약자를 괴롭히는 것밖에 하지 못하는 비겁한 놈들. 나는 혐오감에 얼굴을 일그러뜨리며, '사선'으로 저택을 가루가 되도록 산산이 부쉈다.

"괴, 괴물이……."

그리고 저택의 거실이었던 탁 트인 장소의 중심에서 수염 난 근육질 거한이 그 말을 쥐어 짜냈다. 복장이 호화로운 걸 보아 아마 이 자가 건달들의 보스인 모양이다.

나는 안내해준 대머리 남자에게 포션을 건네 지금도 빈사로 신음하고 있는 자들에게 뿌려 치유한 다음, 이 장소에 모이도록 지시했다.

그리고 치유된 자들을 모두 바닥에 정좌시키고, 심문을 개시하였는데…….

"너, 너희는 어디 패밀리 소속이냐?! 우리는 '패러자이트', 타오 가 산하에 있는 패밀리다!"

예상대로 그들의 보스인 수염 난 얼굴에 쓸데없이 근육질인 중년은 아까부터 과감하게도 이처럼 반항적인 말을 지껄이고 있다. 그나저나 타오 가인가. 아마 동쪽 대국 부토에 뿌리를 내린 어둠의 거대 신디케이트였을 것이다. 어둠의 3대 세력인 왕의 일각이었던가.

"그게 어쨌는데?"

"그게 어쨌는데, 라고? 내 말을 못 들었나? 그 타오 가의 산하에 있다고 했는데?!"

"물론 들었지. 어둠의 3대 세력인 타오 가잖아?"

딱히 허세를 부리는 것이 아니다. 타오 가는 확실히 뒷세계의 왕이지만, 어차피 그쪽 세계의 건달들 기준으로 왕인 것에 불과하다. 용사나 마왕 등 표면에 드러난 자들과 비교하면, 쓰레기와 같은 것이라고 생각한다. 오히려 뒷세계 놈들은 무엇을 해도 책망할 수 없다는 점 때문에 나로서는 매우 다루기 편하다.

"……너, 너는 머리가 어떻게 된 거냐?"

어이가 없다는 표정으로 '패러자이트'의 보스가 나를 응시하며 말했다.

"말이 너무 심하네. 그래서? 말할 거야, 말 거야, 어서 정해."

라이키리의 칼날을 코끝에 댔다.

"우리는 지금 게디 백작님과 손을 잡고 있어. 여기서 우리에게 위해를 가하면, 백작님의 화를 살 거다!"

"흐음, 백작이라."

바보냐. 스스로 폭로하다니. 이왕 이렇게 된 거, 끝까지 모두 자백하도록 해야겠다.

그래. 그 녀석을 쓸까. 아이템 박스에서 토벌 도감을 꺼내, 벨제바브를 불러냈다.

"자, 벨제, 나와!"

갑자기 나타난 머리에 왕관을 쓴 이족보행 하는 거대한 파리. 파리는 새빨간 망토를 걸치고, 목에는 턱받이를 하고, 입으로 쪽쪽이를 빨고 있다.

"위대하신 주인님아, 부르셨어용?"

한쪽 무릎을 꿇고, 오른손에 손을 대고 인사한다. 950층에서의 싸움으로 도감의 유쾌한 동료들의 일원이 된 이후, 이 녀석은 묘하게 날 따르며 빈번하게 내 앞에 나타나게 되었다. 이러 쿵저러쿵해서 나는 이 녀석에 대해 알아가고 있다. 단적으로 말하자면, 여기 벨제바브는 지금까지 내가 만난 어떠한 존재 중에서도 눈에 띄게 악질적이다. 특히 자신의 악질적인 성격을 자각하지 못하였기에 더욱 질이 나쁘다. 현재 기리메칼라 등 다른 토벌 도감의 동료들도 이 녀석에게는 결코 다가가지 않고, 얽히려 들지 않는다. 본인도 나 외의 다른 사람 앞에 나가는 것을 싫어해서 쭉 도감 안의 세계에서 어떤 의미로, 편안한 인생을 만끽하고 있다.

"저 녀석들이 아는, 이 마을 파프라에 대한 모든 것을 알아내. 죽이지 말고 마지막까지 원형만 유지하면, 기본적으로 무슨 짓을 해도 상관없어."

"알겠습니당."

사부작사부작 기쁜 듯 입을 바쁘게 움직이는 파리남에게 공포를 가득 머금은 새된 비명을 지르는 '패러자이트'의 보스.

벨제바브의 그것을 보면 조금 기분이 거북하니, 전부 토해낼 때까지 바깥 공기라도 쐬고 있어야겠다.

"이게 제가 아는 전부입니다!"

'패러자이트'의 보스가 울부짖었다. 그만큼 무서웠던 모양이다. 얼굴 표정근이 부자연스럽게 올라가 움찔움찔 경련하고 있다.

결론부터 말하자면, 한 시간 뒤 '패러자이트' 놈들은 기꺼이 알고 있는 모든 것을 나에게 적나라하게 고백해주었다.

"역시 게디 백작과 '코인', 덤으로 이장까지 한패였나."

그들의 계획은 이렇다. 게디 백작이 길버트의 사자로 이 마을에 파프라의 열매 계약을 위해 방문한다. 그리고 파프라의 열매를 열화 및 부패시켜 트집을 잡아 배상금을 지불하도록 요구한다. 그때 '코인'이 난입하여 배상금을 취소하게 하여 신뢰를 얻는다. 덤으로 대대로 파프라의 열매를 키워 판매해온 자르바 가문의 사람들을 중심으로 한 수인족과 혼혈들로부터 권리를 모두 빼앗는다. 마지막으로, 이 토지에서 수인족의 피를 물려받은 자들을 배제하기 위해 도적에게 마을을 습격하도록 하여 그들을 타국의 노예상에게 노예로 팔아치운다. '코인'은 그때 도적들의 침입과 수인족을 향한 습격을 준비하고 뒤처리를 맡는다. 이런 쓰레기 같은 스토리다.

"그럼 어떻게 할까."

이만큼 비윤리적인 짓을 계획하다니 어떤 의미로는 감탄스러울 정도다. 정말이지 나를 불쾌하게 만드는 놈들이다.

도감을 들고, 자칭 사신 마물 기리메칼라를 불러냈다.

"기리메칼라!"

"주인님을 뵙습니다. 어떠한 연유로 부르셨나이까?"

농후한 검은색 오라를 두르고 무릎을 꿇은 채 고개를 숙이는 코가 긴 괴물. 기리메칼라를 언뜻 본 '패러자이트' 멤버들은 이미 모두, 눈을 뒤집고 기절했다.

"곧 도적들이 이 마을을 습격할 예정이라고 해. 네 파벌을 써서 이 주위를 철저하게 조사해!"

도감 안에서도 기리메칼라파는 라돈을 비롯한 용 파벌과 쌍벽을 이루는 무투파다. 이런 임무도 비교적 안전하게 수행할 수 있을 것이다.

"알겠습니다!"

몸을 떨더니, 기리메칼라는 크게 고개를 끄덕이고 연기처럼 모습을 감췄다.

이 정도로 나를 불쾌하게 만들다니. 놈들은 특별히 절망 속에서 황천으로 보내주마. 자, 어떤 시나리오로 할까. 나는 그들의 파멸을 위한 계획을 세우는 데 몰두했다.

***

——실케 수해 북서쪽 동굴 안.

거대한 생물조차 배회할 수 있을 만큼 널찍하게 푸른 경치가 펼쳐진 동굴. 그 속에 온몸에 문신을 하고 마른 몸에 선글라스를 낀 남자가 양 주머니에 손을 넣고, 콧노래를 부르며 걸어가고 있었다.

동굴 가장 안쪽에 도달하는 건 오래 걸리지 않았다. 그곳은 천연의 푸른색 돌이 깔린 광대한 방 같은 장소였다.

"바로 부활시켜볼까."

선글라스를 낀 남자가 손가락을 움직이며 주문과 같은 것을 영창하기 시작하자, 방의 중심에 거대한 구 형태의 입체 마법이 나타나 생물처럼 끊임없이 꿈틀거리기 시작했다.

"고오오오오오오———!!"

마법진에서 들리는 짐승의 소리. 그것들이 점차 커지며, 마법진이 삐걱거리더니 그 안에서 날카로운 손톱 같은 것이 튀어나왔다. 그리고 거대한 손톱이 마법진을 찢기 시작하며 그 갈라진 틈으로 거대한 생물이 기어 나왔다. 그것은 맹호의 몸에 뱀의 꼬리, 등에 박쥐 날개를 달고, 원숭이의 얼굴을 지닌 괴물이었다.

"나의 봉인을 푼 것이 그대인가?"

거대한 괴물, 토우테츠가 뱀 같은 목을 쳐들고 남자에게 물었다.

"그래. 나에게 종속돼라. 복종하는 한, 살려주마."

그 물음에 남자가 거만하게 대답했다.

"고작 인간 주제에 이 나에게 종속되라고 하는 게냐!"

대기를 떨게 하는 호통이 터졌으나.

"나, '지르마'가 명령한다. 엎드려라."

남자는 새끼손가락으로 귀를 후비며 의욕 없는 말투로, 단지 그렇게 명령했다. 그 순간, 무언가 투명하고 거대한 손 같은 것이 토우테츠의 머리를 짓눌렀다.

"크억! 이, 이럴 수가! 이 내가 고작 인간 따위의 언령에 움직이지 못한다고?!"

"들어올려."

"우웃?!"

토우테츠의 몸이 떠올랐고.

"뒤틀어라."

걸레라도 짜는 것처럼 비틀렸다.

"크아아아아아아아악! 알겠다. 나의 패배다. 그대를 따르마!"

"어, 그래. 고분고분한 게 제일이지."

토우테츠의 필사적인 외침에 오른쪽 손가락을 딱 튕기자, 토우테츠를 구속하던 보이지 않는 힘이 풀렸다.

"젠장, 이런 짓을 하다니!"

"인근 마을을 습격해. 아무튼 요란하고, 잔혹하게 죽여 달라고!"

"난 눈을 막 뜬 터라 매우 배가 고프다. 먹어도 되나?"

"물론이지. 생으로 먹든, 토스트로 먹든 아무렇게나 먹어치워."

환한 미소를 짓고 고개를 끄덕이는 선글라스를 낀 남자의 말에 토우테츠는 동굴을 파괴하며 기어나갔다.

──이 장소, 이 순간, 이 세상에서 가장 무섭고 끔찍한 괴물을 묘사하는 이야기의 모든 등장인물이 모였다.

게디 백작과 코인, 파프라 마을의 이장, 계획에 참여한 도적들, 그리고 그 악질적이고 사악한 계획에 불운하게 휘말린 전설의 마수와 '흉'의 멤버는 나란히 파멸의 길을 걷기 시작하게 된 것이다.

***

"알겠습니다. 저도 기쁘게 협력하겠습니다."

계획을 세운 뒤, 로제에게 알아낸 정보의 일부를 알려주고 제안을 건네자 예상대로 반색을 표하며 받아들였다. 이 모습을 보니 나에게 과일을 사러 가도록 부탁한 것도 내가 이 사건에 개입할 계기를 기대한 것일지도 모르겠다. 요즘 안나를 데리고 이 마을을 상당히 조사하고 다녔다는 네메아의 보고를 받았기도 하고.

"왕국 귀족과 저 사성이 그런 도적 같은 짓에 관여하고 있다니……."

안나가 인상을 찌푸리고 나직하게 중얼거렸다. 당당하게 부정하고 싶은 심정이겠지만 왕녀 로제를 팔아치우려던 자들의 행동에 비추어볼 때, 절대 있을 수 없는 일이라고는 말하지 못한다. 그런 복잡한 심경일 것이다.

"그럼 카이는 어떻게 할 생각이죠?"

"물론 계획을 철저하게 수행해야지."

기리메칼라에게 재미있는 정보도 받았다. 그것을 이용하면 그들에게 최고의 파멸을 위한 무대가 만들어질 것이다.

"저로서는 그 계획을 전부 알려주었으면 좋겠는데요?"

로제는 너무 걱정이 많은 성격이다. 말해주면 일단 반대할 것이다.

"전부 가르쳐줄 수는 없지만, 이 사건의 당사자들은 무대 위로 올릴 생각이야."

"알겠습니다."

로제는 나의 얼굴을 눈을 가늘게 뜨고 빤히 쳐다보았으나, 크게 한숨을 내쉬고 체념과도 비슷한 승낙의 말을 입에 담았다.

　그로부터 사흘 뒤, 계획을 실행할 준비가 마련되었다. 계획에 꼭 필요한 전제 조건은 당사자인 파프라에서 사는 수인족의 피를 지닌 자들에게 현 상태를 확인하도록 하는 것이다. 따라서 로제의 이름으로 모이도록 부른 결과, 파프라의 숙소── 플라하자의 1층 로비에는 그에 응답한 수인족 전쟁고아와 혼혈들, 그리고 몇 명의 인간족 마을 주민들 약 백수십 명이 모였다.

　"설명해도 그들이 믿어줄까요?"

　로제가 나에게 작은 목소리로 귓속말을 했다.

　"좋든 싫든 믿을 수밖에 없어."

　물론 외부인인 나에게 말로 설명을 듣는 정도로 믿을 거라고 생각할 만큼, 나는 낙천적인 성격이 아니다.

　나는 로제에게 그렇게 대답하고, 손가락을 딱 울렸다. 나른한 얼굴로 아스타가 작은 정사면체의 검은색 상자에 마력을 주입하여 바닥에 놓자, 허공에 영상이 떠올랐다.

　이 검은색 상자는 던전에서 발견한 영상투사기 아이템이다. 은밀하게 잠입하는 데 특화된 도감 주민들에게 이장 일당이 나눈 대화를 기록시켰다.

　영상은 파프라의 남서쪽에 있는 귀족들의 별장 구획에 있는 게디 백작의 저택을 비추고 있다. 아무래도 게디 백작은 동료 고위 귀족에게 이 저택을 사들인 모양이다.

　술렁임 속에서, 영상은 그 4층 규모의 화려하고 웅장한 인테리어를 한 저택 안으로 이동하여, 그 안의 응접실에 있는 다섯 남자를 비췄다.

게디 백작, 아멜리아 왕국 사성 길드 중 하나 '코인'의 리더인 '가시검'의 사이더, 서브 리더 '현인' 카바. 그리고 파프라 이장, 마지막으로 '패러자이트'의 보스.

『계획은 순조롭나?』

『네. 백작님께서 찾아주신 부패 마법으로, 자르바 가로부터 파프라 재배의 권리를 박탈했습니다. 이것으로 파프라의 열매는 사실상, 저와 길버트 전하께 판매 독점을 허가받은 백작님의 것입니다.』

『그런 마법은 희소해서 찾는 데 고생했으니까. 다소 비싸긴 했지만, 뭐, 신의 열매를 손에 넣기 위해서야. 어쩔 수 없지.』

『'패러자이트'의 협력으로 짐승 냄새가 나는 배신자들의 생계도 박살 냈습니다. 주민들에게도 교묘하게 수인들에 대한 불신감을 심어주었습니다. 남은 건 그들을 이 마을에서 쫓아내는 것뿐입니다.』

이장이 크게 고개를 끄덕이고, 찰랑찰랑 따른 과실주를 입에 머금었다.

『안심해. 사흘 뒤, 산적들에게 이 마을을 습격하게 하여 마을의 수인들을 포획해서 부토국의 노예상에게 팔게 되어 있어. 나머지는 이 마을에 산적들을 맞이하는 역할이다만, 우리는 안 그래도 이 마을 사람들에게 의심을 사고 있어. 더 이상 의심받는 건 사양이야.』

'패러자이트' 보스의 말에.

『알고 있어. 산적들의 유도와 뒤처리는 우리 코인이 맡지! 너희는 열심히 알리바이 공작이라도 해두라고.』

사이더가 자신의 가슴을 오른쪽 주먹으로 두드리며 새하얀 이를 드러내고 상큼한 웃음을 지었다.

『이것으로 냄새나는 수인들로부터 우리가 신의 과일을 되찾을 수 있다. 길버트 전하도 매우 기뻐하실 것이야.』

『우리 코인도 이번 도적의 뒤처리로 왕국에서 상을 받을 수 있죠. 백작님은 이 마을의 파프라의 열매 독점 구입 및 판매권을 얻고, 이장은 파프라의 열매를 짐승들로부터 빼앗을 수 있어요. 또한 냄새나는 배신자들을 마을에서 쫓아낼 수 있고요. 그야말로 일석이조, 아니 삼조의 메리트가 있습니다.』

게디 백작이 더러운 욕망을 감추려고도 하지 않고 말하자, '현인' 카바가 의기양양하게 이야기하며 파프라의 열매로 만든 과실주로 승리에 취했다.

『그럼 우리 길버트 전하와 신민에게 성무신 아레스의 축복을!』

게디 백작에 의한 건배사로 영상은 끝났다.

"썩을 놈들!"

안나가 의자에서 벌떡 일어나 목소리를 높였다. 당사자인 수인족과 그 관계자들은 말할 것도 없다. 예상대로 모두의 얼굴에는 예외 없이 참을 수 없는 분노의 빛이 어려 있었다.

로제는 고개를 숙이고 두 주먹을 쥐고 있었으나, 지금도 분노에 떠는 당사자들을 쭉 돌아보고 말을 꺼냈다. 매우 엄숙한 얼굴로, 마치 곱씹듯이.

"여러분, 이것이 파프라의 열매가 썩어 있던 일의 진상입니다. 처음부터 모두 조작된 일이었어요."

"이장 자식, 우리 가족을 팔아버린다니……."

수인족 아내가 있는 인간족 중년 남성이 분노하여 말했다.

"저기, 우린 괜찮을까?"

새파랗게 질린 얼굴로 수인족의 젊은 여성이 옆에 앉은 연인으로 보이는 인간족 금발 남성의 소매를 붙잡고 물었다. 그 말에 청년은 자리에서 벌떡 일어나 목소리를 높였다.

"걱정하지 마. 우리 가족을 저런 쓰레기들이 원하는 대로 하게 놔두지 않아! 여러분, 그렇죠!"

"그래, 맞아!"

"뭐가 용사 마시로의 사성 '코인'이냐! 그저 도적 집단이잖아! 난 좋게 생각했는데! 그걸 이런 식으로 배반하다니! 그자들은 절대 용서 못 해."

차례로 나오는 화난 목소리에 로제가 크게 고개를 끄덕였다.

"이 건은 바로 국왕 폐하께 말씀드려——."

"그건 안 돼. 나머지는 나에게 모두 맡겨."

괜한 말을 꺼내려고 하기에, 그 말을 손으로 제지하고 단호한 어조로 선언했다.

"이건 고위 귀족이 얽힌 사건이야. 심지어 상당히 악질적이지. 그럼 국왕 폐하께 알리는 것이 최선이야. 쓸데없는 참견은 하지 말아줬으면 해!"

예상을 배반하지 않고 격노하는 안나. 이 나라에서 고위 귀족을 벌할 수 있는 사람은 한정되어 있으니 안나의 주장도 완전히 틀린 말은 아니다. 이 정도로 악질적인 범죄라면 적도 크게 무리했을 것이 뻔하고, 선택을 잘못했다간 로제까지 휘말릴 위험이 있다. 오히려 안나의 입장에서 보면 당연한 소리다.

"카이, 국왕 폐하께 말씀드리지 않는 이유를 물어도 되겠습니까?"

로제가 나에게 진지한 얼굴로 이유를 물었다.

"놈들을 모두 처형하기 위해서야. 이 영상만으로는 십중팔구, 이장과 도적들, '패러자이트'만 처분되고, 게디 백작 등은 근신처분 정도의 페널티만 받겠지. 아니야?"

"네, 혈맹 연합의 힘은 거대하고, 이 투영 아이템 자체는 우리의 상식 밖의 물건인 이상, 마법으로 위조했다고 주장하면 반론하기 어렵습니다. 이것만으로는 게디 백작의 처분은 어렵겠지요. 그래도 이 마을은 절대 건드릴 수 없게 돼요."

"아니, 저런 식으로 자신의 욕망에 약한 타입은 집념이 강하니까 이 정도의 일로 포기하지 않겠지. 게다가 '코인'도 용사의수하, 강한 처분은 내리지 못할 거 아냐?"

"그럴……지도 모릅니다. 그러나 국왕 폐하의 힘을 빌리지 않고 어떻게 하려는 거죠?"

"물론 우리가 파멸을 선사할 거야. 그것도 철저하고 절대 봐주지 않는 방식으로."

아멜리아 국왕? 그런 자에게 저 어리석은 자들의 처분을 맡길 마음이라고는 전혀 없다.

"로제 양, 그대는 큰 착각을 하고 있소. 사악의 화신인 우리 마스터가 관여한 이상, 이미 놈들의 파멸은 결정된 사항이오. 남은 것은 그 정도의 차이에 불과하오. 그것도……"

드물게 아스타가 입을 어물거리자, 로제의 얼굴에서 여유가 완전히 사라졌다.

"카이, 당신은 무엇을 할 생각입니까?!"

"그야 축제지."

"축제?"

"응, 참가자는 어리석은 백작에 멍청한 영웅팀. 그리고 얼빠진 이장. 개최 장소는 여기 파프라 마을. 준비는 이미 완벽하게 해두었어. 그렇지?"

"네!"

방구석에서 후드를 머리 깊숙이 눌러쓰고 부동자세로 있던 자들이 후드를 벗고 나에게 머리를 깊숙이 숙였다. 갑자기 터질 듯한 소란이 이 자리를 지배했다. 그것도 그렇다. 그 중심에 있는 사람은 영상에 비치던 적인 '패러자이트'의 보스였으니까.

"카이, 저들은?"

"보는 바와 같이 '패러자이트' 놈들이야. 이들은 이번에 우리 쪽에 붙었어."

다시 큰 동요가 일었다. 이 녀석들의 신병은 헌터 길드에 넘길 예정이다. 어쩌면 극형에 처해질지도 모르지만, 다른 조직의 결정에 맡기는 것은 나에게는 가장 온건한 방식이다. 이들이 지금까지 행한 나쁜 짓을 보면 있을 수 없는 온정을 베푼 셈이다.

벨제의 고약한 놀이가 끝나고, 기리메칼라의 교정을 받게 하여 철저하게 그 썩은 근성을 고쳐준 덕에 이들은 지금 우리에게 순종적인 병사다. 이제 우리를 거스를 마음 따위는 절대 일어나지 않을 것이다. 뭐, 거스르면 죽이면 되지만.

"카이, 당신⋯⋯."

"말했을 텐데. 마스터는 정상이 아니라고. 강함, 사고방식, 모든 것이 상식에서 벗어나 있소. 평범한 정신 상태라면, 저것을 이 축제에 이용하려고는 꿈에도 생각하지 않을 것이오."

경악한 로제에게, 아스타가 아득한 눈으로 숲 안쪽을 바라보며 남들이 오해할 말을 중얼거렸다.

"당신 대체, 무슨 생각을 하는 거예요?!"

안색을 바꾸고 외치는 로제의 질문에는 대답하지 않고 자르바가의 가족을 힐끗 본 다음, 이어서 파프라의 수인족들에게 시선을 고정시켰다.

"이제부터 너희 수인족끼리 도적을 격퇴해야겠어."

아까보다 더 폭발적인 소란이 실내에 휘몰아쳤다.

"잠시 기다려줘! 우리는 싸움엔 문외한이야. 도적과 싸울 힘 따위는 없어!"

곰 귀가 달린 시라의 아버지가 당황한 얼굴로 반론했다.

"그렇겠지. 그러니 힘을 빌려줄게."

"힘을 빌려준다고?"

"그래, 너희들만으로 격퇴할 수 있는 힘을 빌려줄게."

이번 일로 확실해진 것은 뒷세계 놈들이 약하다는 것이다. 저 정도라면 내가 움직이지 않아도 된다. 조금 단련시키고 미궁 상층에서 얻은 무기와 아이템 일부를 해방하면, 뒷세계 도적 따위 쉽게 격퇴할 수 있을 듯하다. 잘하면 그

허수아비도 효율적으로 이용할 수 있을지도 모른다.

"무슨 말입니까! 수인족 중에는 살류파처럼 힘없는 여자들도 있습니다! 그녀가 할 바에는 제가 하겠어요!"

금발의 인간족 청년이 목소리를 높였다.

"갸륵한 마음이지만, 그건 안 돼. 수인족만으로 이 마을을 지키지 않으면 의미가 없어. 이유는 너라면 알겠지?"

어머니에게 안겨 있는 시라에게 물었다.

"응. 이 마을의 대다수인 인간족 사람들에게 인정받기 위해서지?"

역시 아이는 예리하다. 이 자리에 있는 것은 수인족의 피를 이은 자들과 그 친족뿐이다. 이 마을의 대부분인 인간족은 아직 수인족에게 벽을 두고 있다. 앞으로 시작될 싸움은 그들이 이 파프라 마을의 정식 주민이 되기 위한 통과의례. 우리에게 가능한 것은 그것을 돕는 것뿐. 이 이상은 그들 자신의 문제다.

"강제는 하지 않아. 할지 말지는 스스로 정해. 물론 이 마을에서 도망치는 것도 가능해. 딱히 부정은 하지 않아. 다만, 내가 힘을 빌려주는 것은 어디까지나 너희 수인족뿐이야. 즉——."

"우리의 의지 하나에 이 파프라 마을의 존속이 걸려 있다고?"

"맞아. 놈들의 목적은 수인족과 그 혼혈이기는 하지만, 기껏

해야 도적에 불과해. 수인족이 없는 것을 알면 인간족 여자들과 유복한 가정도 당연히 노려지겠지. 이 마을은 적지 않은 인명과 재산의 피해를 받게 될 거다. 그것을 너희가 용납할 수 있는가, 단지 그것뿐이야."

모두 고개를 숙이고 아무 말도 하지 않았다. 잔혹한 선택을 강요하고 있다는 것은 아주 잘 알지만, 이것은 그들이 스스로 선택해야 할 길이다. 선택할 것은 이 마을을 구할 것이냐, 버릴 것이냐. 그 둘 중 하나다.

"난 할래!"

조금 전까지 인간족 금발 청년의 품에서 떨고 있던 수인족 여성이 먼저 나섰다.

"살류파?! 기다려──."

"나도 할 거야! 도와준 인간족 사람도 많이 있었고, 무엇보다 나는 이 마을이 좋으니까!"

초조한 얼굴로 청년이 그 의도를 물으려고 하였으나, 살류파의 의견에 시라도 즉시 동의했다.

차례로 터지는 찬동하는 목소리. 예상대로다. 이런 자들이 이만큼 많이 있다. 이 마을은 아직 끝나지 않았다. 이것으로 전제조건은 갖추어졌다. 이제는──.

"그럼 지금부터 구체적인 방법을 전달할게. 내 말에는 끼어들지 마. 인간족 사람들도 도와줘야겠어."

그들이 고개를 끄덕이는 것을 확인하고, 나는 두 팔을 크게 벌렸다.

"이것은 너희의, 너희에 의한 자유와 미래를 거머쥘 싸움이야. 물론 목숨의 위험은 있을 테고, 내 부하에게 지겹도록 훈련을 받을 테니 다소 고난도 있겠지. 그러나 그 앞에 기다리는 것은 분명 너희가 만족할 만한 미래일 거야."

나는 그렇게 선언하고, 이 사건을 위한 책략을 설명하기 시작했다.

***

──황폐한 황야.

시라 등 수인족은 이국의 옷을 입은 형, 카이 씨로부터 계획을 설명 들었다. 아마 모두 이때까지는 반신반의였을 것이다. 그러나 그가 한 말이 모두 과장이 아니라 진실이라는 걸, 바로 영혼으로 깨닫게 되었다.

"이곳……은?"

그 파프라의 숙소── 플라하자의 1층 로비에서 카이 씨가 수행을 맡은 부하를 소개하겠다고 말한 순간, 금세 경치는 초목 하나 자라지 않은 황야로 바뀌어버렸다.

"일동, 차렷!"

대기조차 진동시키는 큰 소리가 울려 퍼졌다. 반사적으로 귀를 막고 주위를 확인하자, 그 황야 한가운데에 황금색 갑옷을 입은 머리가 사자인 괴물이 서 있었다.

"다, 당신은?"

아빠가 조심스럽게 물었지만.

"일동, 차렷!"

다시 고막이 찢어질 듯한 큰소리가 울려 퍼져, 모두 그 자리에서 자세를 똑바로 했다.

"나는 신수왕 네메아! 주군께 너희를 단련시키라는 명령을 받았다. 앞으로 너희를 시간이 허락하는 한 단련시키겠다. 노룬, 준비는 됐나?"

머리가 사자인 괴물이 옆에 둥실둥실 부유하고 있는 소녀에게 물었다. 12, 13세쯤 되어 보이는 얼굴 대부분이 흰머리로 가려져 있다.

"물물, 론론이에여. 여긴 노룬의 영역이에여. 이곳 시간의 흐름을 통상의 5,000분의 1로, 설정했어여."

불길하기 짝이 없는 말을 들은 네메아 씨는 만족스럽게 몇 번이나 고개를 끄덕였다. 그리고——.

"이것은 주군이 내리신 칙명. 설령 그것이 하찮은 곤경일지라도 타협은 일절 용납하지 않는다. 너희들은 최소한의 힘을 몸에 갖추어야 한다!"

그렇게 외치는 네메아 씨의 두 눈이 새빨갛게 물들며, 표정도 이글거리는 짐승 같은 것으로 변했다. 아무리 봐도 이상하다. 적어도 지금 네메아 씨는 제대로 된 상태가 아니다.

"자, 잠깐 기다려 주십시오——."

아빠의 목소리가 황야에 허무하게 울려 퍼지고, 지옥의 수행이 시작되었다.

                                    ***

——파프라 북쪽 300메르.

'패러자이트'에 고용된 도적들은 파프라 북쪽에 진을 치고 마을 내부에서 올 터인 침입 신호를 기다리고 있었다.

"지금 염탐을 하고 왔는데, 털 게 잔뜩일 듯한 곳인데요. 괜찮은 여자도 많아서 비싸게 팔릴 것 같습니다."

갈색 두건을 쓴 도적 한 사람이 두목으로 보이는 곰 같은 외모에 갈색 두건을 쓴 남자에게 보고했다.

"그래, 그래. 느낌이 좋은데. 이번 일, 맡길 잘했을지도."

"하지만 두목, 예정으로는 수인족만 습격하게 되어 있습니다만, 어떻게 할까요?"

"바보냐. 우리는 갱이 아니라 도적이야. 그런 의뢰, 지킬 리가 없지!"

그렇게 대답하는데, 마을 남부 방면에 있는 성벽 부근에서 봉화가 피어올랐다.

"시작이다. 얘들아, 우리는 도적이다. 두목인 내가 허락하마! 눈에 보이는 것은 모두 뺏고, 죽이고, 범하고, 부숴라!"

짐승처럼 포효하며 도적들이 파프라 마을로 침입했다.

파프라 남쪽 성문에서 마을 밖으로 나가는 용수로 옆에는 3중이나 되는 철창이 있는데, 그곳이 부자연스럽게 열려 있었다.

덤으로 본래 있을 터인 문지기도 없다.

'정말 쉬운 일이네.'

도적 두목이 슬그머니 웃으며 중심을 낮추고 주위를 살피자, 열두 살 정도의 아직 어린 수인족 꼬마가 달빛 아래 서 있었다.

꼬마는 검은색 망토 같은 것을 걸치고 있어서 그게 강풍을 맞아 하늘하늘 흔들리고 있다.

"아니, 설마 네가 나와 해보겠다는 거냐?"

어깨에 지고 있던 전투 도끼를 꺼내 꼬마를 향해 들며 위협했지만.

"흥!"

코웃음만 돌아왔다. 하찮은 사냥감에게 무시당했다는 것을 자각하자, 난폭한 것이 마음을 채웠다.

"이 자식이!!"

땅이 울리도록 수인 꼬마에게로 거리를 좁히고, 그 정수리를 향해 도끼를 휘둘렀다. 그러나 도끼는 바로 앞에서 간단히 빗나가고 말았다. 그리고──.

"엥?"

시야가 밤하늘과 땅바닥을 몇 번 회전하다 등부터 떨어졌다. 낙법을 취하지도 못하여 숨이 멎는 바람에 폐에 공기를 넣기 위해 숨을 크게 들이마셨다.

"너무 빈틈이 많아. 적어도 도끼는 들고 있어야지."

꼬마는 한심해하는 목소리로 그런 지적을 하면서 그의 몸을 짓눌렀다. 꼬마에게 우위를 뺏긴다는 말도 안 되는 상황에 굴욕을 느껴 시야가 새빨갛게 물들었다.

"젠장!"

몸을 비틀어 떨쳐내려고 하였지만, 꿈쩍도 하지 않았다.

"마력을 담아 관절을 꺾었으니까. 이제 넌 떨쳐낼 수 없어."

꼬마의 두 다리가 묘한 각도로 들어와, 무슨 까닭인지 힘이 잘 들어가지 않았다.

"너 따위에게 이런 큰 기술은 필요 없었지만, 카이 님께 나의 성장을 보여주고 싶으니 그 실험대가 되어 주어야겠어."

이어서 꼬마의 두 주먹이 흔들리자, 온몸에 격통이 흘렀다. 그것이 두목의 속세에서의 마지막 기억이었다.

"괴, 괴물이다!"

도망치는 도적들을 천천히 쫓는 오른손에 장검을 든 수인족 여성.

여성의 모습이 연기처럼 사라지자, 여기저기서 도적들이 풀썩 쓰러졌다. 몽롱한 의식 속에 도적이 괴로운 표정으로 몸을 일으켜 주위를 확인하니 달빛 아래 아름다운 수인족 여성이 서 있었다. 올라간 입꼬리에, 새빨간 머리와 빨간 눈동자.

"히이이익!"

볼품없이 비명을 지르고, 등을 보이며 곧바로 도망치려고 하였으나 호통이 날아왔다.

"전사가 두려움에 등을 보이지 마!"

도적 남자는 눈을 뒤집고 바닥에 쓰러졌다.

"정말 근성이 없네! 실력이 없으면 적어도 기합 정도는 보여 줘야지."

투덜투덜 불평을 늘어놓으며, 수인 여성은 걸음을 옮겼다.

"뭐, 뭐야, 여기는?! 완전히 괴물 소굴이잖아!"

도적의 이인자인 모리는 욕설을 퍼부으면서도 이 악질적이기 짝이 없는 마을을 탈출하기 위해 질주했다.

이런 말은 못 들었다. 민간인밖에 없는 마을을 습격하는 간단한 일이었을 터였다. 그 무력한 타깃인 수인족은 모두 예외 없이 이상했다. 모리는 도적질에 몸을 담기 전에는 용병이었다. 그렇기에 안다. 아니, 싫어도 알고 말았다. 저 수인족들은 수십 년 단위로 전투 기술을 익힌 전투의 프로다. 기프트에 안주하는 가짜라면 그나마 승산이 있었겠지만, 저것은 그런 어설픈 존재가 아니다. 말하자면, 전쟁터에서 끊임없이 이겨온 역전의 용사라는 거다. 그런 괴물 같은 수인족이 이 마을에 우글거린다니. 이제 이기고 지고의 문제가 아니다. 그런 마을에 싸움을 건 것 자체가 최대의 실수라고 해도 과언이 아니다.

성벽이 코앞에 보인 순간, 그 앞에 서 있는 것은 허리가 굽은 노파였다. 다만──.

'젠장! 또 수인족이냐!'

보기에는 약한 것 같으므로, 평소라면 하찮은 존재라며 모리도 무시했을 것이다. 그러나 이 마을의 수인족은 별개다. 머리 끝부터 발끝까지 순수한 괴물이며 승리는 거의 불가능하다고 봐야 한다. 따라서 모리는 인질을 잡기 위해 민가로 들어가려고 했고, 오른쪽 손목을 잡히고 말았다.

"힉!"

입에서 비명이 새어 나왔다. 당연하다. 상대의 움직임을 인식조차 못 했기 때문이다.

"도망치다니 서운하네. 이 늙은이의 단련에도 잠깐 어울려주게나."

수인족 노파에게 걷어차이자, 마치 공처럼 성벽과 일직선으로 부딪쳤다. 그리고 명치에 깊숙이 꽂히는 노파의 오른쪽 주먹. 그것을 마지막으로 모리는 금세 의식을 잃고 말았다.

**

의기양양하게 파프라의 숙소── 플라하자에서 도적들의 습격을 관전하던 도중.

"저거, 분명 무기조차 필요 없을 것이오."

옆에 있는 아스타가 질린다는 얼굴로 그런 무의미한 말을 꺼냈다.

"하긴. 설마 도적들이 저렇게 약할 줄이야, 오산이었어."

"약해요!"

나를 끌어안으며 파프가 힘차게 주먹을 쳐들었다. 음, 파프는 여전히 착한 아이다. 그런 파프의 머리를 쓰다듬어 주었다.

"그 인식은 크게 잘못된 것이오."

어이가 없는 듯한, 어쩐지 체념한 표정으로 아스타가 고개를 가로저었다.

"맞아요! 그건 문제가 아니에요! 뭡니까, 저 괴물 같은 사람들은?! 카이 당신, 이 단기간에 그들에게 무슨 짓을 한 거예요!"

로제가 나의 멱살을 잡고 앞뒤로 흔들며, 엄청난 기세로 물었다.

"응? 조금 내 부하를 시켜 단련시켰을 뿐인데."

충혈된 눈에 폭포처럼 흐르는 땀, 평소보다 이상한 로제의 모습에 약간 질겁하며 대답했다.

"단련……시켰다니…… 믿을 수 없어! 어떻게 하면 조금 단련한 것만으로 도적을 추격할 수 있단 말이야!"

로제는 나에게서 떨어져 비틀비틀 걸어가 몸을 웅크리고 머리를 싸맨 상태로 신음했다. 로제는 가끔 이런 기행을 저지를 때가 있다. 일명 현실도피를 하고 싶은 나이라는 것일까. 곤란할 따름이다.

"도적은 저것으로 마지막이오. 아직 예의 완구가 도달하는 데 좀 더 시간이 걸릴 것 같은데, 어떻게 할 셈이오?"

아스타는 그런 로제를 안쓰럽게 바라보며, 지금 내가 가장 고민하고 있는 난제의 해법을 물었다.

"좀 더 버틸 수 있을 거라고 생각했는데. 다음 수단을 생각해야 하나. 시간이 좀 더 있다면, 고블린을 포획해서 단련시킨 다음 풀어놓는 것도 가능할 텐데."

"그만두시오! 그런 재해급 괴물 고블린을 세상에 풀어놓으면,

이 일대는 풀 한 포기 자라지 않는 황야가 될 것이오."

"맞아요! 이 이상, 쓸데없는 짓은 하지 말아요!"

아스타가 굳은 얼굴로 바로 부정하고, 로제가 울 것 같은 목소리로 몇 번이나 고개를 끄덕이며 애원했다. 정말 과민반응이 심하다. 단련시켜 봐야 고블린은 고작 고블린. 큰 위협이 될 리가 없는데.

아무튼, 그래서 어떻게 할까? 마지막 클라이맥스가 준비될 때까지 아직 시간이 좀 더 필요하다.

그래. 예정된 계획과는 약간 다르지만, 지금도 수인들과 도적의 전투를 관전하고 있는 저 두 명의 헌터에게 협력을 부탁할까.

"시라와 살류파에게 무력한 척을 해서 기회를 엿보라고 지시를 내려! 그래. 상대는 일단 용사의 수호 길드 '사성'을 거느린 헌터팀이야. 두 사람에겐 충분한 호위를 붙여둬!"

"알겠습니다!"

네메아가 가슴에 손을 대고 인사한 다음 무언가를 중얼거리자, 금세 시라와 살류파가 움직이기 시작했다.

보아하니 시라와 살류파는 최소한의 힘을 갖추었다. 호위를 동반한다면, 이러한 거친 일에도 버틸 수 있을 것이다. 무엇보다 지금 이 자리에는 저 헌터계에서도 톱 랭커인 두 사람이 있다. 그들은 헌터계에서의 발언권이 매우 크므로, 백작과 코인 멤버들이 벌인 나쁜 짓의 좋은 목격자가 되어줄 것이다. 게다가 만에 하나 나의 부하들로는 벅찰 만한 강함을 '코인' 멤버들이 갖고 있더라도, 저 두 사람이라면 힘으로 제압할 수 있다. 그야말로 일석이조라는 것이다.

"그럼, 이 계획도 클라이맥스군. 슬슬 나도 움직여야지."

나는 자연스럽게 올라가는 입꼬리를 자각하며, 숙소를 뒤로
했다.

***

──파프라 헌터 출장소.

이곳 파프라에는 헌터 길드는 없지만, 몇몇 헌터는 존재하기
때문에 헌터 지원을 위한 출장소가 있다. 이 헌터 출장소에는
소재 회수나 마을에서 문제가 일어났을 때 헌터 길드에 알리는
구조가 갖춰져 있다.

A랭크 헌터── 올가 에반스의 눈앞에 있는 존슨은 중립도시
바벨에 존재하는 헌터 조직의 중추인 센트럴 헌터 길드 제1조
사부의 부장이다. 헌터 내에서 조직에 대한 부정과 범죄를 조사
하는 부의 장이라는 뜻이다. 헌터의 조직범죄가 있더라도, 본래
간부인 이 자가 직접 나서는 일은 없다. 존슨과 바르세의 길드
마스터는 사제 관계라고 하므로, 아마 바르세에 인사하러 갔을
때 바르세의 길드 마스터에게 부탁을 받았겠지.

"성가신 일이 될 것 같아?"

바르세로 향하는 중에 우연히 들른 이곳 파프라의 헌터 출장
소에서 옛 지인인 존슨과 마주쳤다. 존슨은 올가에게 긴급한 안
건이 있다며 협력을 요청했다.

존슨이 올가에게 협력을 요청한 시점에서 일반 헌터 길드에서는 도저히 감당하기 어려운 수준의 커다란 산임은 확실하다.

"성가시다고나 할까……."

드물게 말을 얼버무리는 존슨의 모습에 고개를 갸웃했다.

"왜 그래? 협력할게. 숨기는 건 없기야."

"알겠어. 너라면 신용할 수 있어."

존슨이 설명을 시작했다.

내용은 이곳 아멜리아 왕국에는 넘쳐나는 흔한 이야기다.

길버트 왕자파의 게디 백작이 이 마을의 명칭까지 된 특산품 파프라의 열매 이권을 확보하려고, 헌터이자 용사의 수호 길드 중 하나인 사성 '코인'과 결탁하여 이 마을의 수인족을 함정에 빠뜨렸다. 존슨의 예상으로는 이장과 이 마을의 B랭크 갱단도 관여했다고 한다. 모두 지금의 이 썩은 나라에서는 일상적으로 일어나는 일이다. 존슨은 이 정도로는 동요하지 않는다. 철의 정신이라고까지 일컬어지는 이 녀석이 유일하게 당황한 이유는──.

"그 카이가 건달들을 흠씬 혼내줬다고?"

카이 하이네만. 마리아 하이네만의 친아들이자, '이 세상 제일의 무능'이라는 쓰레기 기프트 홀더. 올가는 마리아와 팀을 짠 적도 있으므로, 최근에도 카이와는 빈번하게 만나고 있었다.

그 쓰레기 기프트가 발현되기 전에 카이의 검술 시합을 본 적이 있는데, 대단한 재능이 있는 것으로는 보이지 않았다. 게다가 지금 카이는 밑바닥 기프트 홀더다. 건달을 이길 리가 없다. 애초에 마리아의 이야기에 따르면, 카이는 왕도로 향하고 있을 터였다. 왜 여기 파프라에 있지? 모든 것이 불가사의하고 전혀 앞뒤가 맞지 않는다.

"아직 소문에 불과해."

"당연하지. 카이는 어디 있어? 바로 마리아에게 데려다주게."

어린 카이를 일시적으로 맡은 적도 있기에 올가에게 카이는 친척 같은 아이다. 결코 이런 장소에서 잃을 수는 없다.

"침착해. 아직 조사 단계이기는 하지만, 이번 집단 사기 사건에 카이가 얽혀 있는 모양이야."

"뭐? 카이가 어떻게 그런 복잡한 사건에 꼈단 말이야?"

"그러니까 아직 조사 단계라고 했잖아! 진위는 불명확하지만, 백작과 손을 잡은 '코인'이 도적을 불러들여 수인족을 팔아버리려고 한다는 소문이 마을에 퍼져 있어."

"놈들이 선을 넘었다는 뜻이군. 나에게 급하게 비밀 의뢰를 하려는 건 그거야?"

"맞아. 혹시 헌터에 소속된 '코인'이 도적과 손을 잡고 주민을 팔려고 한다면, 그것은 헌터 헌장에 명시된 최대 금기 사항이야. 무슨 일이 있어도 우리가 적극적으로 개입해야 해."

"이야기는 알겠어. 그런데 카이가 그런 쓰레기 같은 사건과 무슨 관계가 있는데?"

카이의 다정한 성격을 생각하면 불법에 손을 물들일 리는 없다. 그런 사건과 연관이 있다니 도저히 상상이 안 간다.

"그게……."

여기서 말문이 막히다니. 존슨의 모습으로 보아 정말 당황한 듯 보인다.

"똑바로 말해. 이제 와서 나에게 숨겨서 어쩌려고?"

"아니, 숨기는 게 아니야. 다만 너무 얼토당토않은 일이라 어떻게 이해해야 좋을지 모른다고 해야 할까……."

"일단 말해. 판단은 내가 해."

진지한 얼굴로 존슨이 크게 고개를 끄덕이고,

"카이가 로제마리 전하의 로열가드가 되어 수인족을 지원하고 있다고 해."

"뭐?"

이번에야말로 놀란 소리가 튀어나왔다. 당연하다. 로제마리 전하라고 하면, 아멜리아 왕국의 왕위 계승자 중 필두인 인물이다. 그 로열가드는 다양한 의미로 탁월한 실력이 요구되며 카이에게는 도저히 불가능한 일이다.

"네 마음도 알겠어. 하지만 로열가드가 된 것 자체는 로제 왕녀 본인께 확인했으니 틀림없는 사실이야."

"…………."

확실히 너무 황당무계해서 어떻게 반응하면 좋을지 모르겠다. 이 일을 마리아는 알고 있을까? 아니, 카이를 예뻐하는 그 녀석이니 만약 알았다면 울면서 막았을 것이다. 그렇다면, 이것은――.

"'코인'이 움직였습니다!"

존슨과 동행한 바르세 길드의 직원 같은 청년이 방으로 허둥지둥 들어와 보고했다.

"구체적으로는?"

"멤버 한 사람이 남문 용수로의 철창을 개방. 봉화도 올렸습니다. 마을 주위에 도적으로 보이는 인물을 다수 확인. 이제 곧 마을로 침입합니다."

그렇군. 안으로 불러들여 멋대로 날뛰도록 한 다음, 그들을 토벌하여 마을을 구한 영웅이 되어 명성을 얻는다. 실로 초라한 방식이다. 아직 랭크는 C가 된 참이지만, 그래도 사성이라며 용사 마시로에게 인정받은 자들이다. '코인'의 리더 사이더와 서브리더 카바의 잠재 능력은 꽤 큰 편이다. 특히 사이더의 '가시검'은 마법을 부여한 특수한 검에 자신의 마법으로 능력치를 끌어올렸고, 검 실력도 상당한 수준이다. 카바도 마법만이라면 헌터 중에서도 톱클래스다. 적어도 저 두 사람은 불법에 손을 더럽히지 않아도 몇 년쯤 정진하면 나름대로 지위와 명성을 얻을 수 있을 터였다.

그러나 이곳에는 그들에게 불행하게도 올가와 존슨이 있다. 올가는 엄연한 A랭크 헌터. 저런 풋내기와 도적에게 밀리는 일은 절대 없다. 존슨도 쭉 뒤에서 활동해온 터라 그리 일반 헌터에게는 알려지지 않았지만, 전투력은 A랭크 헌터에 필적한다. 이 마을에는 제대로 된 헌터가 없다고 넘겨짚었겠지만 운이 없구나.

"존슨, 가자!"

"응, 물론이지."

방에서 뛰어나가 현장으로 향했다.

도적은 확실히 침입했다. 나름대로 무장도 하였고, 경험도 쌓은 듯 결코 약하지 않았다. 따라서 이대로 가만히 있으면 이 마을의 주민이 많은 피해를 입을 것이 확실했다. 그럴 터였으나──.

"저게 뭐야?"

벌써 몇 번째가 된 의문을 입에 담았다.

괴물처럼 강한 수인들과 그들로부터 필사적으로 도망치는 도적들을 보며, 입에서 나온 것은 경악뿐이었다.

저것은 기프트로 능력치를 끌어올린 것도 아니거니와, 마법으로 인한 신체 강화도 아니다. 순수한 무의 연마로 도달한 것이다. 그렇기에 가볍게 넘길 수 없다. 저 수인들의 경지에 도달하려면 최소한 4, 50년 가까이 끊임없는 노력이 필요하다. 한 사람이라면 어떻게든 이해할 수 있다. 그런데 모두가 그렇다니, 완전히 올가의 이해 범주를 뛰어넘었다.

당연히 순식간에 도적을 제압하고 만 괴물 수인들.

그 뒤, 수인들은 아이와 여성 수인을 남기고 순식간에 모습을 감추고 말았다. 설마 기적까지 지울 수 있단 말인가. 올가와 존슨도 지금 기적을 감추고 있지만, 그것은 기술이 아니라 두 사람이 과거에 발현한 스킬에 의한 것이다. 반면 저 수인들은 경험으로 획득한 기술에 의한 기적의 소실이다. 어느 쪽이 더 수준 높고 뛰어난지는 신입 헌터라도 이해할 수 있을 것이다.

'대체 뭐 하는 자들이야…… 젠장!'

아마 어린 시절부터 먹고 마시는 것 외에는 쭉 달인에 의해 전문적인 전투 훈련을 받았을 것이다. 이렇게 쉽게 노력만으로 자신을 뛰어넘은 자가 다수 있다. 그렇게 생각만 해도, 말로 표현할 수 없이 애매한 감정이 가슴 깊은 곳에 생겨 쌓이는 것이 느껴졌다.

'이봐, 올가, 움직이자!'

복잡한 심경으로 번민하던 올가는, 작게 속삭이는 존슨의 목소리에 정신을 차렸다. 아까와 달리 전투라고는 전혀 모르는 사람처럼 행동하며 아이와 여성이 정반대 방향으로 달려갔다. 방금까지의 달인급 움직임을 보았기에 위화감밖에 없다.

'둘로 나뉘자! 나는 소년을 쫓을게. 넌 여성을 쫓아줘!'

'알겠어!'

함정일 가능성도 있지만, 저 수인들은 두 사람을 적대하고 있지 않다. 만약 함정이더라도, 살해당하는 일은 없을 것이다.

올가는 기척을 감추면서 여성의 뒤를 따라 달렸다. 잠시 뒤, 검은 옷에 얼굴을 두건으로 가린 집단이 여성의 앞을 막아섰다. 역시 함정을 친 모양이다. 물론 올가가 말하는 함정을 쳤다는 것의 주어는 수인족 여성이고, 함정에 걸린 쪽은 저 불쌍하고 어리석은 광대들이다.

"험한 꼴 보고 싶지 않으면 얌전히 있어!"

진부한 대사다. 특히 저 압도적인 강자에 대한 말치고는 너무 우스워서 더욱 허무하게 느껴졌다.

"아, 네……."

기어 들어가는 목소리로 고개를 끄덕이는 수인 여성.

그녀의 입을 막고 두 손목을 밧줄로 묶어 나무 상자에 넣은 다음, 남자들이 복면을 벗었다.

'역시 코인인가.'

이자들은 왕도에서 본 적이 있다. '코인'의 멤버다. 여성이 무력하다면 여기서 구속하겠지만, 이 수인족 여성은 올가 이상의 무를 지닌 달인이다. 마지막까지 상황을 지켜보아야겠다.

그로부터 '코인' 멤버는 상자를 들고 파프라 남서쪽에 있는 귀족들의 별장이 있는 구획으로 향하여, 4층 규모의 호화로운 저택 1층의 유달리 큰 방으로 들어가 상자를 바닥에 놓았다.

그 방 중심에는 여성 수인의 납치를 지시한 것으로 보이는 비열한 인간이 악취미적인 의자에 거만하게 앉아 있었다. 그 나쁜 놈 옆에 있는 것은 녹색 머리의 미청년, '코인'의 서브리더 카바다. 자신을 '현인'이라 자칭하는 우스꽝스러운 광대. 멍청한 놈. 자신의 계획을 과신했기에 나온 행동이겠지만, 올가가 있는 이상 변명의 여지가 없다. 그들의 파멸은 이미 결정된 것이나 마찬가지다.

"이제야 왔나. 어서 열어라!"

"백작님의 지시대로 짐승을 포획하여 왔습니다."

백작의 지시에 따라 코인의 멤버 한 명이 나무 상자를 열고, 수인 여성을 밖으로 꺼냈다.

"아, 이 녀석이야! 마을에서 봤을 때, 딱 느낌이 왔어! 이런 초라한 마을의 평민 따위에게 주기에는 아깝다니까! 내가 마음껏 귀여워해 주마!"

게디 백작이 얼굴을 욕망으로 한껏 일그러뜨리고, 여전히 구속되어 있는 여성에게 입맛을 다시며 다가갔다.

"백작님, 저희는 위험을 감수했습니다. 약속을 잊으시지는 않으시겠지요?"

카바의 말에 백작이 짜증스럽게 몇 번이나 고개를 끄덕였다.

"알고 있어. 너희와 나는 운명 공동체. 약속대로 파프라의 독점 판매권의 40퍼센트를 '코인'에게 양도하지. 그 대신 앞으로도 나를 위해 일해줘야겠어!"

"네, 물론입니다. 저희가 있으면 백작님도 마음껏 즐길 수 없겠죠. 그럼, 저희는 이것으로 실례하겠습니다."

카바가 자세를 바르게 하고 가볍게 인사했다.

"그래, 눈치가 빠른데. 다만, 호위는 남겨둬!"

"물론이죠. 백작님은 저희의 소중한 파트너니까요."

몇 명의 호위를 남기고 카바가 방에서 나갔다.

"따라와라!"

백작은 수인 여성의 손목을 묶은 밧줄을 잡고 끌어당겨 다른 어두운 방으로 들어갔다. 그리고 호위에게 여성의 구속을 풀게 한 뒤, 안쪽에 있는 호화로운 침대로 내던졌다.

"오지 마!"

거절하는 소리를 지르며 울먹이는 눈으로 침대 위에서 뒤로 도망치려고 하는 수인족 여성.

"좋아! 얼마든지 반항해도 좋아! 그게 더 흥분되니까!"

게디 백작이 입맛을 다시더니, 흥분한 목소리로 외치며 다가갔다.

"왜?"

수인족 여성이 고개를 숙이고 백작에게 질문을 던졌다.

"응? 뭐가 말이지?"

"왜 이런 끔찍한 짓을 하는 거야?!"

눈가에 눈물을 머금고 그렇게 외치는 수인족 여성에게, 게디 백작이 얼굴을 추악하게 일그러뜨리며 말했다.

"그건 너희가 더러운 짐승이기 때문이다."

"짐승?"

"그래. 너희는 성무신 아레스의 가호를 받지 못하는 배신자. 우리 아레스신께 사랑받는 존귀한 자들을 따라야 할 의무가 있어."

또 이런 사고방식인가. 이 녀석들은 하늘에서 준 기프트를 성무신 아레스가 준 가호라고 믿으며, 그것으로 신에 대한 사랑의 깊음을 재려고 한다. 수인족처럼 가호가 없는 자는 가장 큰 배신자이므로 생살여탈의 권리가 있다고 진심으로 믿는다. 확실히 변덕스러운 신에게 받는 기프트로 능력이 결정되는 것은 사실이지만, 우수한 기프트를 지닌 사람이 모든 면에서 뛰어난 건 아니다. 그것은 이자들의 일련의 치태와 저 수인들의 전투를 보면 명백한 사실이다.

"한마디로 아레스라는 신의 가호가 없는 우리 같은 사람에게는 무슨 짓을 해도 괜찮다고?"

수인족 여성의 목소리가 명확하게 달라졌다. 또한 실내 공기가 몇 도 내려간 느낌이 들었다.

"그렇지! 절대 유일신 아레스 님의 가르침이야말로, 이 세상의 가치 기준을 정한다! 아레스 님께 받은 기프트를 지닌 우리 신의 아이는 지니지 않은 자를 예속해도 돼. 즉, 너희는 처음부터 우리의 노예에 불과하단 소리지!"

의기양양하게 말하는 백작의 이 말이 결정적이었다.

'이건 절대 기분 탓이 아니야!'

자신의 숨이 하얗게 될 정도다. 실내의 추위는 더는 무시할 수 없을 정도였다.

히죽거리는 얼굴로 지켜보던 코인의 호위들도 동요한 듯 몸을 문지르기 시작했다.

"하하! 아하하하하하하하!"

갑자기 침대 위에서 웃음을 터뜨리는 수인족 여성.

"뭐가 웃기지?"

눈썹을 찌푸리고 수상쩍은 듯 묻는 백작을 향해, 여성은 웃음을 뚝 멈췄다.

"그렇다는데? 너희는 어떻게 생각해?"

실내 공기가 살며시 떨리더니, 농후하고 불길한 오라와 함께 세 개의 이형이 나타났다. 하나는 천장에 서고, 다른 하나는 공중에 떠 있다. 마지막 하나는 호화로운 책상 위에 책상다리를 하고 있다.

이때만은 자신의 대담함을 칭찬하고 싶다. 올가는 간신히 목에서 새어 나오는 비명을 삼키는 데 성공했기 때문이다.

"아레스, 입니까. 여러분은 알고 있습니까?"

"이야기의 흐름으로 보아, 천군의 누군가가 아닌가?"

공중에 뜬 인간 형태의 흰색 무언가가 질문하자, 천장에 서서 등에 원형의 붉은색 무기를 멘 온통 검은색인 두리뭉실한 존재가 퉁명하게 말했다.

"데우스나 토르라면 몰라도, 그런 찌끄레기 신은 알지도 못하고, 관심도 없어!"

분노를 감추려고도 하지 않고, 여덟 개의 눈을 지닌 상반신이 알몸인 청년 형태의 이형이 외쳤다.

"그렇죠. 설마 우리 앞에서 유일신을 말할 줄이야, 이 벌레에겐 꽤나 파멸되고 싶은 마음이 있다고 봅니다."

흰색의 무언가가 눈을 부릅뜨고 백작을 보았다.

"괴, 괴물이야!"

백작이 엉덩방아를 찧고 뒤로 물러나려고 하였으나, 수인족 여성에게 어깨를 잡혔다.

"하등생물이 어디로 가려고?"

"————큭?!!"

그 여성의 얼굴이 시야에 들어오자, 올가도 소리 없는 비명을 지르며 그 자리에 주저앉았다. 그럴 만도 하다. 그 여성은 입꼬리를 귀까지 올리고, 들쭉날쭉 날카로운 이빨을 뻗으며, 탁한 검은색 눈으로 백작을 쏘아보고 있었기 때문이다.

"이봐, 처, 처리해!"

백작이 방문 앞에 있었을 터인 호위에게 지시를 내렸으나——.

"히이이이익!"

이번에야말로 백작은 비명을 질렀다. 코인의 호위 세 명의 목이 허공에서 회전하며, 몸은 흐물거리는 새빨간 인간 형태의 액체가 되어 있었기 때문이다.

동시에 수인족 여성의 모습이 일그러지더니, 코가 긴 거대한 괴물의 모습으로 달라져 백작의 멱살을 잡았다. 그리고——.

"네놈은 우리 앞에서 아레스라는 것을 유일한 신이라 칭했다! 우리가 숭배하는 위대한 주인님을 놔두고! 그것은 용서받을 수 없는 대죄다! 얘들아, 이 자식을 어떻게 처리해야 할까?!"

코가 긴 괴물이 목소리를 높였다.

"물론 절대 자비를 베풀지 않는 영겁의 악몽으로 여행을 보내야지!"

여덟 개의 눈을 지닌 이형이 외치며, 테이블 위에서 뛰어내려 백작의 왼쪽 옆에 섰다.

"우리의 신앙심을 우롱한 자에게 절대 구원받지 못할 멸망을!"

두리뭉실한 존재가 그에 호응하듯이 목소리를 높이고 천장에서 내려와 백작의 오른쪽에 섰다.

"파멸을! 공포를! 죽음조차 용납되지 않는 절망 속에서 멸망을!!"

온몸이 하얀 존재가 충혈된 눈으로 노려보며, 공중에서 백작의 뒤로 내려왔다.

"으아아아아아아아아아아악!"

괴물 넷에 둘러싸인, 불쌍하고 볼썽사나운 백작의 비명이 방에 메아리쳤다. 그것을 계기로 결국 임계점에 다다른 올가는 의식을 잃었다.

***

　카이 님의 지시로 시라는 거리를 돌아다녔다. 기절한 도적은 일부러 그대로 놔두었다. 곧 '코인'도 그 사실을 깨달을 것이고, 그렇게 되면 어떤 반응을 보일 것이다. 그것을 이용하여 마지막으로 성대한 축제를 개최하는 것이 우리가 숭배하는 카이 님이 세운 계획이다.

　카이 님이 네메아 님에게 명령한 결과, 수인족은 저 신비한 공간에서 수십 년이나 훈련하게 되었다. 그때 훈련 교관이 되어준 것이 네메아 님의 직속 권속인 '십이지'라는 열두 명의 신들이었다. 진심으로 놀랍게도 '십이지' 님은 시라 같은 수인족이 숭상하는 산신님보다 훨씬 상위 존재라고 한다. 그것은 사슴의 형태를 한 산신님이 '십이지' 님 중 하나인 작은 쥐의 신인 '악식' 님에게 머리를 숙인 것으로 확실해졌다.

　네메아 님은 '십이지' 님의 주인. 본래 네메아 님은 일반인 따위가 범접할 수 있는 분이 아닐 것이다. 그렇다면 저 네메아 님이 절대적인 충성을 맹세한 카이 님은 그보다 훨씬 더 높은, 그야말로 전상신(殿上神). 그 외에 다른 표현은 생각나지 않는다.

　'우리는 운이 좋아!'

　카이 님이 이 마을에 오지 않았다면, 우리는 약하고 무력한 존재로 남아 있었을 것이다. 그러나 카이 님은 우리에게 이 잔혹하고 더러운 세상에서 살아가기 위한 방법을 전수해주었다. 단순히 힘을 주기만 할 뿐인 인간족이 숭배하는 악질적인 신과 달리, 끊임없이 노력해야 하는 건실한 방법이다. 그것이 얼마나 큰 가치가 있는지 지금 시라는 충분히 이해한다.

지금은 아빠를 비롯한 수인족 모두가 카이 님을 자신이 평생 믿을 신으로 숭배하고 있다. 이것은 그 위대한 카이 님이 세운 계획. 따라서 절대 실패해서는 안 된다. 반드시 해내야만 한다.

뒷골목에서 큰길로 나오자, 가슴에 코인 자수가 들어간 로브를 입은 자들에게 포위당했다. 아무래도 멍청이가 함정에 걸린 모양이다.

"도적과 내통해서 이 도시를 습격하려고 한 더러운 쥐새끼! 이 '코인'의 리더, '가시검' 사이더가 혼내주마!"

마치 어디 극장에서 연기하는 연기자처럼 두 팔을 벌리고 과장된 동작으로 성대하게 선언한다. 밤이기는 하지만, 무슨 일인가 싶어 술집과 집에서 나오는 인간족 주민들. 그들에게 사건의 경위를 알려줄 수 있으면 우리의 승리다.

"내가 도적과 내통하고 있다고?"

충분한 관객이 모인 것을 확인한 뒤, 이 상황을 이해할 수 있도록 설명조로 물었다.

"그래! 도적들을 심문하여 알아냈거든! '이 세상 제일의 무능'이라는 쓰레기 기프트 홀더, 카이 하이네만이라는 최고의 배신자와 결탁하여, 넌 이 마을에 도적을 불러들인 거다! 하지만 아쉽게 됐구나! 이미 침입한 도적은 우리 코인이 포박 중이니까!"

왼손을 이마에 대고 오른손을 뻗는 포즈로 외치는 사이더의 모습에 주민들로부터 당황한 목소리가 나왔다.

그만큼 코인을 영웅 취급하였으니 솔직히 코인의 말을 바로 믿을 것이라 생각했다. 그런데 많은 사람의 얼굴에 떠오른 것은 당황스럽다는 감정이었다.

"실수로 썩은 것을 낼 정도라면 가능한 일이겠지만, 아무래도 이건 너무 부자연스럽지 않아?"

"맞아. 일부러 코인이 체류하고 있을 때 도적을 불러들일 이유가 없잖아."

멀리서 방관하던 검은 머리 청년이 옆에 있는 갈색 머리 여성에게 동의를 구하자, 여성이 턱에 집게손가락을 대고 자신의 추측을 말했다.

"그러면 코인이 거짓말을 한 게 되잖아?"

"맞아. 그것도 아주 악질적인……."

"에이, 설마! 코인은 용사님의 수호 길드인데?"

군중에게 동요가 파도처럼 퍼지는 가운데,

"그 말은 그냥 넘어갈 수 없군요!"

인파를 헤치고 녹색 머리 미청년과 초로의 남자가 여러 일행을 이끌고 나타났다. 그 중심에 있는 것은 파프라의 이장과 '코인'의 서브리더, 카바다.

"우리는 '코인'! 용사 마시로 님의 검이자 방패! 어떠한 거짓도 말하지 않았고, 부정을 행하지도 않았습니다! 마을의 옛 동료를 믿고 싶은 마음은 아주 잘 압니다. 그러나 저 소년과 이 마을의 일부 수인족이 가장 큰 배신자 카이 하이네만의 지시로 도적을 이 마을로 불러들인 것은 사실입니다. 그것은 믿어 주십시오.”

카바가 머리를 숙이자 침묵이 광장 전체를 지배했다. 모두 한마디도 입을 열지 않고, 떨떠름한 얼굴로 시라와 ‘코인’의 동향을 지켜볼 뿐이다. 아마 그들도 ‘코인’의 말을 전면적으로 믿을 수 없는 듯하다. 그 증거로 납득이 가지 않는다는 얼굴을 한 사람도 있다.

“나도 ‘코인’분들의 심문을 이 눈으로 봤어! 마을 수인족이 도적을 불러들인 것을 이 마을에 침입한 도적들이 모두 자백했다니까! 나도 마을의 일원이라 생각하고 믿었는데…… 믿었단 말이다!”

이장이 눈물을 머금고 두 주먹을 쥐며 고개를 숙였다. 그리고 소매로 눈물을 닦더니 몸을 쭉 폈다.

“그러나 그들은 우리 고향을 카이 하이네만이라는 배신자와 도적에게 팔아넘겼어! 수인족은 짐승, 이성 따위는 없어! 그 점은 이번 일로 모두 잘 알 거라 생각해! 우리는 여기 파프라 마을에서 짐승들을 쫓아내야만 해!”

오른손을 들어 거창하게 선언한다.

“아니, 정말 그들이 도적을 불러들였다고?”

“아무리 그래도 그건 아니지 않아? 저 강직하기로 유명한 잘 아저씨가 도적과 내통? 그런 짓을 하는 의미가 대체 뭔데?”

“하지만, 하지만 코인이 저렇게 말하고 있고, 이장도…….”

“애초에 주모자라는 카이 하이네만이 누구야?”

혼란이 극에 달한 상황 속.

"흠, 내가 일련의 사건을 일으킨 주모자이자, 수인족에게 도적을 이 마을로 불러들이도록 지시했던 거군. 정말 흥미로운데."

목소리가 들린 쪽으로 시선을 옮기자, 인파 속에서 카이 님이 비아냥거리는 미소를 지으며 서 있었다. 카이 님은 '패러자이트'를 통해 백작 측에 자신이 수인족을 지원하고 있다는 정보를 일부러 알려 이 무대에 그들을 끌어 올린 것이다.

"넌 누구냐?!"

"카이 하이네만인데."

사이더의 의심이 담긴 질문에 카이 님이 대답했다. 짧은 정적 후, 광장이 터질 듯한 소란에 휩싸였다.

"배신자, 카이 하이네만! 여기서 만나다니 운이 다했구나! 자기 욕망을 위해 도적과 내통하여 이 마을을 피바다로 만들려고 하다니 사악하기 짝이 없군! '가시검' 사이더가 정의의 철퇴를 내려주마."

사이더는 히죽 웃더니, 다시 기묘한 포즈를 취하며 크게 외친다.

"정의의 철퇴라. 좋아. 하자! 하자! 미숙한 검제며 그 부하들만 상대하느라 긴장감이 없었거든. 넌 일단 C랭크 헌터지? 그럼 내 놀이 상대 정도는 가능할 거야."

카이 님이 신나는 목소리로 우리가 보기에는 "아니, 절대 불가능할걸!" 하고 외치고 싶은 대답을 하더니, 허리에서 신기한 형태의 검을 뽑아 사이더에게 향했다. 수십 년 수행했기에 안다. 저 움직임은 한 치의 빈틈마저 없이, 그 본인의 존재마저 의심하고 싶어질 만큼 너무나 자연스럽다. 그런 지고의 영역에 도달한 자세다. 물론 그것을 이해하지 못하는 어리석은 자도 있는 법이다.

사이더는 미소를 지은 채였으나, 관자놀이에 두꺼운 핏대를 세우고 확인하듯이 물었다.

"설마 너 따위 '이 세상 제일의 무능'이 이 사성 '코인'의 '가시 검' 사이더와 진심으로 겨룰 수 있을 거라고 생각하는 거냐?"

"응, 그러면 좋겠다고 진심으로 바라."

"배짱이 좋구나! 얼마나 무능한지 뼈저리게 느끼게 해주마!"

사이더는 그렇게 외치더니 등에 멘 휘어진 가는 검 두 자루를 뽑아 들고 중심을 낮췄다. 카이 님은 잠시 멍하니 입을 벌리고 사이더를 바라보았으나.

"그게 뭐야?"

진심으로 불쾌한 듯 인상을 찌푸렸다. 지금까지 콧노래라도 부를 만큼 들떠 있던 카이 님의 분위기가 반전되며, 강렬한 분노를 담고 사이더를 노려보았다.

"왜 그래? 설마 너 따위가 나와의 실력 차이를 똑똑히 알아차리기라도 했다는 거냐? 그렇다면 조금은——."

"됐어, 말하지 마. 네 수준은 알겠어."

오싹한 그 말과 함께 카이 님의 모습이 흐릿해지더니, 사이더의 몸이 수차례 회전하고는 바닥에 쓰러졌다. 괴로운 듯 필사적으로 숨을 쉬려고 하는 사이더의 얼굴을 카이 님이 짓밟자, 그의 턱이 으드득 부서졌다.

"사이더 씨를 놔줘!"

코인의 멤버가 일제히 카이 님을 포위하고 각자 무기를 들었다. 카이 님의 표정이 더욱 강한 낙담과 실망으로 물들었다.

"아무래도 너희는 용사의 위광으로 그 랭크까지 올라간 모양이네. 이런 칼을 휘두르기만 할 뿐인 초보를 C랭크까지 승격시키다니 헌터도 격이 떨어졌군."

"쏜 바인드!"

카이 님의 온몸을 무수한 가시덤불이 뒤덮어 꽁꽁 묶었다.

"이건 구속계 상위마법. 이제 꼼짝도 못 할 겁니다! 자, 마법대, 이대로 마법을 날려버려요!"

카바가 지팡이를 들고 의기양양하게 주위의 코인 부하들에게 강한 어조로 지시를 내렸다.

"하, 하지만, 지금 쏘면 사이더 씨도……."

그 명령에 부하가 주저했지만 카바가 반박했다.

"괜찮아요. 사이더는 마법에 강한 내성이 있습니다. 다소 다칠지는 모르지만, 마법으로 회복시키면 돼요. 그보다 저 신체 능력은 위협적입니다! 이대로 이 자리에서 확실하게 끝장내야 합니다."

"구워어억!"

사이더가 박살이 난 턱으로 필사적으로 반론 같은 것을 말하려고 하였으나——.

"봐요, 사이더도 하라고 말하고 있습니다! 여러분은 사이더의 숭고한 의지에 먹칠을 할 셈입니까!"

"…………."

그럼에도 움직이지 못하고, 초조함으로 가득한 얼굴로 사이더와 카바를 교대로 보는 코인의 멤버들.

"어서 하라니까요!"

카바가 호통을 치자, 그들은 각자 내키지 않은 듯 영창을 시작했다. 카이 님은 크게 한숨을 쉬었다.

"그렇다는데? 너, 버림받았네?"

"우억!!"

앓는 소리를 내며 필사적으로 도망치려고 파닥파닥 날뛰는 사이더를 카이 님은 연민의 표정으로 바라보았다.

"파이어 월!"

곧바로 영창이 끝나고, 몇 개나 되는 화염 기둥이 고속으로 회전하며 카이 님께 날아갔다.

"해치웠습니까!"

충격으로 흙먼지가 솟아오르는 와중에 카바의 환희에 찬 목소리가 광장 전체에 울렸으나.

"안타깝게 됐네."

그 말과 함께 순식간에 흙먼지가 걷히고, 사이더의 뒷덜미를 잡은 채 멀쩡하게 서 있는 카이 님이 모습을 드러냈다. 아마 사이더를 방패로 삼은 모양이다. 몇 개나 되는 화염 기둥에 직격당한 사이더의 온몸은 까맣게 탄 채 움찔움찔 경련하고 있었다.

"이…… 이럴 수가…… 저의 쏜 바인드는 상위마법이라고요!"

"저게 상위마법이라. 어떻게 생각해, 아스타?"

카이 님은 지금도 경련하고 있는 사이더를 바닥에 내던지고, 어깨 너머로 돌아보며 어느새 그 자리에 존재하는 아스타 님에게 물었다.

"본인은 저것을 마법이라고 인정하지 않소."

아스타 님은 얼굴을 찡그리며 고개를 가로저었다.

"카이 하이네만, 사이더를 방패로 삼다니 비정하군요! 당신에겐 인간의 양심이란 것이 없습니까?!"

"흥! 우리 마스터에게 양심을 찾는 것인가…… 실로 어리석군."

카바가 격노하자 아스타 님이 코웃음을 치고, 마치 불쌍한 생물이라도 보는 듯한 시선으로 어리석은 자라는 낙인을 찍었다.

당황, 동요, 당혹, 이 자리에 있는 사람들의 지금 심정은 시라도 충분히 이해가 되었다.

"조금 흥이 깨졌지만, 슬슬 메인 디시가 도착할 거야. 아스타, 시작해줘."

아스타 님이 아름다운 얼굴을 끄덕이고, 손가락을 딱 튕겼다. 그것을 계기로 하늘에 영상이 비치자 모두 그 영상을 뚫어져라 응시하기 시작했다.

영상이 끝나자, 모두는 아무 말도 하지 않았다. 그저 코인과 이장에게 부모의 원수를 보는 듯한 시선을 보낼 뿐이었다. 영상의 내용은 전에 본 놈들이 공모하는 모습과 백작이 수인족 여성 살류파를 납치하는 모습이다. 이제 지금까지 불명확했던 일의 전모가 다 들어맞았겠지.

"젠장! 그 망할 백작, 코인, 이장이 전부 한패였다니!"

"파프라에 변태적인 완성도를 추구하는 저 잘이 썩은 것을 내놓은 것 자체가 이상하다고 생각했어! 하지만 설마 이 마을을 도적에게 팔려고까지 했다니!"

"코인! 이장! 너희를 절대 용서 못 해!"

차례로 나오는 분노한 목소리.

"이, 이건 모두 조작이야! 너희는 용사님이 만든 사성 길드, '코인'을 믿지 못하는 거냐!"

"멍청한 놈! 이런 걸 보고 믿을 수 있을 리가 없잖아!"

이장의 마지막 발악은 주민들의 분노의 도화선에 불을 붙였다. 땅이 울릴 만큼 분노와 증오에 찬 목소리에 이장은 비명을 지르고 바닥에 몸을 웅크렸다.

"주목하라!"

깨진 종을 치는 듯한 굵고 큰 소리가 울려 퍼지자, 이장에 대한 비난의 목소리가 비명으로 바뀌었다. 카이 님 앞에는 사자 머리를 지닌 네메아 님이 나타나 있었다.

카이 님은 빈사 상태인 사이더에게 다가가, 품에서 빨간색 액체가 든 병을 꺼내 녀석에게 쏟았다. 시간을 되돌린 것처럼 복원되어 가는 사이더의 몸. 주민들이 놀란 숨을 들이켜는 와중에 카이 님은 정신을 잃은 사이더에게 다가가, 왼손으로 그의 멱살을 잡고 오른손으로 뺨을 몇 차례 찰싹 때렸다. 사이더가 눈을 뜨자마자 카이 님을 보고 비명을 질렀다.

"잘 들어. 너희는 코인. 미숙해도 용사 마시로라는 자의 검과 방패. 즉, 영웅이야. 영웅이라면 이 마을의 위기에 맞서서 증명해내. 설령 너희가 아무리 어리석고 저속하고 약하더라도, 일단 영웅이라 내세웠으면 그것이 너희의 사명이야."

카이 님은 사이더를 바닥에 내던지고, 민중을 쭉 돌아보면서 말했다.

"무수한 마물과 거대한 괴물이 이 마을을 향해 천천히 다가오고 있다는 보고를 받았어. 즉, 지금 이 마을은 미증유의 위기에 처해있다는 뜻이야."

"무, 무수한 마물과 거대한 괴물?!"

사이더가 놀란 목소리로 묻자, 카이 님은 입꼬리를 올리고 옛날이야기에 나오는 사악한 마왕처럼 악질적으로 얼굴을 일그러뜨렸다.

"그래. 지금부터 너희가 그 괴물들과 싸워줘야겠어."

그건 그들에게 악몽과도 같은 말이었다. 갑자기 파프라 마을의 종이 요란하게 울렸다. 이어서 안색을 바꾸고 마을의 젊은 경비가 광장으로 황급히 달려와, 지금도 몸을 웅크리고 있는 이장에게 보고했다.

"무수한 마물이 우리 마을을 향하고 있습니다!! 그 중심에는 산처럼 거대한 생물도 있습니다!!"

"사실……인가?"

조심스럽게 묻는 사이더에게 경비는 핏기가 가신 얼굴로 몇 번이나 고개를 끄덕였다.

"네, 사실입니다! 저희만으로는 대처가 불가능합니다! 파프라 경비대는 코인 여러분께 협력을 요청합니다!"

사정을 모르는 경비대의 말에 사이더가 고개를 가로젓더니, 일어나서 새된 비명을 질렀다.

"싫어…… 이젠 다 싫어!"

"거절은 불가능해. 괴물 퇴치는 영웅인 너희의 사명이니까."

카이 님이 뒤에 있는 아스타 님을 어깨 너머로 힐끗 보자, 아스타 님은 카이 님께 정중하게 인사를 하고 손가락을 딱 튕겼다. 그 순간 사이더, 카바를 포함한 광장에 있는 코인의 모든 멤버가 모습을 감췄다.

"자, 어서 오십시오! 먼저 이곳 파프라에 무서운 호랑이, 커다란 뱀, 커다란 원숭이, 거대한 박쥐 괴물들의 습격이 시작되었습니다! 적은 천이 넘는 엄청난 군세! 영웅, 코인은 이 마을, 파프라를 지켜낼 수 있을 것인가!"

어안이 벙벙한 주민들을 힐끗 보며, 카이 님은 두 팔을 벌리고 하늘을 향해 음유시인처럼 선언하였다.

──이렇게 파프라를 무대로 괴물이 주최한 이야기는 마지막 국면에 접어들었다.

***

정신이 드니 사이더 일행은 파프라 성문 앞에 있었다.

눈앞에는 시야를 가득 메운 마물 군세. 맹호가 달리고, 커다란 뱀이 땅을 휘젓고, 커다란 원숭이가 뛰어다니고, 거대한 박쥐가 하늘을 날고 있었다. 그리고 그 중심에는 호랑이의 몸에 뱀 꼬리, 등에 박쥐 날개를 달고, 원숭이 얼굴을 한 거대한 괴물이 유유히 이 마을을 침공하러 오고 있었다.

"으아……."

그야말로 지옥 같은 광경에 코인 멤버가 차례로 비명에 가까운 신음을 흘렸다. 그것도 그렇다. 이 숫자, 대충 세어도 천은 된다. 또한 지금도 땅을 울리며 행진하는 30메르쯤 되는 거대한 생물의 온몸에서는 여전히 호랑이, 뱀, 박쥐, 원숭이가 태어나고 있었다.

"저건 절대 못 이겨……."

완전히 동감이다. 저 많은 마물에 거대한 생물까지. 저것들의 토벌은 용사 파티와 사성 길드, 그리고 아멜리아 왕국 전군이 모두 달려들어 대처해야 한다. 어떻게 생각해도 '코인'만으로 토벌하기란 불가능하다.

"으아…… 으아아아아아아아악!!"

새된 비명을 지르며 코인 멤버 한 사람이 도망치려고 하였으나, 투명한 벽 같은 것에 가로막혀 엉덩방아를 찧었다.

"말도 안 돼! 벽이 있어!"

『적을 앞에 두고 도망은 허락 못 해.』

그때 머릿속에 울리는 카이 하이네만의 목소리.

"도망칠 수 없다고?"

떨리는 목소리로 반복하는 카바의 물음에 그는 대답했다.

『그래. 파프라 마을 주위는 안전을 위해 나의 부하에게 명령해서 특수한 방벽을 만들게 했어. 그 정도 허수아비들로는 흠집 하나 낼 수 없는 벽이니 저것을 토벌하지 못하면, 애초에 도망치는 것 자체가 불가능해.』

"허, 허튼짓 하지 마!"

『딱히 허튼짓은 아니야. 나는 매우 진지해. 너희가 선택할 것은 저것에게 승리하여 생존하느냐, 패배하여 죽느냐 중 하나. 어디 한번 애써봐.』

목소리를 높였지만, 이후 카이 하이네만의 말은 뚝 끊겼다.

"저런 것에 이길 수 있을 리가……."

털썩 주저앉아 절망하는 코인 멤버 중 한 사람.

"이, 이런 곳에서 죽을까 보냐!"

카바가 충혈된 눈으로 일어나며.

"카이 씨, 아니, 카이 님! 모든 것은 저 게디 백작과 파프라의 이장, 그리고 저기 사이더가 한 짓입니다. 저는 상관없어요! 저 혼자라도 좋습니다! 부디 구해 주십시오!"

그런 파렴치한 말을 내뱉었다.

"무슨 소리를 지껄이는 거야! 원래는 네가 계획한 일이잖아!"

"우릴 배반하다니!"

차례로 카바에게 욕설을 퍼붓는 멤버들. 사이더가 동료의 추태를 한심하게 지켜보는 사이, 하늘에서 고속으로 검은색 그림자가 지금도 꼴사납게 소리치는 카바의 뒤로 내려왔다.

그 자리에서 얼어붙은 멤버들. 카바도 소리치는 것을 멈추고 다른 멤버들의 시선을 따라 등 뒤를 돌아본 순간, 커다랗게 입을 벌리고 있는 거대한 박쥐와 시선이 마주쳤다.

"히이이아아악── 갸아아아아악!"

비명과 함께, 카바는 박쥐에게 머리부터 으득으득 씹혀 단말마를 끝으로 바로 목숨이 끊어지고 말았다.

"젠장!"

필사적이었다. 그저 필사적으로 자신의 '가시검'을 쥔 사이더가 포식하느라 정신이 없는 박쥐의 목을 베어냈다. 휘어진 칼날이 박쥐의 두꺼운 목에 파고들었다.

"우오오오오오옷!"

짐승처럼 포효하며 칼날에 마력을 주입했다. 칼날이 황금색으로 빛나며 목으로 깊게 들어갔다. 박쥐는 카바의 몸을 뱉고, 다시 입을 크게 벌렸다.

"그워억."

마력을 최대한 짜내어 '가시검'을 끝까지 밀어 넣었다. 거대한 박쥐의 목이 날아가며 '가시검'의 효과로 머리가 불타올랐다.

떨리는 무릎에 힘을 주어 '코인' 멤버들을 쭉 둘러보고──.

"우리도 죽일 수 있어! 진형 버전2다. 살아남자!"

아주 오래전에 잊어버린 말을 외쳤다.

"젠장!"

"그래, 한번 해보자!"

애써 분발하는 멤버를 보고, 사이더도 당장 코앞까지 다가온 괴물 무리를 향해 '가시검'을 들고 포효하며 절대적으로 불리한 싸움에 몸을 맡겼다.

얼마나 지났을까. 이미 사이더를 비롯한 '코인'은 수많은 괴물에게 포위당하고 말았다. 겨우 살아남은 멤버들도 만신창이가 되어, 큰 상처를 입지 않은 사람은 없다.

박쥐 하나에 고전했을 정도니 애초에 이만큼 버틴 것도 기적이다. 아니, 그 말도 틀렸나. 상대가 진심으로 이들을 죽이려고 하였다면, 순식간에 끝났을 터였다. 저 괴물들은 마치 코인 멤버들의 두려움을 즐기는 것처럼 조금씩 가지고 놀다 죽이려는 듯, 팀 동료를 한 명, 한 명 먹어치웠다. 그러나 그것도 이제 끝이다. 멤버들은 이미 한계에 다다랐다. 고작 검을 한 번 휘두르는 것이 마지막 저항일 것이다.

'어디서부터 잘못되었을까……'

신입 헌터였던 시절에는 확실히 돈도 명예도 없었다. 그러나 동료들과 왁자지껄 움직이는 것이 즐거웠고, 무엇보다 충실한 날을 보냈다. 하지만 이제 사이더는 명성과 돈을 얻는 것이 지상 과제가 되어, 수단을 가리지 않고 인류을 저버린 행위를 하는 것조차 꺼리지 않게 되고 말았다.

카바도 옛날부터 나쁜 짓만 하기는 했지만, 이번처럼 도적 흉내를 내는 짓은 절대 하지 않는 녀석이었다. 다른 '코인' 동료도 마찬가지다. 달라지고 만 것은 아마 그날, 용사 마시로 님에게 인정받고, 교활하고 비열한 왕자의 세력과 얽히기 시작했을 때부터다. 그로부터 고위 귀족과 용사에게 인정받은 자신들은 성무신 아레스에게 축복받은 선택된 존재이고, 다른 사람은 선택받은 자신들을 돋보이게 하기 위한 존재라 여기게 되었다. 그런 우스꽝스러운 환상에 사로잡혀 있었다.

그러나 비열한 행위가 모두 폭로되어, 사이더 일당은 이렇게 비참하게 끝장나기 직전이다. 성무신 아레스에게 축복받은 존재라면 이런 꼴사나운 사태는 일어나지 않았을 것이다. 즉, 모든 것은 망상에 지나지 않았다는 소리다.

지금이라면 카이 하이네만이 한 말이 어렴풋하게 이해가 된다. 사이더 일당이 내세운 이름은 영웅. 영웅이란 위기를 타파하는 존재. 강함만이라면 무예가나 마왕도 그 역할을 맡을 수 있다. 애초에 무예만으로는 부족했다. 무엇보다 소중하고, 영웅으로 인정받기 위한 조건은── 용기. 그것은 다른 사람을 위해 목숨을 걸고, 거대한 것과 맞서기 위해 자신의 내면에서 쥐어짜내는 것.

'이제 와서 깨달아도 너무 늦었어. 하지만──.'

그래도 한번 영웅을 칭하고 말았으니 사이더는 해내야만 한다.

폐에 공기를 집어넣기 위해 크게 들이마시고, 온 힘을 다해 외쳤다.

"얘들아! 기합을 넣어라! 이것은 우리 '코인'의 마지막을 장식할 최고의 무대다!"

"오!!"

동료들이 일제히 포효하는 소리를 들으며, 커다란 원숭이 괴물에게 '가시검'을 들고 돌진했다.

마력이 바닥을 드러내는 중이기 때문일까. '가시검'은 원숭이의 강철 같은 피부에 닿자 튕겨 나가고 말았다. 즐거움에 얼굴을 일그러뜨린 원숭이가 통나무 같은 오른팔을 휘두르려고 했다──.

사이더가 죽음을 각오한 바로 그 순간, 원숭이의 오른팔은 망토를 걸친 수인족 소년에 의해 쉽게 붙잡히고 말았다.

"그긱?!"

경악하여 눈을 크게 뜬 원숭이의 오른쪽 옆구리에 강하게 쥔 소년의 왼쪽 주먹이 꽂혔다. 원숭이의 몸이 장기를 흩뿌리고, 다른 마물까지 끌어들이며 나가떨어지고 말았다.

동시에 무수한 빛의 화살이 억수로 쏟아져 마물들의 머리를 고깃덩어리로 산산이 부쉈다.

"당신들에겐 불쾌한 마음밖에 없지만, 마지막엔 그나마 낫더라."

소년이 그렇게 말하는 사이, 주위에는 어느새 무장한 수인들이 각자 번쩍거리는 무기를 들고 서 있었다.

"너희들……은?"

"우리는 파프라의 수인의 피를 잇는 자. 착각하지 마. 구해주러 온 거 아니야. 당신들은 이 사건의 주범 중 하나로 벌을 받게 하려는 것뿐이야."

사이더의 물음에, 소년은 그 일당을 쳐다보지도 않고 지금도 포위하고 있는 마물 무리를 노려보며 대답했다.

"괜찮겠어? 저 녀석들은 너희의 가족과 동료를 노예상에게 팔려고 했는데?"

바로 돌아보자 카이 하이네만이 이국의 검을 들고 서 있었다.

마물들에게 포위당한 상황에서도 모두 카이 하이네만을 향해 무릎을 꿇고 머리를 숙이는 수인들.

예상대로 마물들이 공격했다.

당장 수인들을 물어뜯으려고 땅을 기어온 커다란 뱀, 도약하여 수인 소년에게 날카로운 손톱을 휘두르려고 하는 커다란 원숭이, 하늘에서 고속으로 활공하는 거대한 박쥐의 몸통이 어긋나더니 산산이 부서졌다.

'지, 지금, 무슨 짓을 한 거지?!'

전혀 움직임이 보이지 않았다. 그냥 수인들을 공격한 마물들이 순식간에 잘게 다져지고 말았다.

"조금만 기다려. 실컷 상대해줄 테니."

카이 하이네만이 조용히 힐끗 보며 말했을 뿐인데, 마치 가위에 눌린 것처럼 마물들의 움직임이 멈췄다.

카이 하이네만은 마물들의 습격에도 꿈쩍하지 않고 무릎을 꿇은 채로 있는 수인족들을 바라보더니, 크게 한숨을 쉬고 손을 흔들어 일어나라는 몸짓을 보였다.

수인족들이 일어나 자세를 바르게 하자, 곰 귀가 달린 수인 잘자르바가 한 걸음 앞으로 나섰다.

"미운 것이 본심입니다만, 여기서 죽게 내버려 두면 저희도 이 자들과 다를 바 없게 됩니다."

"그래. 그럼 이 녀석들의 처분은 헌터 길드에 맡길게."

"제멋대로 굴었음에도 받아주셔서 진심으로 감사드립니다."

일제히 머리를 깊숙이 숙이는 수인들에게 카이 하이네만은 오른손에 든 이국의 검을 어깨에 걸치며 미소를 지었다.

"그 가짜 영웅의 대리를 너희가 맡아. 나는 여기서 지켜볼게."

"가, 감사합니다."

새빨개진 얼굴로 엉엉 우는 수인들에게 카이 하이네만은 어색한 표정을 지었으나, 고개를 몇 번 가로젓고는 입꼬리를 올렸다.

"자, 제2라운드의 시작이야. 이건 너희가 파프라의 일원으로 인정받을 싸움. 전력을 다해 고향을 지켜내!"

또렷한 목소리가 수인들에게 과제를 주었다. 곧바로 짐승 같은 포효가 울리더니, 수인들이 엄청난 기세로 공격하기 시작했다.

***

로제마리 로트 아멜리아는 숙소에서 작전의 낭보를 기다리고 있었다.

'정말, 항상 제멋대로 군다니까요!'

결국 카이는 이 작전의 골자는 전혀 가르쳐주지 않았다. 마을을 습격한 도적은 괴물처럼 강해진 수인들에 의해 손쉽게 격퇴되었기에 당장 이 마을에 위험은 없다. 따라서 게디 백작과 코인은 책임지고 몰아넣을 테니, 여기서 얌전히 있으라는 카이의 지시에 내키지 않지만 따랐다.

카이 하이네만—— 친구인 레나 그로트의 소꿉친구이자, 세계에서 최약일 터인 소년. 계속 흥미는 있었기에 왕국의 사자로 인근 마을에서 열린 동쪽 대국 부토와의 밀담에 출석한 뒤, 카이를 만나러 성채 도시 라무르에 들렀다. 그리고 검성님에게 카이가 왕도로 향한다고 듣고, 그와의 동행을 요청했다.

행동을 함께했기에 안다. 그는 저 제국에 습격당한 밤까지는 틀림없이 왕국 기사들에게 괴롭힘을 당할 법한 약한 소년이었다. 그런데 그날 밤 이후, 모든 것이 완전히 달라졌다. 제국 육기장인 검제를 검술로 어린아이 취급하고, 역시 육기장인 '지고의 소환사' 엔즈가 소환한 정령왕 이프리트를 자신이 지닌 소환 아이템으로 소환한 마물로 압도했다. 무엇보다 벌레조차 죽이지 않았던 다정한 소년은 자신의 적인 다양한 존재를 분쇄하는 무자비한 인간으로 변모했다. 그러나 가끔 로제에게 보여주는 다정함은 레나에게 들은 카이 하이네만 그 자체라, 내용물이 완전히 다른 사람이 되었다고는 생각할 수 없었다.

저 짧은 시간에 그에게 무슨 일이 있었는지는 모른다. 하지만 한 가지 확실한 것은 결국 그는 근본적으로는 그인 상태로 머물고 있다는 것뿐이다.

'그러고 보니 아르놀트가 그때 카이가 많은 시간을 살았다고 말했었죠…….'

그러면 카이는 상당히 긴 세월을 살았고, 그 기억이 떠올랐다든가? 하지만 카이의 출생은 마리아에게 들었으므로, 틀림없이 로제와 그리 나이가 다르지 않은 소년일 것이다.

사고가 미궁에 빠지려는 순간, 숙소 문이 벌컥 열리며 짧게 콧수염을 기른 장신의 남자가 허겁지겁 들어왔다. 그는 존슨. 바르세의 길드 마스터가 보낸 조사부의 사람이다.

로제는 파프라의 일로 친분이 있던 바르세의 길드 마스터에게 밀서를 보냈다. 그랬더니 우연히 체류하던 존슨이 온 것이다.

"그렇게 다급한 얼굴로 무슨 일이——."

"로제 전하, 당신은 알고 계셨습니까?!"

"네? 알고 있다니, 무슨 말이죠?"

충혈된 눈으로 다가오는 존슨에게 의아한 목소리로 물었다.

"모르……시는군요. 그럼 카이는 독단으로 움직이고 있습니까?"

파랗게 질린 얼굴로 머리를 쥐어뜯는 존슨의 모습에 강렬한 한기를 느꼈다.

"자세히 말씀해 주시겠어요?"

존슨을 자리에 앉히고 안나에게 눈짓을 하자, 작게 고개를 끄덕이고 안에서 물병과 컵을 가져와 그의 앞에 따랐다.

"세, 세계 4대 마수 중 하나, 토우테츠의 봉인이 풀렸습니다."

컵에 든 물을 단숨에 들이켠 존슨이 목소리를 떨면서도 악몽처럼 이름을 밝혔다.

"토, 토우테츠?! 농담이죠?! 그건 시간의 용사조차 봉인하는 것이 고작이었던 전설의 괴물 아닌가요!"

그렇게 외치기는 했지만, 아스타의 의미심장한 말이 완전히 이어지며 온몸의 핏기가 슥 가시는 것이 느껴졌다.

아니, 아직 확정되지는 않았다. 아무리 비상식적인 카이라도 전설의 괴물을 이용하려고는 생각하지 않을 것이다.

"진실입니다. 카이가 '코인'을 억지로 밖으로 전이시켜 대응시키고 있습니다만, 오래 버티지는 못합니다!"

"당연해요! 정말 그것이 전설의 토우테츠라면, 용사님의 힘도 빌려서 맞서야 할 최대급 재앙입니다!"

"피해를 최소한으로 억눌러야 합니다. 아멜리아 왕국의 지원 요청을 부탁드려도 되겠습니까?"

"네, 즉시 폐하께 알려 지시를 내려달라고 해야겠어요. 그럼 왕국군이 도착할 때까지 이 도시 주민의 대피는 카이와 협력해서 실시하겠습니다. A랭크 헌터, 존슨 님과 올가 님도 협력을 부탁드리고 싶습니다만, 가능할까요?"

"물론입니다! 올가와 합류하는 대로, 즉시 전장으로 향해 가능한 한 놈들을 이 자리에 잡아두겠습니다!"

"그럼 저도 먼저 바르세에 있는 아르놀트에게 파발마를 띄울게요. 안나, 말을 준비해줘요!"

"앗, 네, 바로 가보겠습니다!"

안나가 밖으로 달려가려는 순간——.

"그럴 필요는 없다."

굵은 남자 목소리가 방에 울리더니, 어두운 안개가 끼면서 코가 긴 괴물이 모습을 드러냈다.

"아니, 이봐, 기리메칼라 형씨, 여긴 위대한 주인님의 명령을 받은 네메아 님께서 직접 이 여자애의 경호를 맡긴 이 고쿠 님이 있는 곳이야. 나서지 말라고, 앙?!"

갑자기 이족보행 하는 원숭이도 모습을 보이며, 긴 봉 끝을 코가 긴 괴물 기리메칼라를 향해 들며 목소리를 높였다.

"착각하지 마라. 너희 십이지의 방해를 할 생각은 전혀 없어. 로제 양에게 이것과 충고 하나를 전달하러 왔을 뿐이다."

기리메칼라가 어깨에 짊어진 녹색 머리를 길게 기른 검사풍 엘프 남성을 바닥에 내려놓았다.

"올가!"

올가에게 달려가는 존슨을 힐끗 보며, 기리메칼라가 양손을 짝 마주쳤다.

"헉?! 이곳은?"

올가가 용수철처럼 벌떡 일어나 주위를 확인하다 기리메칼라를 보고 숨을 들이켰다. 그리고 긴 봉을 든 원숭이를 보며 긴장한 표정을 지었다.

"로제…… 님, 저기——."

"존슨, 불경한 말을 해선 안 돼! 저분들은 우리가 감히 입에 담아도 될 분이 아니야!"

어쩐지 감정이 담기지 않은 존슨의 의문은, 올가의 필사적인 목소리에 가로막혔다.

불경한 말을 해선 안 된다? 올가는 자존심이 강하기로 유명한 엘프족이다. 실제로 바벨에서 로제의 클래스메이트였던 엘프도, 아무리 고위 정령이 상대라도 존댓말은 절대 쓰지 않았다.

그렇다면 기리메칼라는 더욱 고위의 존재인가? 아니, 카이가 기리메칼라는 마물이라고 했고, 다름 아닌 그 자신이 그의 말을 부정하지 않았다.

"흠, 우리를 막연하게나마 이해하는 낯짝인가. 역시 장이족은 어느 세계든 감이 좋군."

고쿠가 껄껄 웃더니 허리에 찬 술병 뚜껑을 열고 안에 든 새빨간 액체를 마시기 시작했다.

기리메칼라는 로제를 내려다보며 반론을 인정하지 않는 어조로 지시를 내렸다.

"이것은 우리가 모시는 신이 행하는 큰 축제. 쓸데없는 짓은 그만두어라."

"그래도, 상대는 토우테츠예요. 이대로 가면 이 마을, 아니, 인근 도시 전체가 파괴되고 맙니다."

토우테츠는 과거에 용사조차 쓰러뜨리지 못하고, 성무신 아레스의 힘을 빌려 봉인하는 것이 고작이었던 전설의 괴수다. 용사 마시로라도 오지 않으면 토벌은 불가능하다. 발을 묶는 것이 최선일 것이다.

"그런 걱정은 필요 없소."

건물 입구에는 아스타가 가녀린 허리에 손을 대고 서 있었다. 아스타는 분명 카이와 함께 있었을 텐데, 그럼 카이는 토우테츠를 토벌하러 나선 것일까?

"아스타, 마침 잘 왔어요. 여러분의 힘을 빌려 토우테츠를 제지——."

"그러니까 걱정은 필요 없다고 말했을 텐데."

아스타가 손가락을 딱 튕기자, 파프라 성문 앞의 풍경이 펼쳐졌다. 그곳에는 번쩍거리는 무기를 구사하여 마수들을 쓰러뜨리는, 카이가 훈련시킨 수인들의 모습이 비치고 있었다.

***

붉게 물든 망토를 착용한 시라의 모습이 흐릿해지더니, 호랑이, 뱀, 원숭이의 몸이 박살 나 사라졌다.

수인 살류파가 쏜 빛의 화살이 하늘을 활공하는 박쥐를 차례로 떨어뜨렸다.

너클을 장착한 수인 노파의 오른쪽 주먹에, 호랑이가 바닥을 몇 번이나 회전하며 다른 마물들과 함께 콰지직 찌부러졌다.

그리고 시라의 아버지 잘이 이끄는 최정예 열몇 명이 부상을 입으면서도 거대한 괴물 토우테츠를 상대로 호각이라고 표현할 수 있는 싸움을 펼치고 있었다.

"네 이놈! 벌레 주제에!"

토우테츠의 뱀 꼬리가 고속으로 다가왔지만 잘이 투명한 도끼로 막아내고, 대신 칠흑 같은 신발을 신은 자그마한 금발 수인 청년이 날라차기를 정통으로 먹였다.

"오오오오오오옷!"

토우테츠가 괴성을 지르며 빙글빙글 회전했다. 동시에 차례로 마법 창과 화살이 무수히 빗발쳤다.

온몸에서 피를 흘리며 고통에 절규하는 토우테츠에게 여전히 공격을 늦추지 않고 달려드는 수인들.

"이 정도로 일방적일 줄이야……."

지능이 낮은 허수아비들이라곤 해도, 저렇게 거대한 토우테츠가 있고 마수의 숫자도 엄청난데. 다소 고전할 것이라 예상했으나 시종일관 수인들이 우위를 점거하고 있었다. 자력으로는 토우테츠에게 미치지 못할 가능성이 크지만, 수인들은 미궁산 무기와 아이템을 자신의 수족처럼 능숙하게 사용하여 호각 이상의 싸움을 펼친 것이다.

"승부가 났군."

쓰러진 토우테츠에게 방심하지 않고 다가가는 수인들. 이제 빈사 상태이므로 마무리를 지으면 귀찮을 정도로 많은 다른 마수도 끝장날 것이다. 남은 것은 기리메칼라가 보고해준, 토우테츠 습격에 관여한 벌레의 구제뿐인데——.

"지르마! 도와줘!"

토우테츠가 귀에 거슬리는 소리를 질렀다.

"나 참, 이런 조무래기들을 상대로 한심하기는."

토우테츠의 그림자에서 무언가가 도약했다. 온몸에 문신을 새긴, 마른 몸에 선글라스를 낀 남자였다.

그림자에 숨는 술법인가. 토우테츠에게서 계속 새로운 마물이 만들어지는 탓에, 기척이 겹쳐 알아채지 못했다. 뭐, 알아채지 못할 정도로 약하다고도 할 수 있겠지만.

아무튼 이 녀석이 토우테츠를 유도한 벌레인가.

"어서 이 벌레들을 죽여!"

"싫어. 지금 저 수인들의 무기를 분석하느라 바빠. 네가 해."

남자는 새끼손가락으로 귀를 파며, 그 요청을 바로 거절했다.

"지르마, 네 이놈, 배반하는 거냐!"

"시끄러워 죽겠네! 좋아, 마침 잘됐어. 최근 유적에서 발굴한 장난감의 검증 실험에라도 써볼까. 너 같은 잔챙이에게 쓰기에는 조금 아까운 느낌도 들지만, 이번 일로 저 수인들의 무기가 다수 들어올 테니 괜찮아."

분노하는 토우테츠에게 선글라스를 낀 남자 지르마가 조소했다. 그리고 오른쪽 주머니에서 붉은 구체를 꺼내더니, 그것을 토우테츠의 이마에 대고 몇 마디를 중얼거렸다.

"뭐, 뭐냐, 이건?! 구웨에에엑……."

갑자기 붉은 구체에서 나타난 수많은 붉은 손 같은 것. 그것들이 일제히 토우테츠를 뒤덮어 둥글게 감싸더니, 공중에서 울퉁불퉁 형태를 바꾸기 시작했다.

"빙고! 역시 강화계인가. 뭐, 존재 자체가 변질된 것 같지마안."

지르마가 손뼉을 치며 토우테츠의 변질을 환영했다.

마치 부화하듯이 붉은 덩어리가 터지며, 안에서 무수한 입과 눈이 달린 지네 같은 생물이 기어 나왔다.

토우테츠가 만들어낸 주위의 마물도 역시 소형 지네 형태의 생물로 바뀌었다. 그리고——.

"끼이야아아아아아아아아아악!!"

생리적인 혐오감을 불러일으키는 높은 소리를 내기 시작했다. 겉보기에는 강해도 내용물은 그대로 약해빠진 것 같은데. 과연 수인들은 이것도 자기들끼리 토벌할 수 있을까?

지네의 꼬리가 바닥까지 길어지며 잘을 후려쳤다. 잘이 파프라의 성벽까지 날아가 격돌하더니, 피를 토하면서도 일어나려다가 그 자리에 쓰러지고 말았다.

"아빠!"

인면 지네가 땅으로 파고들어 아버지를 부르는 시라의 바로 앞에서 얼굴을 드러냈다.

"큭!"

지네는 순간 뒤로 물러나는 시라의 모습을 즐기는 듯했다. 땅에서 기어 나와 추격하더니, 끝이 커다란 입이 되어 시라를 머리부터 삼키려고 했다.

둘 다 제대로 반응하지 못하고 있다. 아무래도 여기까진가. 나는 땅을 박차고 시라를 오른팔로 안으며, 당장이라도 시라를 통째로 삼키려던 지네의 목덜미 같은 곳을 왼손으로 거머쥐었다.

"뭐야? 넌?"

지르마의 질문에는 대답도 하지 않고, 나는 크게 숨을 들이마시며 명령을 내렸다.

"네메아, 네 결계 안으로 모두 대피시키고 치료해! 저 녀석들은 내가 처리한다!"

"알겠습니다!"

갑자기 파프라 성문 앞에 있던 수인들과 그들을 관전하던 '코인'의 모습이 사라졌다.

"쳇! 전부 없어지다니. 놈들이 지닌 무기는 상당한 값어치가 있는 거였다고. 방금 그거, 네가 한 건가?"

"…………."

"뭐, 좋아. 널 고문해서 다시 놈들을 이 자리로 불러내면 되니까. 야, 토우테츠, 저 주제도 모르는 녀석을 포위해."

대답하지 않는 나를 보며, 지르마가 지시를 내렸다. 곧바로 나를 포위하는 천이 넘는 인면 지네들.

"불쾌하네."

입에서 나온 것은 지금 나의 솔직한 감정이다.

"엉?"

"이건 이 마을의 수인들이 자신의 고향 파프라와 동료인 그 주민들을 지키기 위해 일어난 이야기다. 이 축제의 의의는 그들 스스로 저 허수아비를 토벌하는 데에 있었어. 나나 너 같은 외부인이 직접 나서도 될 일이 아니었다고."

"엥? 너, 무슨 소릴 지껄이는 거야?"

지르마가 한쪽 눈을 가늘게 뜨고 물었다.

"네가 쓸데없는 짓을 한 탓에 내가 저걸 없애야 하는 상황이라는 뜻이다."

그러면 수인들의 용기와 결의는 물거품이 된다. 어째서일까. 지금 나는 그것이 너무나 참을 수 없이 아쉽다.

"너처럼 나약해 보이는 꼬마가 나의 걸작을 죽인다고? 그거 재미있는 농담인데."

"허수아비는 아무리 강화해도 허수아비. 그런 것을 걸작이라고 말한 시점에 너의 수준은 정해졌어. 상대해줄 테니 어서 덤벼라."

껄껄 소리를 내며 바보 취급을 하듯 웃는 지르마를 손을 까딱까딱 움직여 도발했다. 지르마의 이마에 굵은 핏대가 툭툭 튀어나왔다.

"하! 약해빠진 놈이 허세 부리지 말라고! 분신들, 일제히 저 자식을 먹어치워라!"

토우테츠의 분신체인 천이 넘는 인면 지네들이 일제히 나를 포위해 공격했다. 나는 허리에 찬 라이키리의 칼집을 왼손에 쥐고, 오른손은 자루를 살짝 쥐었다. 그리고 중심을 낮추고──.

"진계류 검술, 제2형── 전광석화."

언령과 함께 칼을 뽑았다.

허공에 몇 개의 빛줄기가 그어진 뒤, 나는 토우테츠의 본체인 거대한 인면 지네의 발밑에 있었다.

"뭐라고?! 어, 어느 틈에! 저 녀석을 물어뜯어!"

토우테츠와 함께 지르마가 뒤로 물러나 다시 나를 죽이라고 명령하였지만, 지네들은 그 자리에서 미동도 하지 않는다.

"왜 그러는 거냐! 어서 저 녀석을 잡아먹으라니까!"

"소용없어. 이미 다 죽었거든."

내가 라이키리의 칼집을 바닥에 꽂아 세우자, 천이 넘는 토우테츠의 분신들이 무수한 고깃덩어리가 되어 조각조각 떨어졌다.

"엥?"

초록색 액체와 살점이 폭우처럼 바닥에 흩뿌려지는 가운데, 지르마가 얼빠진 소리를 질렀다.

"얼빠진 와중에 미안하지만 넌 나를 진심으로 불쾌하게 만들

었다. 이 정도로 불쾌하게 한 바보에게 내가 자비를 베풀 거라고는 절대 기대하지 마라."

라이키리를 들고 칼끝을 지르마에게 향하며 말했다. 순식간에 지르마는 폭포처럼 땀을 줄줄 흘리며, 긴장한 표정을 지었다.

"지르마의 이름으로 명한다. 토우테츠, 죽을 때까지 도핑! 전력으로 저 녀석을 막아!"

갑자기 지르마가 토우테츠로부터 휙 뛰어내리더니, 그런 비명 섞인 말을 내뱉고 등을 돌려 달려가기 시작했다.

본체인 토우테츠의 온몸에 굵은 혈관이 튀어나오며, 몸이 새빨갛게 물들어 몇 배나 부풀더니 나를 공격했다. 일단 강화책이겠지만, 전혀 강해진 느낌이 없다. 그보다 어디가 달라진 거지?

"시시하네."

나는 그렇게 불평하고.

"진계류 검술, 제1형── 사선."

나에게 가장 기본적이며 숨쉬기 같은 기술을 사용했다.

토우테츠 본체의 온몸에 무수한 선이 생겼다. 그것들이 다시 몇 배로 뻗어 나가며, 그 몸은 잘게 다져진 고기가 되어 땅으로 철퍽 떨어졌다.

지르마라는 멍청이는 나를 진심으로 불쾌하게 만들었다. 지금 나는 그런 녀석을 그저 가만히 보내줄 만큼 관대하지 않다. 철저하게 끝내겠다.

"자, 얘들아, 사냥 시간이다. 끝까지 쫓아라! 단, 저 녀석은 내 사냥감이니까 절대 죽이지 마!"

그렇게 외치고, 나도 사냥감을 쫓기 위해 달렸다.

***

온몸에 문신을 새긴 마른 몸에 선글라스를 낀 남자 지르마는 저 애쉬그레이 머리의 남자로부터 도망치기 위해 산속으로 온 힘을 다해 달려갔다.

"말도 안 돼! 왜 이런 약해빠진 잔챙이밖에 없는 장소에 저런 괴물이 있는 거야!"

토우테츠에게 쓴 '패혼의 구슬'은 생물의 강제 진화를 촉진하는 초레어 아이템이며, 그 효과는 예상보다 더 강했다. 만약 적이었다면 지르마라도 다소 고전할 정도의 힘이 변화한 토우테츠에게는 있었다. 그럴 터인데, 그 남자는 마치 벌레라도 짓밟는 듯이 쓰러뜨리고 말았다.

아니, 강하기만 한 게 아니다. 저만한 힘이 있으면 토우테츠 따위는 순식간에 죽였을 터인데, 놈은 수인들에게 토우테츠를 토벌시키려고 했다.

저 수인들로는 본래 토우테츠에게 이길 수 없다. 확실히 그들의 무술은 제법 수준이 있었으나 인간의 영역을 벗어나지는 못했다. 그럼에도 저 수인들이 그만큼 일방적으로 토우테츠를 몰아넣은 건 그들이 그 엄청난 기능을 지닌 무구와 아이템을 자신의 수족처럼 부렸기 때문이다. 얼핏 보아도 모두 전설급 무구. 온갖 조직이 어떠한 수단을 써서라도 얻으려고 할 정도의 국보급 가치가 있었다.

상황을 보면, 저 애쉬그레이 머리의 남자가 저 전설 무구를 수인들에게 주어 토우테츠와 싸우게 한 듯하다. 겨우 한 개라도 전쟁의 발단이 될 만한 전설 무구와 아이템을 다수 소지한 것 자체가 충분히 이질적이지만, 그것을 수인족에게 주어 싸우게 한 이유는 분명 녀석의 입에서 나온 '이야기'라는 말에 있을 것이다. 아마 그는 토우테츠 습격을 이용하여 일종의 놀이를 하려고 했던 듯하다. 그 남자에게는 전설 무기도 그 놀이를 위한 장난감에 지나지 않는다. 재미로 전설 무기를 하찮은 녀석들에게 장비시켜서, 전설의 괴물을 토벌시키려는 것이다. 그것은 더 이상 평범한 인간의 발상이 아니다. 그것은 내면마저도 지르마 같은 '흉'의 멤버에 가깝다. 즉, 그는 '흉' 멤버와 마찬가지로 타고난 괴물이라는 뜻이다.

같은 '흉' 클래스의 괴물에게 정면으로 대적할 만큼 지르마는 자의식 과잉의 바보가 아니다. 다른 멤버를 긴급 소집하여 전력으로 저 괴물을 섬멸해야 한다.

'이건 안개인가?'

어느새 주위는 짙은 안개가 깔려 있었다. 그보다 지금 어디로 가는 중이지? 이런 알기 쉬운 지형에서 지르마가 길을 잃다니 있을 수 없는 일이다. 한마디로 이 안개는 평범하지 않다는 뜻이다.

자연히 발이 멈췄다. 그야 그렇다. 무수한 기척이 지르마를 둥글게 포위하고 있었기 때문이다. 게다가 그 기척 하나하나에

아까부터 소름이 끼쳐서 떨림이 멈추지 않는다.

서서히 그 기적의 주인들이 모습을 드러냈다. 인간 형태의 흰색 덩어리, 여덟 개의 눈을 지닌 괴물, 온몸이 검은 두루뭉술한 형태의 괴물까지. 그 밖에 다양한 이형이 공중에서, 나뭇가지 위에서, 나무 사이에서 지르마를 노려보고 있었다.

'어, 어떻게 이럴 수가! 이 녀석들, 진짜 괴물이잖아!'

이형들의 강함이 어느 정도인지 지르마에게는 보이지 않는다. 이런 것은 '흉'의 리더인 '대장'과 처음 만났을 때나 경험한 일이다.

"사냥감 유도, 수고했어."

이국의 검을 어깨에 걸친 채 애쉬그레이 머리의 남자가 멀리서 걸어오자, 이형들이 일제히 허공에서, 나뭇가지 위에서, 땅에서 절을 했다.

더는 의심할 여지가 없다. 괴물들의 보스는 바로 저 남자다.

"항복이야. 더는 너에게 저항하지 않겠어."

두 손을 들고 온순한 태도를 취했지만 물론 연기다. 이런 부류의 괴물이 온화한 제안을 받아들일 거라고는 꿈에도 생각하지 않기에 이건 어디까지나 비장의 무기를 쓸 때를 위한 시간 벌기다. 지르마도 본래 모습으로 돌아간 다음 '패혼의 구슬'을 사용하면, 분명 이 괴물들에게 필적할 수 있을 것이다.

아까 실험으로 '패혼의 구슬'의 성질은 파악했다. 그냥 쓰기만 할 뿐이라면 이성이 날아간다. 그러나 자신이 바라는 대로 마력이나 물리적 현상을 일으킬 수 있는 지르마의 능력, '언령'을 사용하면 그 결점을 극복하면서 진화할 수 있다.

저들이 눈치채지 못하도록 주머니에서 '패혼의 구슬'을 꺼냈을 때——.

"연기는 됐어. 그게 네 비장의 무기지? 어서 써."

애쉬그레이 머리의 남자가 얼음처럼 차갑게 말하여 심장이 덜컥 내려앉았다. 지르마의 의도조차 알아챘는가. 역시 이 괴물은 여러 의미로 너무 위험하다.

"괜찮겠나? 내가 이걸 쓰면 너를 뛰어넘을지도 모르는데?"

이 녀석이 '흉'의 대장과 같은 인종이라면, 분명 이 도발이 가장 효과적이다.

예상대로 그는 지르마를 잠시 응시하였으나, 이국의 검을 그에게 향하며 강한 어조로 명령한다.

"다시 한번 말하지. 어서 비장의 무기를 써. 만약 변모한 너에게서 내가 조금이라도 가치를 발견한다면, 이 분노를 가라앉히고 편하게 죽여줄 테니!"

"처음부터 그럴 생각이었어!"

모 아니면 도인 도박이다. 그러나 혹시 성공한다면, 지르마는 저 '흉'의 대장마저 뛰어넘는 초생물이 되어 이 세상에서 적수를 찾을 수 없게 되리라.

배에 힘을 넣고 중심을 낮춘 다음, 자신의 온몸에 해둔 봉인을 풀면서 오른손에 쥔 '패혼의 구슬'에 마력을 주입했다.

"지르마에게 명한다. 이성을 최대한 유지하라!"

온 힘을 다한 언령. 그 순간, 붉은 구슬이 지르마의 가슴으로 빨려 들어갔다.

***

마른 남자의 온몸에 새겨진 문신이 붉게 빛났다. 동시에 그의 가슴에서 무수한 붉은 손 같은 것이 나와 몸을 뒤덮었다.

살이 으스러지고 뼈가 부러지는 소리가 나더니, 붉은 구체에서 긴 칼날로 만들어진 네 개의 팔에 기이한 가면을 쓰고 빨간색 옷을 입은 남자가 기어 나왔다.

"훌륭해애애애! 이 넘치는 힘! 이거라면 네놈 따위 더는 무섭지 않아! 아니, 그 대장도 지금 이 나에게는 대적하지 못해! 나는 드디어 최강의 생물이 된 거야!"

우스꽝스럽게 외치는 지르마를 보며, 나는 내면에서 솟구치는 불쾌함에 깊은 한숨을 내쉬었다.

기리메칼라에게 토우테츠라는 괴물을 파프라 마을로 유인시킨 자가 있다는 말은 들었기에 물론 이 케이스도 예상해두었다. 그러나 예상했음에도, 이렇게 실제로 수인족의 용기와 결의가 짓밟히고 나니 끓어오르는 분노를 참을 수가 없다. 이제 나에게는 이 녀석을 곱게 보내줄 마음이 완전히 사라지고 말았다.

그럼에도 혹시 이자가 전투에서 나를 신음하게 할 만한 퍼포먼스를 보여준다면, 그때는 편하게 없애주기로 마음먹었다. 그것이 지금 내가 베풀 수 있는 가장 큰 자비다.

뭐, 그리 기대하지는 않는다. 이 녀석은 저 토우테츠와 마찬가지로 날벌레 정도 같은 느낌밖에 없기 때문이다.

"자꾸 쫑알거리지 말고 어서 덤벼. 나도 한가하진 않아."

"흥! 네 그 잘난 입이 언제까지 떠들어댈 수 있을지 보자! 나, 지르마가 명한다. 오른팔을 쳐내라!"

마력의 파도가 나에게 달려들었다. 아마 저것이 그의 능력일 것이다. 소용없겠지만. 나는 그 마력의 파도를 '라이키리'로 절단했다.

"아무렇지도 않은데."

"마, 말도 안 돼! 쳐내라! 부서져라! 찢어져라! 찌부러져라!"

다시 나를 공격하려는 마력의 파도를 라이키리로 흔적도 없이 날려버렸다.

"어, 어째서, 내 언령이 안 통하는 거냐!"

눈에 띄게 동요한 모습을 보니, 이 조잡한 술법이 정말 비장의 무기였던 모양이다.

"어리석은 녀석."

나는 지금도 당황하여 언령을 연발하는 그의 뒤로 도약하여 네 개의 팔을 모두 절단했다.

절규하는 지르마의 머리를 덥석 잡은 뒤, 그에게 얼굴을 가까이했다.

"나 참…… 그런 한심한 술법이 네 비장의 무기였을 줄이야."

"나의 '언령'을 한심한 술법이라고——."

고통에 몸부림을 치면서도 시끄럽게 떠드는 지르마를 아무렇게나 내던졌다. 그 몸이 나무를 쓰러뜨리며 일직선으로 날아가, 멀리 있는 절벽과 충돌하며 거대한 크레이터를 만들었다.

"아윽⋯⋯."

"이미 죽기 직전인가⋯⋯."

역시 이 녀석은 약자만 괴롭히며 죽이는 가치 없는 쓰레기다. 예정대로 이 세상의 지옥을 보여주어야겠다.

"벨제!"

"여기 있습니당."

나의 그림자에서 나타나 인사하는 파리남.

"저것한테서 목적, 배후 관계를 모두 캐내. 그다음엔 너의 방식에 따라 끔찍한 지옥을 보여줘."

"알겠습니당."

파리남은 기쁜 얼굴로 키샤키샤 외치더니 검은색 안개가 되어 녀석이 만든 크레이터로 가버렸다. 나는 지금도 가라앉지 않은 분노를 얼버무리듯이 고개를 몇 번 가로젓고, 모두를 쭉 둘러보았다.

"다들 수고했어! 나중에 연회라도 열자!"

격려의 말에 기리메칼라파의 마물들이 소리를 질렀다. 환희에 찬 포효가 밤하늘에 울렸고, 나는 파프와 로제가 기다리는 숙소로 향했다.

***

──파프라의 숙소 플라하자의 1층 로비.

아스타가 투영한 영상이 끝났다.

"너무 비상식적이야……."

로제마리 로트 아멜리아는 흐르는 땀을 닦으며 그렇게 말했다.

카이에 대해서는 이제 놀라지 않기로 결심했다. 그러나 아스타가 보여준 영상은 그런 로제의 결심을 완벽하게 파괴하는 것이었다.

카이가 세운 계획은 수인들만으로 토우테츠를 토벌하는 것이었다. 토우테츠는 세계 4대 마수 중 하나로 꼽히므로, 역대 최강이라고도 일컬어지는 용사님이더라도 성무신 아레스의 힘을 빌려 봉인하는 것이 고작이었던 전설의 마수다. 그 강함은 상상할 수도 없다. 현재 강하기로 유명한 헌터 존슨과 올가는 시종일관 창백한 얼굴로 수인들의 싸움을 바라보고 있었다.

본래는 토우테츠의 승리가 확실하다. 그런데 파프라의 수인들은 끊임없이 호각 이상으로 싸우다 결국 토우테츠 토벌을 해내기 직전까지 몰아넣었다. 그때 온몸에 문신을 새긴 마른 몸의 남자가 나타나 토우테츠와 그 분신을 입과 눈이 여러 개 달린 지네 같은 괴물로 바꿔버렸다.

그 지네의 일격에 잘이 죽기 직전의 중상을 입었고, 시라도 먹힐 뻔했다. 그리고, 그 압도적인 강자와 천이 넘는 지네 괴물을 카이가 순식간에 섬멸하였다.

"아스타, 저 지네 분신과 변신 전 토우테츠의 본체, 어느 쪽이 강합니까?"

"물론 지네 쪽이오."

아스타의 대답에 자꾸 표정이 굳으려는 것을 막을 수가 없다.

그렇다면 말이다. 카이는 전설의 마수 수천을 순식간에 없앨 만한 힘을 지녔다는 뜻이 된다. 인간의 범주를 뛰어넘었다고도 할 수 있다.

"카이가 저렇게 강했습니까?"

"뭘 이제 와서. 저 정도 시시한 마물 따위, 그 악질적인 도감의 자들이라면 누구나 쓰러뜨릴 수 있는 수준이오. 최강인 마스터라면 더욱 그렇지."

경악할 말이다. 그러나 기리메칼라가 국왕 폐하께 알릴 필요가 없다고 말한 것도 이해가 간다. 확실히 카이 한 명만 있으면 왕국 정부군은 필요 없다.

이미 기리메칼라는 이 자리에서 모습을 감췄고, 고쿠도 호위로 돌아갔는지 아까부터 어디에도 모습이 보이지 않았다.

"로제 전하, 잠시 시간을 내주실 수 있겠습니까?"

확연히 꾸며낸 미소를 지으며 존슨이 말을 꺼냈다.

"역시 카이 때문이겠죠?"

"그 외에 다른 것이 있겠습니까?"

존슨의 미소가 30퍼센트 더 커졌고, 옆의 올가도 조용히 압력을 가하였다.

"그렇겠죠."

붙임성 있게 웃어두었다. 뭐, 물어보더라도 카이에 관해서는 모르는 것투성이라 대답할 말이 없기도 하지만.

그래도 로제에게 조용히 의논을 요청하는 것으로 보아, 그들은 카이라는 존재를 세계에서 감추는 길을 선택한 모양이다. 아무래도 그 이유는 각자 다른 듯하지만.

그때 눈을 꿈뻑거리며 파프가 1층으로 내려오더니, 로제의 치맛자락을 잡고 물었다.

"저기, 로제, 주인님은 어디 있어요?"

"카이는 잠시 일이 있어서 외출했어. 괜찮아, 곧 돌아올 거란다. 우리와 함께 맛있는 과자라도 먹으며 기다리자꾸나."

"와아, 과자예요!"

졸려 보이던 눈을 금세 뜨며 신나는 얼굴로 파프가 오른쪽 주먹을 쳐들었다. 그런 파프의 모습에 저절로 흐뭇한 표정을 지으며, 그 작은 왼손을 잡았다.

"그럼 차를 준비할 테니 도와주렴."

"알겠어요!"

웃으며 부탁하자 다시 힘차게 주먹을 쳐드는 파프.

"로제 님, 저도 돕겠습니다."

말도 안 되는 광경에 지금까지 넋이 나가 있던 안나도 그제야 각성하여 로제를 도우려고 나섰다.

"그래. 부탁할게요."

로제는 파프와 안나를 데리고 차를 준비하러 숙소 주방으로 향했다.

***

바닥에 흩어진 장기에 벽에 들러붙은 살점, 새빨간 페인트처럼 튄 피. 커다란 저택 내부에는 죽음이 넘쳐흘렀다.

　방 중심에 놓인 의자에 앉아 있던 흰색 슈트에 페도라를 쓴 외눈 남자가, 읽던 책을 탁 덮고 짧게 선언했다.

　"지르마가 죽었다."

　"아니, 대장, 그게 사실이야?"

　터번을 두른 장신의 미청년이 눈을 크게 뜨고 물었다.

　"그래, 이 세상에서 지르마의 기척이 사라졌어. 일단 그건 확실해."

　흰색 슈트를 입은 남자가 아무런 감정이 담기지 않은 목소리로 단언했다.

　"그럼 지르마를 죽일 수 있는 녀석이 여기 있다는 말이야?"

　"그 외에는 다른 가능성이 없겠지."

　남자가 일어나 처참한 꼴이 된 방과 여기서 쉬는 다섯 명의 남녀를 둘러보았다.

　"다음 일이 정해졌다. 죽이러 가자."

　담담한 지시에 반응이 돌아왔다.

　"그래도 일이 아직 어중간한데? 괜찮겠어?"

　"지금부터 의뢰주까지 죽일 테니 괜찮아."

　"몽땅 죽이는 건가. 좋아, 그렇게 나와야지!"

　터번을 두른 미청년도 환호하며 의자에서 일어났다.

　"우리 '흉'에 패배는 용납되지 않는다. 상대가 어디의 누구든!"

　흰색 슈트를 입은 남자가 물어뜯을 기세로 외치고 잠시 말을 멈추었다. 그리고——.

"이 내가 허락한다. 한 마리도 남기지 말고 모두 죽여라!"

저택 안에 울리도록 목소리를 높이고, 출구를 향해 걸음을 옮겼다.

짐승 같은 포효와 함께 최악의 전투 집단 '흉'이 움직이기 시작했다.

에필로그

그 사건으로부터 몇 주일이 지났다.

무엇을 했는지는 모르지만, 게디 백작은 기리메칼라파를 화나게 했는지 노룬에 의해 늘어난 시간 속에서 길고 괴로운 악몽의 여행을 떠났다. 그 결과, 백작은 해방된 뒤 실로 순종적으로 모든 것을 토해주었다. 덕분에 백작과 함께 이장과 그에 협력한 몇 명의 관계자가 포박되었다. 아마 극형은 면하지 못할 것이다.

반면 '코인'과 '패러자이트'는 헌터 길드에 넘겨졌다. '코인'은 헌터이면서 노예상에게 무고한 수인들을 팔아넘기려고 했다. 본래 극형은 확실하지만, 본인들이 진심으로 뉘우친 듯 모든 것을 자백하고 헌터 길드의 지시에 따르겠다고 했다. 지금까지 '코인'의 실적을 보아, 사형만은 면할 것 같다고 존슨이 말해주었다.

또한, '패러자이트'는 헌터 길드의 뒤에서 더러운 업무에 쓰일 예정이라고 한다. 뭐, 관리하는 쪽은 중립조직인 헌터 길드고, 녀석들도 지금은 기리메칼라에게 순종적인 병사다. 이용하기에는 딱 좋을지도 모른다.

파프라에 대해서는 방해꾼 탓에 토우테츠를 수인들이 토벌하지 못했기에 미션 실패도 각오하였으나, 뜻밖에도 수인들은 파프라의 인간족에게 받아들여진 모양이다. 그 증거로 이번 사건으로 포박된 파프라의 이장 대신, 첫 수인족과 인간족의 혼혈인 살류파가 이장이 되었다. 로제의 제안으로 유력한 인물을 주민이 투표하여 선출한 결과다. 여성이고 심지어 수인족의 피가 섞인 이장은 처음이었으나, 융화의 상징으로서 압도적 다수로 선출되었다고 한다.

참고로, 그만큼 멋대로 행동했으니 존슨에게 쓴소리 정도는 들을 줄 알았으나 아무런 책망도 받지 않았다.

특히 올가에게 토우테츠 건으로 이런저런 질문을 받지 않을까 내심 각오하고 있었다. 그러나 무슨 연유인지 올가는 그 건에 대해 아무것도 묻지 않고, 다만 마리아를 걱정시키지 말라며 무서울 만큼 환하게 웃는 얼굴로 강조했다. 그건 일종의 협박이겠지. 아무튼 그 사람은 나에게도 특별하며 거스를 수 없다는 의미에서는 어머니와 마찬가지로 어려운 분이다. 그의 앞에서는 되도록 얌전히 있는 것이 좋을지도 모른다.

그리고 드디어 아르놀트가 파프라로 돌아와, 그제야 우리도 대기 명령이 해제되어 바르세로 향하게 되었다.

마차 앞에서 파프라의 수인들이 대열을 짜고, 뒤꿈치를 딱 붙이며 가슴에 오른손을 댔다. 그리고.

"카이 님! 언젠가 꼭 다시 이 마을에 와주십시오!"

그렇게 외치더니 깊숙이 머리를 숙였다. 또 이러네……. 네메아가 무슨 말을 했는지 모르지만, 나는 그들에게 이런 거창한 대접을 받고 있다.

"그래, 너희도 잘 지내. 계속 저항하다 보면 분명 보답을 받을 거야."

울음을 터뜨리는 사람도 있는 와중에 나는 그들을 축복하는 말을 남기고 마차에 올라탔다.

"뭐야?"

미소를 지으며 나의 옆얼굴을 들여다보는 로제에게 그 의도를 물었다. 항상 귀찮고 뜬금없는 행동을 하는 여자기는 하지만, 이런 기괴한 태도를 보이면 신경 쓰인다.

"아니요, 당신이 저의 로열가드가 되어 다행이라고 생각했을 뿐이에요."

"아니, 임시라고 몇 번이나 말했을 텐데!"

적임자를 발견하면 나는 여행을 떠난다. 그것은 확정된 사항이다.

"네, 네. 하지만 당신은 제가 저로 있는 한, 쭉 곁에 있어 줄 거예요. 그런 느낌이 들어요."

로제는 그런 말도 안 되는 소리를 입에 담았다.

밤에 바르세에 도착하여 숙소로 직행했다. 방 침대에 파프를 눕히고 작은 머리를 쓰다듬자, 금세 깊은 잠에 빠졌다.

나는 바깥 공기를 쐬기 위해 인적이 없는 광장으로 나갔다. 마차 안에서 들은 로제의 말을 잠시 혼자 생각해보고 싶었다.

나는 자신을 파악하지 못할 만큼 젊지는 않다. 어떤 이유가 있든, 자신이 좋다고 생각하지 않으면 로열가드 따위는 단호하게 거절했을 터였다. 특히 이번 왕위 계승전처럼 귀찮기 짝이 없는 사태라면 더욱 그렇다. 아무리 로제가 미숙하고 위태롭더라도,

그 정도 일로 지금 내가 힘을 빌려줄 정도로 마음이 움직였다고는 생각할 수 없다. 그런데 나는 로제의 로열가드를 조건부라고는 해도 받아들였고, 지금도 계속하고 있다. 새삼 생각해보니 너무 이상하다.

레나 일도 그렇다. 레나가 위험하다면 그녀와 가족을 보호하여 다른 나라에라도 망명하면 된다. 이 세상은 강자와 약자의 차이가 너무 심하다. 지금의 나라면 분명 그것이 가능하다. 그런데 그것을 할 마음이 일어나지 않는 까닭은——.

"내가 그 애에게 적잖이 집착하고 있는 건가?"

인정하고 싶지 않지만, 로제의 말대로 그녀에 대한 집착은 분명 있다. 이것도 과거의 카이 하이네만의 마음일 것이다. 변질되었다고 해도, 기억은 확실히 받아들였다. 마음이란 많은 기억과 경험에서 생기는 순수하고 강렬한 충동이다. 어쩌면 로제에게 힘을 빌려주는 것은 과거의 카이 하이네만이 바란 미래이며, 지금 나에게 부여된 과제일지도 모른다. 뭐, 어느 쪽이든 나는 카이 하이네만. 그것은 변함없다.

"뭐, 딱히 할 일도 없으니까. 로제에게 새로운 로열가드를 찾아주자. 그때까지는 이 재미없는 연기에 어울려주겠어."

그렇게 소리 내어 되새기고 나니 아주 순순히 자신을 납득시킬 수 있었다.

나는 제멋대로다. 자신만 납득하면 나머지는 아무래도 좋다.

"마스터!"

갑자기 나의 정수리에 느껴지는 가벼운 무게. 두 손으로 안자, 눈처럼 새하얀 털을 지닌 새끼 늑대가 동그란 눈으로 바라보며 꼬리를 붕붕 흔들었다.

"흠, 펜. 심심해?"

"서방님!"

머리를 살며시 쓰다듬는 사이, 갑자기 눈앞에 나타난 구미가 나를 끌어안으며 슬라임들이 나의 주위를 맴돌았다.

"너희도 챙겨주지 못해 미안해."

그렇다. 과거의 기억을 되찾아도, 나는 무엇 하나 변하지 않았다. 이 세계에서 이 녀석들과 함께 원하는 대로 살겠다. 그리고 나의 목적을 방해하는 것이 있다면, 철저하게 파괴하겠다. 그것뿐이다.

**

──아멜리아 왕국 수도── 아람가르드.

검은색에 빨간색이 살짝 섞인 머리를 허리까지 기른 사랑스러운 소녀 레나는 호화롭게 장식된 금속 문을 힘차게 열고 안으로 들어갔다.

"키스, 로제는 무사하대?!"

남색 로브를 걸치고 푸른색의 긴 머리를 뒤로 묶은 소년 키스가 다짜고짜 들어온 질문에 대답했다.

"그래, 괜찮다고 하니까 안심해."

"저, 정말?!"

"호위로 따라간 왕국 기사장 아르놀트 님께 받은 보고라고 하니까 틀림없을 거야."

"다행이다."

안도하는 표정으로 바닥에 털썩 주저앉는 레나에게 키스는 쓴웃음을 보였으나, 곧 엄숙한 표정을 지었다.

"저기, 레나, 지금부터 하는 말을 침착하게 잘 들어."

그것은 달래는 듯한 온화한 어조의 주의였다.

"응? 무슨 일인데?"

의아한 얼굴로 고개를 갸웃하는 레나.

"아무래도 습격받은 로제 전하의 일행 중에 카이가 섞여 있었다고 해."

"어? 어? 엥?! 뭐라고——?!"

금세 레나의 얼굴에서 핏기가 가시더니, 키스의 멱살을 잡고 앞뒤로 흔들며 간절한 눈으로 물었다.

"키스, 카 군은 괜찮아?!"

"걱정하지 말라니까. 카이는 무사해."

"정말? 정말로 카 군은 멀쩡해?!"

레나의 집요한 물음에 키스는 크게 고개를 끄덕이고, 강한 어조로 말했다.

"카이는 지금, 로제 전하와 바르세에 머물고 있는 것 같아."

레나는 잠시 불안한 표정으로 키스의 안색을 살폈으나, 겨우 진실이라 이해했는지 크게 숨을 내쉬었다. 그리고——.

"하지만 왜 로제와 카 군이 같이 있을까?"

소박한 질문을 입에 담았다.

"글쎄. 전하니까. 우리에게 카이의 이야기를 듣고 실제로 만나고 싶어진 것 아닐까?"

"에이, 로제도 참, 카 군이랑 만날 거면 레나에게도 미리 말해 주지."

"너에게 말하면 따라간다고 떼를 썼을 테니까."

"아니거든! 그래도 뭐, 괜찮아. 어디로 가면 카 군을 만날 수 있는지 알아냈으니까."

키스는 아연실색한 얼굴로 그 말을 한 레나를 가만히 쳐다보았다.

"너, 지금 네 처지를 알아?! 지금 네가 바르세로 가면――."

"괜찮아, 변장하고 갈 테니까!"

"아니, 그런 문제가 아니라――."

"괜찮아, 괜찮아. 키스도 가야 해. 레나, 먼저 바르세로 가는 마차를 찾아볼게."

레나는 토끼처럼 잽싸게 방에서 뛰어나가고 말았다.

"이거 또 스승님께 혼나겠네."

키스는 잠시 멍하니 있었으나, 그렇게 중얼거리고 어깨를 늘어뜨린 채 깊고 깊은 한숨을 내쉬었다. 그리고 가방에 짐을 싸기 시작했다.

――레나와 키스의 바르세를 향한 여로. 그것은 바르세를 무대로 한 커다란 사건의 시작.

바로 지금 이곳에서 아멜리아 왕국, 전투 집단 '흥', 마족과 그들이 숭상하는 신은 모두, 이 세상에서 가장 무서운 괴물이 자아내는 이야기에 강제로 참여하게 되었다.

CHONANKAN DUNGEON DE JUMANNEN SHUGYOSHITAKEKKA SEKAISAIKYO NI
~SAIJAKUMUNO NO GEKOKUJO~ Vol.1
© Rikisui 2022
All rights reserved.
Original Japanese edition published in Japan in 2022 by Futabasha Publishers Ltd., Tokyo.
Republic of Korean version published by Somy Media,Inc.
Under licence from Futabasha Publishers Ltd.

초난관 던전에서 10만 년 수행한 결과, 세계 최강 ~최약 무능의 하극상~ 1

2023년 8월 1일 1판 1쇄 발행

저　　　자 리키스이
일 러 스 트 루나 리아
옮 긴 이 이서연
발 행 인 유재옥
본 부 장 조병권
담당편집자 박치우
편 집 1팀 김준균 김혜연
편 집 2팀 정영길 조찬희 박치우 정지원
편 집 3팀 오준영 이해빈 이소의
편 집 4팀 전태영 박소연
라 이 츠 김정미 맹미영 이윤서
디 지 털 박상섭 김지연
미　　　술 김보라 박민솔
인쇄제작처 코리아피앤피
발 행 처 ㈜소미미디어
등　　　록 제2015-000008호
주　　　소 서울시 마포구 토정로222, 403호 (신수동, 한국출판콘텐츠센터)
판　　　매 ㈜소미미디어
마 케 팅 한민지 최정연 최원석 박수진
물　　　류 허석용 백철기
전　　　화 (02)567-3388, Fax (02)322-7665

ISBN 979-11-384-7958-5 04830
ISBN 979-11-384-7957-8 (세트)